アナル・アナリシス——お尻の穴から読む

Reading from Behind: A Cultural Analysis of the Anus

Jonathan A. Allan

ジョナサン・A・アラン＝著

北 綾子＝訳

太田出版

アナル・アナリシス

——お尻の穴から読む

目次

序章　まちがった扉はない――入口にかえて　5
第一章　アヌス論、あるいはアナル読み　33
第二章　ヴァージニティとは　79
第三章　攻めるネコ――アン・テニノ『男子寮生とタチの恋人』　105
第四章　『ブロークバック・マウンテン』を位置づける　137
第五章　植民地主義の尻を叩く　191

第六章　デルミラ・アグスティーニ「侵入者」を解錠する　223

第七章　恥ずべき母親愛好症《マトロフィリア》——《エルリンダ夫人と息子》　255

第八章　復讐に燃えるヴィダル　293

補章　偏執的読解と補完的読解について　329

謝辞　348

訳者あとがき　352

NOTES　i

READING FROM BEHIND: A CULTURAL ANALYSIS OF THE ANUS
by Jonathan A. Allan.

First published by University of Regina Press.
This edition has been published by arrangement with the University of Regina Press,
Regina, Saskatchewan S4S 0A2 CANADA www.uofrpress.ca
though Tuttle-Mori Agency, Inc., Tokyo

序章

まちがった扉はない

――入口にかえて

地面の穴のなかに、ひとりのホビットが住んでいました。穴といっても、ミミズや地虫などがたくさんいる、どぶくさい、じめじめした、きたない穴ではありません。といって味もそっけもない砂の穴でもなく、すわりこんでもよし、ごはんも食べられるところです。なにしろ、ホビットの穴なのです。ということは気持ちのいい穴にきまっているのです。

——J・R・R・トールキン『ホビットの冒険』

この『アナル・アナリシス　お尻の穴から読む』という本は、文学理論と文化批評において、お尻ととりわけその中心にあるアヌス（お尻の穴、肛門）がどんな役割を果たしているかを探る試みである。

アヌスには、わたしたちが思っている以上に大切な役割がある。にもかかわらず、わたしたちはそのことをまったく、あるいは部分的にしか認めていない。つねづね感じていたその思いから、わたしはさまざまな作品をアヌスから読んでみることにした。アヌスから《アナル》読み解く《アナリシス》こと——すなわちアナル読みによって、文学や文化に斬新で刺激的な解釈がもたらされ、それぞれの作品に込められた意味が理解可能になることを論じてみようと思う。

ただし、アナル読みを実践するにあたって、まず解決しなければならない問題がある。それは、アヌスやアヌスを含むお尻全般の話を喜んでする人はいないということ、そして、アヌスにはいろいろな意味が隠されているのに誰もが何かと理由をつけて眼をそむけようとすることだ。この差し迫った問題を解決して、アヌスやお尻を話題にすることへの抵抗感と不安を取り除くことが先決だ。

いつも不思議でならないのだが、誰もがお尻の話になると不快感をあらわにして、なるべく避けようとするくせに、一方ではお尻をとても魅力的だと思っている。たとえば、音楽情報サイトの〈MTVニュース〉では、大きいお尻で有名な歌手で女優のジェニファー・ロペスの新曲、その名も〈ブーティ〉（Booty）［お尻の意］を紹介する記事で、クリスティナ・ガリバルディが「二〇一四年はお尻の年になるといっても過言ではない」と書いた。記事のなかで、ジェニファー本人も嬉々として「そろそろおっきなお尻が脚光を浴びてもいい時期よ。（中略）今まではただ太ってるとか、スタイルが悪いとか、デカケツだとか言われてきた。お尻が描く女性らしい曲線がもてはやされるようになるのはいいことだわ」[1]と述べている。お尻は誰にとっても身近な存在だ。ロペスが言うとおり、そろそろお尻に眼を向けてもいい時期だろう。

たしかに、お尻はそこかしこで話題になっている。近年の例をいくつか挙げてみよう。〈ホンキー・トンク・バドンカドンク〉（Honky Tonk Badonkadonk）の大ヒット［二〇〇五年に発表されたカントリーミュージック。バドンカドンクはお尻を指す俗語］。リアリティ番組で一躍有名になったキム・カーダシアンの代名詞ともいえる大きなお尻。先ほどのジェニファー・ロペスの楽曲。歌手のマイリー・サイラスがお尻振り《ブーティシェイク》ダンスを披露して世間を驚かせたこと。さらに世界へ眼を向ければ、イギリスのウィリアム王子とキャサリン妃の結婚式で、花嫁の介添人を務めた妹のピッパ・ミドルトンの後ろから見たお尻のかたちがなんとも美しいと注目を浴びたこと。国際ビジネスニュースサイトの〈インターナショナル・ビジネス・タイムズ〉によれば、「ピッパのお尻」になりたいと整形手術を望む女性が殺到したほどだったという。[2] まさに、クイーンが歌う〈お尻のおっきな女の子〉（Fat Bottomed Girls）そのものだ。

テレビ番組も例外ではない。恋愛コメディドラマの《ビッグバン★セオリー／ギークなボクらの恋愛法則》には、アヌスやお尻を扱ったジョークがたびたび登場し、「アヌスの署名」や「オケツの名刺」といった表現などが続出する。[3]

ふだんの生活でも、「Don't be an ass」（お尻になるな＝ばかな真似はよせ）や「ass-hole」（お尻の穴＝まぬけ）のように、お尻やお尻の穴ということばを使った言い回しは昔からある。単語の「asshole」そのものをテーマにした『お尻の穴の理論』(Assholes：A Theory)という本もある。哲学者のアーロン・ジェームズが二〇一二年に出版したこの本では、お尻そのものというより、人の怒りを買って「asshole《まぬけ》」と呼ばれてしまうのはどんな人かということの本質を解釈学の観点から論じている(ちなみに彼はこの本を両親に捧げている)。

上記で紹介したエピソードはほんの一例にすぎず、探せばまだまだいくらでもある。世間がすっかりお尻の虜《とりこ》になっているといってもいいくらいだ。なかには、お尻が注目されるなんて大衆文化の一時的な現象にすぎないと否定する人もいるだろう。たまたま何かの拍子で流行ったか、好奇心がかきたてられただけだ、と。

それでもわたしには、アヌスとお尻にどんな意味があるのか、そしてわたしたちはその意味にどんな反応を示すのかをもっと深く考える必要があるように思えてならない。アヌスとお尻の捉えかたは千差万別であることや、アヌスとお尻がどんなふうに語られ、あるいは語られないかということを考え合わせると、結論はおのずと見えてくる。アヌスとお尻は多岐にわたる現象を説明しうる、圧倒的な象徴なのだ。それなのに、話題にすることさえ禁忌《タブー》とされ、恥をかくのではという不安から敬遠されるばかりか、「いったい誰がそんな研究に資金を出すのか?」といった現実的な問題まで、あらゆる理由が邪魔をするせいで、これまでずっと無視されてきた。

　ヒット曲に歌われ、ロイヤルウェディングで注目されるなど、いたるところで人々を魅了していながら、アヌスとお尻はヴェールに包まれ、ひた隠しにされている。アヌスやお尻の話をすることが恥ずかしく、不快なのはどうしてだろう。これはとても興味深い問題だ。

　それと同じくらい興味深いのは、ペニスには象徴としての男根について古くから学説や議論があり、そこまでではないにしても子宮やクリトリスについても論じられてきたのに、アヌス論やアヌスからの解釈法《アナル・アナリシス》、つまりアナル読みの方法がまったく発達していないのはなぜかということだ。そこで本書では、文学作品や映画においてアヌスがどのように描かれているか——たとえばトンネル、穴、割れ目、浣腸《かんちょう》など——を分析し、これまでとはちがった疑問を提示して、今までにない解釈や考察や批評の理論化を試みる。そして、これまでアヌスが研究されてこなかったという欠陥を埋めることを目指す。

　アヌスがどんなふうに描かれているかをつまびらかにしたら、いったい何が起こるだろうか？　本書では文学作品や映画の解釈を通じて、この疑問に答えていく。取りあげる作品は高尚な文化とみなされるものもあれば、低俗な文化に属するものもあるが、どれもなんらかのかたちでアヌスやお尻が描かれていて、それをどう読み解くかという題材を提供してくれるものだ。
具体的には、ゴア・ヴィダル［一九二五−二〇一二。アメリカ文学史上初めて同性愛を肯定的に扱った小説『都市と柱』（The City and the Pillar）の著者であり、アナーキーな政治活動でも知られた］やE・アニー・プルー［一九三五−。小説『シッピング・ニュース』（The Shipping News）でピューリッツァー賞を受賞。『ブロークバック・マウンテン』（Brokeback Mountain）は映画化され、アカデミー賞作品賞にノミネートされた］に加え、人気のロマンス小説家たちが、作中でアナルセックスをどう描いているかを考察し、そのことにどんな意味があるのかを明らかにする。

美しい曲線を描くお尻に惹かれるのはなぜか。お尻を叩かれたり、つねられたり、なでられたりすると快感を覚えるのはなぜか。これまでの文化批評がこうした疑問に答えてこなかったのはなぜか。両作品を丹念に読み解くことによって、こうした疑問に正面から向き合ったときに、どんな結論が待っているのかを解明したい。アヌスが男性の同性愛《ホモセクシュアリティ》と密接に関係しているのはたしかだが、そのしがらみから解放され、同性愛から切り離されたとき、アヌスの捉えかたはどう変わるだろうか？

本書は男らしさの研究やクィア理論はもとより、文学と文化の分析という領域にも足を踏み入れる。アヌスが意味することや暗示することに着目し、従来の読みかたでは不十分であることを批判し、新たな捉えかたを示してアヌスについての理解を深める。この本を読み終えるころには、アヌスがいかに複雑な場所であるかを、そして文学や文化のなかで繰り返し象徴的な役割を果たしてきたことをわかってもらえるだろう。

＊＊＊

社会学者でセラピストでもあるジャック・モーリンが二〇一〇年の著書のなかで指摘したように、アヌスはいまだに「問うべからず、語るべからずという社会通念」[4]の犠牲になっている。この「問うべからず、語るべからず」という表現がかつてとはまったくちがう響きを持って聞こえることに驚きを禁じえない。今ではゲイもレズビアンももはやクローゼットに隠れていなくてもよくなった。それなのに、アヌスはまだクローゼットに閉じ込められたままで、誰の眼にも触れず、話題にのぼることもままならない。[5]アヌスは今も社会のタブーであり、誰もがアヌスの話題に触れることにびくびくしている。これからもきっと多くの人がそうであり続けるだろう。

本書の構想を練りはじめてまもなく、わたしはモーリンの指摘がいかに核心をついているかを痛切に感じた。アヌスについて語るのは不快だと感じる人が多いことに疑いの余地はない。つまるところ、アヌスは排泄《はいせつ》のための器官であり、忌み嫌われるものなのだ。学術会議や論文審査の選考過程などは、アヌスやお尻の話題を嫌う場の最たる例だろう。けれども、アヌスは性的興奮や快楽を想起させ、感情やセクシュアリティ［性別、性自認、性的指向など性に関する欲望や観念を集合的に捉えた概念］とも関わっている。ポストモダン以降、研究者や哲学者はこれまで語られることのなかった数々のテーマを世に問うことが許されるようになった。それでも誰にも取りあげられることもなく、そのために当然ながら答も提示されないテーマは残っている。アヌスはそんな不遇のテーマのひとつであり、議論に値する価値を秘めていながら、話題にするだけで周囲を不快にし、嘲笑《ちょうしょう》の的になり、アヌスそのものの不潔なイメージが語る人にもついてまわる。

学術会議などでアヌスの話をする機会が増えるにつれ、聴衆の反応がいっそう気になるようになってきた。はじめはみな不安な面持ちをしつつ興味津々で聴いている（そもそも興味があるから足を運んでいるのだが）。講義のあとに投げかけられるさまざまな質疑にも以前より注意を払うようになった。正直に白状すると、わたし自身もアヌスについて研究していることで今でも恥ずかしい気持ちになることや不愉快な思いをすることがある。

あるときなど、入国手続の際に米国国境警備局の職員がわたしの「お尻から読み解く」という研究発表論文を最初から最後まで通して読んだことがあった。国家の安全を脅かす思想を持った人間だとでも思われたのだろう（あるいは、ちょうど政府が機能不全に陥っていて、それこそ便秘のように何事も滞《とどこお》っている情勢だったので、彼らも退屈でほかにすることがなかっただけかもしれないが)。研究内容や著作が原因でこういう経験をするたびに、アヌスということばを聞くだけで「なんとなく居心地が悪いと感じる人がいまだに多い」[6]という現実を痛感せずにはいられない。それにしても、この居心地の悪さはいったいどこからくるのか? アヌスについて語ることに不快感を覚える人がこれほどまでに多いのはなぜだろう?

その理由は「簡単には説明できない」[7]。むしろ、アヌスを話題にすることで生まれる緊張感や不快感の原因解明に躍起になるより、この問題をうまく利用してアヌスについて論じるほうが効果的だと思う。モーリンが指摘したとおり、タブーとは「すべてを包括した性質」を持っていて、「論理や科学では説明しがたい」ものである。端的にいえば、いかなるタブーもれなく「文化の産物」[8]である。誰もがアヌスについて何らかの思いを抱いていることはまちがいなく、わたしはそれを「アヌス神話」と呼んでいる。

ここでいう神話とは、ゼウスやアフロディテが登場するギリシャ神話のような高尚なものではなく、ロラン・バルトがいうところの神話である［ロラン・バルトは『神話作用』で、ことばとそのことばが意味するものとの関係において、話者の存在が消され、ことばが指し示す対象物を離れたときに、社会の共通認識や強制力になると論じた］。わたしが関心を向けるのは、現実世界の日常にありふれた神話、すなわち、あるものについてわたしたちが語る物語である。つまりは、ワインとミルクの神話やステーキとフライドポテトの神話や星占いといった類《たぐい》のものだ。お尻にまつわる日常的な神話も大衆文化のなかに溢れていて、それらから人々のアヌスとお尻に対する常識や理想が垣間見える。

たとえば大きな尻は、サー・ミックス・ア・ロットが〈でかいケツが好き〉(I like big butts) と歌ったように魅力的と思われることがある一方で、嫌悪や肥満恐怖症の対象になることもある。ホッテントット・ヴィーナス［一九世紀初頭にヨーロッパの男性から見た黒人のセックス・シンボルとされた女性、サラ・バートマンのこと。大きな尻をしていたために、イギリスで大道芸人として見世物にされた］のように性差別や人種差別につながりかねないこともある。

アヌスは人体になくてはならない大切なものではあるが、「asshole」(ケツの穴＝まぬけ) と呼ばれて喜ぶ人はいないだろう。几帳面で、倹約家で強情な人のことを肛門性格と呼ぶこともある［フロイトの心理的発達理論のうち肛門期に由来する］。《ふたりは友達? ウィル&グレイス》のウィルや《モダン・ファミリー》のミッチェル［いずれもアメリカのコメディドラマの登場人物］のように、ゲイは肛門性格の人物として描かれることも多いが、肛門性格だからといってかならずしもゲイとは限らない。それでも、ジェフリー・R・ガス［ニューヨーク大学精神分析学の教授で、ジェンダーとセクシュアリティの研究者］が指摘したとおり、アヌスは

「ゲイの出発点」[9]とみなされているようだ。その背景には、アヌスに挿入される快感を覚えた男性は、その快感がやみつきになってゲイになるという考えがあるのだが、そもそもその前提に問題がある。アヌスを語ることへの恐怖心や嫌悪感の大半は、この前提とその延長線上から生まれている。

本書では、アナル読みを通して、アヌスがどれほど実りの多い有意義な研究対象であるかを示したい。ヴァギナを含む女性器とちがって、アヌスはペニスの対極に位置するわけではないが、だからといって研究する価値がないとはいえない。ペニスが不安や欲望や恐怖を浮き彫りにする象徴であり、それゆえに人々を魅了していることはいうまでもない。イラン・スタヴァンスなどの批評家が主張するように、セクシュアリティの歴史をたどろうとするとき、ペニスの象徴的なかたちがきわめて大きな存在感を示していることは否定しない。わたしがいいたいのは、アヌスも同じくらいわたしたちの興味をかきたてるものであり、批評や分析の対象となりうるということだ。

また、本書では文学や文化批評の本質に対しても疑問を投げかけるが、それは従来の批評理論に刷新や修正が必要だと考えているからではなく、これまでほとんど探求されることのなかった題材の封印を解き、誰も足を踏み入れたことのない道、あるいは通行止めになっていた道を切り拓きたい一心からである。

本書で取りあげるテクストは、これまでアヌスからの批評がなされてこなかったために十分な解釈がなされていないものばかりだ。どのテクストも、批評や研究の対象にすることへの懸念や感情的な不安から相手にされず、そのせいで読者はこれらのテクストをべつの角度から読み解く機会を奪われてきた。その突破口を開くのはアヌスにほかならない。たとえば、第六章で分析するデルミラ・アグスティーニの詩「侵入者」(El Intruso)では、ある侵入者が部屋に入ってきて語り手と性行為におよぶ。描かれている内容は誰の眼にも明らかだが、この詩にはもうひとつの意味があり、これまでの批評とはべつの読みかたをすることで想像すらおよばなかったテクストの複雑さが見えてくる。本書を執筆することにしたのは、このように想像力を働かせて読む批評方法を紹介したいという思いからである。アヌスをテクストの分析に持ち込んだとき、社会上の性《ジェンダー》、とりわけ男らしさの認識はどう変わるのか。そのことを模索し、考察したい。

男らしさとアヌスの関わりについて深く考えることにどんな意味があるのか？　この問いを軸としたジョナサン・ブラウフマンとスーザン・エクバーグ・スティリッツの論文「男のアヌスの快楽指南――〝プロステージ〟教育でジェンダーの規範に挑む」(Teaching Men's Anal Pleasure : Challenging Gender Norms with 'Prostage' Education)では、有名なセックス・コラムニストのダン・サヴェージ〔同性愛者の権利擁護活動家として知られ、性愛についての悩み相談のコラムはアメリカ国内外の新聞や雑誌で二〇年以上連載されている」に宛てられた手紙を分析している。

三十歳のドリューは、最近、アヌスを責められる快感に目覚め、自分の性癖に不安を感じている。はじめはガールフレンドに指でお尻の穴をほじくってもらう〝実験〟だったのが、その快感にすっかりはまってしまい、いつしか彼女の指はディルド［男性器を模した性玩具］へと変わった。もしかしたら自分はゲイなのではないかと心配になったドリューは、ゲイ向けのポルノを観ながらマスターベーションをしてみたが、興奮しなかった。アヌスに挿入される快感を知っていても、自分は正真正銘のノンケ［ゲイ用語で異性愛者のこと］だと確信できるものが欲しい。ドリューはその葛藤をこう語る。「男とヤりたいと思ったことは一度もない。だけど、尻から突かれるのがたまらなく好きなんだ。ダン、これってゲイへの第一歩なのかな？」[10]

心理学者、アダム・フィリップスのことばを借りれば、ドリューは最近気づいた自分の性癖にどんな意味があるのか急いで答を出そうとするあまり「性急すぎる認識論者」と化している。[11] まるでその性癖にはかならずなんらかの意味があると決めつけているかのようだ。ドリューはゲイ向けのポルノを観て自分の性的指向を確かめようとしたものの確信が得られず、不安を拭い去ってくれる答を求めて、サヴェージのコラムに「これってゲイへの第一歩なのか？」と質問を投稿する。もちろん、現実に自分をイかせてくれているのはガールフレンドだということをドリュー自身もわかっているはずだ。男の体と女の体が交わっている以上、それは異性間の行為にほかならない。サヴェージも「もう一度言うが、男と女のあいだで交わされる行為は、それがどんな行為であれ、異性愛だ」ときっぱりと答えている[12]（ここではっきりさせておくと、サヴェージの言っていることはある意味では正解だが、一方で、セクシュアリティの問題をペニスを持つ体とヴァギナを持つ体との関係だけに限定してしまっているともいえる。だが、それではジェンダー、セクシュアリティ、セックスの複雑さは説明できない）。

たまたまかもしれないが、サヴェージのアドヴァイスはセックスをするうえでの大事な問題に触れていない。それは、アヌス用ではない性玩具をアヌスに用いることの危険性だ。たとえば論文誌〈性行動の記録集〉（The Archive of Sexual Behaviour）には、「二十八歳の健康な男性が当院へ救急搬送された。五時間前にセックスしていたとき、ガールフレンドが彼の肛門に性玩具（バイブレーター）を入れたところ、バイブレーターが直腸内部に吸着して取り出せなくなっていた」という事例が紹介されている。[13] 医学系の論文誌では、こうした事例が頻繁に報告されている。インターネット上にも似たような話がやまほど投稿されているが、使われる〝道具〟は野菜、玩具、銃などさまざまだ。

医療従事者、性科学者、ジェンダーやセクシュアリティの研究者たちは、安全なアナルセックスのしかたの宣伝にもっと努めるべきだろう。大衆文化はもとより、ゲイの男性によるストレートの女性へのセックス指南など、世の中には隠れた〝男性のGスポット〟を刺激する材料が溢れているのだから、体験したいかどうかはべつとしても、男性がアナルセックスに興味を持つのはごく自然なことだ。

著名な精神分析学者のドナルド・メルツァーも一九六六年の論文のなかで、「アヌスでマスターベーションをする行為は、これまでの研究で想定されていたよりずっと広く普及していることも認めざるをえない」と述べている。[14]この論文が発表されたのは数十年前のことだが、アヌスへの関心は今も当時と変わらず広く見られると考えていいだろう。

だとすれば、体のほかの部位の健康に気をつかうのと同じくらい、アヌスの健康についても真剣に考え、大事に扱う責任を負うのは当然のことだ。これは性的指向の分析を主眼とする本書の目的からは逸《そ》れるが、アヌスの健康と安全なセックスのありかたを問うきっかけとして言及しておく。この問題に関心を寄せる性科学者の役割を担うのは本意ではないが、アヌスの健康について議論するなら、性科学者や医療従事者や性生活セラピストに近い位置にいる、わたしのような文化批評家の意見にも耳を傾けるべきだろう。

ドリューの体験談は、アヌスを「ゲイの出発地点」とするガスの主張に通じるものがある。「性急すぎる認識論者」のドリューには、誰かではなく自分にとってアヌスがどんな意味を持つのかが問題なのだ。そのことで彼は混乱し、感情的になったラカン派の哲学者さながらに「自分は男なのか、それとも女なのか」と自問する。[15] ただ、彼が知りたいのは性別ではなく、セクシュアリティだ。自分はノンケなのか、ゲイなのか？ 異性愛者《ヘテロセクシャル》なのか、同性愛者《ホモセクシャル》なのか？ すくなくともドリューにとって、その答はアヌスにある。アヌスでする行為やその意味がセクシュアリティの本質になっている。

そう考えると、アヌスはセクシュアリティを決定づける役割を担っていることになる。だからこそ、「自分が男性であると周囲に認められるとともにみずからも認めるには、〝女らしさ〟の究極である挿入される立場を受け入れるわけにはいかない」という現実が問題になる。[16] だが、この考えかたでは「複雑で曖昧な体の感覚」を讃えることはできない。[17] 本書が提案するアナル読みは、アヌスが「複雑で曖昧」だと示すことともいえる。批評理論によって、その認識を裏づけると同時に、アヌスが「ゲイの出発地点」であるという絶対的な物語に囚われていることを明らかにし、追求し、理解して、その呪縛を解かなければならない。先述したように、アヌスは従来の男らしさ、セクシュアリティ、性的指向の捉えかたに疑問を投げかける。男と女の交わりにおいてさえ、アヌスはセクシュアリティ、ひいてはジェンダーの自覚を揺るがしているようにも思える。

アヌスについての考えかたは誰も疑うことのない規範によって一様に決定づけられている。アナル読みの目的のひとつは、アヌスをその既定路線から脱線させることだ。アヌスについて一定の見解を持つことを否定しているわけではない。しかし、アヌスの位置づけは誰にとっても同じではない。

仮に、思考実験としてアヌスの描かれかたに重きを置いてテクストを読んでみたらどうなるか想像してみてほしい。特定の解釈や男を男たらしめる男根の優位性に左右されない読みかたはありうるだろうか？　もしべつの読みかたがあるとしたら、それを受け入れられるだろうか？　アヌスの周囲に数えきれないほどの神経が集中しているように、アヌスが複雑で奥深い意味をたくさん積め込んだ記号だとしたらどうだろう？　批評の対象を広げ、テクストに描かれる喜びを受け入れ、思わずお尻の穴をきゅっと閉じてしまうような偏執から解き放たれたとしたら？　疑念の解釈や偏執や不安に苛《さいな》まれ、神経質な読みかたに陥ることなく、アヌスに注目してテクストを読む方法などほんとうにあるのだろうか？

あるとすれば、それはアヌスを真正面に据えて読解すること、すなわちアナル読みだ。アヌスを覆い隠し、抑えつけるのではなく、テクストにおいてアヌスがなぜ意味を持ち、どんな働きをしているのかを探ればいい。新しい読みかたをすれば、アヌスに対する考えかたについて、興味深く刺激的で有意義な批評が可能になる。文学や文化の分析から男根を追い出すわけでも、子宮やクリトリスの存在をまったくないものにするわけでもない。ただ、もうひとつの大事な部位にも眼を向けて読むことによって、同じテクストにべつの解釈を見出すことができるかどうかを確かめればいいだけだ。

＊＊＊

アナル読みは、これまで前提とされてきたいくつもの概念に正面から挑んでいる。本書を書き進めるにつれて、批評の対象とするテクストの選択と、全体の構成を考慮しながら論を進めなければならないことがはっきりわかった。そういう意味では、以下に続く各章は、単に全体を構成する一部ではなく、それぞれが全体の議論を構築する働きをしているといえる。そのため、いずれかの章を取り出して個別の議論として読むこともできるし、かならずしも順番どおりに読み進めなくても、本書の言わんとすることは理解してもらえるだろう。

「クィアの歴史を再形成しようという活動」の多くがそうであるように、本書もまた「技巧頼みであること、段階を追うこと、因果関係を求めること、見せかけの認識論者を気取ること」を排除し、アイデンティティがなく、多重の意味を持ち、循環し、連続性のない言説を重視する。[18] 各章ではアヌスからの読みかたを提示し、アナル読みにも何とおりもの方法があることを示す。規範に重きを置く社会にあって、アヌスは単なる排泄器官であり、快楽の対象となるときには「ゲイの出発地点」とみなされる。各章では、両極にあるそうした性質をひとくくりにまとめてアヌスをひとつの記号として捉えることへの疑問を出発点に、アヌスにはほかにも多様な面があることを示す。

したがって本書の目的は、理論化の定型に疑問を投げかけ、壊すことといえる。各章は、アヌスから読むいくつもの読みかたの入口と考えている。どの章も、アヌスの貯蔵庫から選び出した事例を扱う。アヌスの貯蔵庫とは、ジェンダー・女性研究家のクビーショービックが取り組んでいるクィアの貯蔵庫のようなもので、「研究対象はもともと意味のあるものではなく、それを鑑賞する人にとって重要かどうかによって意味のあるものになる」[19]。どのテクストにもかならず意味はある。ただし、わたしがそれらのテクストに見出すのは、特定の目的、特定の人々にとっての意味であり、その目的をその人たちが興味深いと思っている証拠である。どのテクストも、社会のタブーや同性愛やクィアな人々を扱っているために、読む人になんらかの感情、とくに嫌悪感や恥ずかしさや屈辱などの否定的な感情をおこさせる可能性は大きい。

　題材としたテクストはいずれも、本書の試みを同僚や研究者たちと議論する過程で名前が挙がったもので、当初から取りあげたいと考えていたものもあれば、思いがけず、あるいは幸運に導かれて貯蔵庫の一角に収まることになったものもある。そのため本書では、アナルセックスやヴァージニティの喪失を描いたフィクションとノンフィクションのほか、詩や映画も取りあげる。どれもアナル読みが可能でありながら、これまで研究対象からはずれていたか、べつの角度からアヌスについて批評されてきた作品である。アナル読みによって、これらの作品にこれまでとはちがう読解や批評方法を適用することが可能になり、新たな観点からテクストを分析し、批評できるようになる。

　第一章「アヌス論、あるいはアナル読み」では、アヌスについて考察しているこれまでの研究を概観し、評価する。とくにティム・ディーン、ギィー・オッカンガム、キャサリン・ボンド・ストックトン、グエン・タン・ホアンの論説を取りあげ、彼らの著作を読み解くには、フェミニスト批評やクィア批評では限界があることを論じる。アナル読みが挑むことのひとつは男らしさとアヌスとの対立であり、この章では、多様な視点を持ち込むことで従来の批評の限界を認識し、アヌスについて考えるにあたってとりわけ問題になる同性愛嫌悪《ホモフォビア》と、その延長線上に生まれる同性愛恐怖《ホモヒステリア》および同性愛偏執《ホモパラノイア》について論じる。

第二章「ヴァージニティとは」では、ヴァージニティがどのように規定され、またヴァージニティにとってアヌスはどのような意味を持ちうるかを検討する。ヴァージニティは限定された概念である。〝はじめて〟には重要な意味があり、だからこそ、短篇を含む多くの小説、映画、漫画などのあらゆる表現方法でヴァージニティの説明と探求がなされている。では、ゲイのセクシュアリティにとってヴァージニティは何を意味するのか？　そして、その議論にアヌスはどう関わるのか？　ゲイのヴァージニティでは、アヌスに挿入することと挿入されること、どちらが問題になるのだろう？　あるいは、アヌスはヴァージニティとは一切関わりがなく、まだ知られていない交わりかたがあるのだろうか？　この章ではおもにスティーヴン・G・アンダーウッドの『ゲイとアヌスのエロティシズム——タチ、ネコ、リバ』(Gay Men and Anal Eroticism : Tops, Bottoms, and Versatiles)を取りあげる。この本ではゲイの体験が「証言」として語られる。ヴァージンを失う体験、つまりはじめてのときの話がなんども出てくるため、読者はその意味を読み解くことを迫られる。いうまでもなく、はじめての体験にどんな意味があるかは、どんなふうに経験したか、そのときどう感じたか、初体験によって喪失したものは何かといったストーリーを通して決まるものである。これらの体験談からひとつの疑問が生じる。アヌスとアイデンティティについてなぜそれほど時間をかけて語るのか？　これらの体験談を読み進めると、アヌスによってヴァージンから非ヴァージンへの移行が可能になり、多くの場合、政治的な意味合いも含む性自認《セクシュアルアイデンティティ》がヴァージンからゲイへと変化することだとわかる。

第三章「攻めるネコ――アン・テニノ『男子寮生とタチの恋人』(Frat Boy and Toppy)」では、最近人気の男性同士のロマンス小説を分析する。主人公の男性ふたりが互いに恋に落ちるゲイ版ロマンス小説の登場によって、このジャンルは変容しつつあるが、複雑さを増すこれらの小説の研究はまったくといっていいほど手つかずである。その複雑さはなんといってもジェンダーとセクシュアリティが絡むことから生じている。女性の体が登場しないため、ジェンダー理論、フェミニスト理論による批評、クィア理論の研究に対する挑戦ともいえる。さらに、この手の小説はほぼ例外なく女性作家によって女性読者のために書かれている。ゲイの男性の恋愛を描いた小説でありながら、作り手も読み手もストレート［異性愛者のこと］の女性なのだ。そのため、ジェンダーとセクシュアリティの捉えかたについて検討すべき課題の宝庫であり、文学理論や文化批評にはその説明が求められている。ロマンス小説は、いろいろな意味で文学の底辺に位置しているが、この章では『男子寮生とタチの恋人』を丹念に読み、タチとネコ［ゲイのセックスで攻める側と受ける側］についての多くの仮説に異議を唱える。とくに同書は、ネコは受け身で従順でかわいそうな役回りだという神話を覆《くつがえ》す小説である。

こうした見地から、第四章では、男性同士の恋愛小説としてより〝知名度の高い〟E・アニー・プルーの『ブロークバック・マウンテン』(Brokeback Mountain) を取りあげる。この小説はアン・リー監督によって映画化され、幅広い層から絶賛された最大級のヒット作とも言われ、映画の観客も小説の読者もみなゲイのセクシュアリティへの興味をかきたてられた。しかし、この小説に描かれているゲイが置かれた状況は、F・O・マシーセンとレスリー・フィードラーが論じたアメリカ文学における性行為を伴わない少年期的な同性愛《ホモエロティシズム》の伝統という観点からは説明されていない。そこでこの章では、マシーセンおよびフィードラーの理論とクィア理論に照らして、古くは『ハックルベリー・フィンの冒険』(The Adventures of Huckleberry Finn) や『白鯨』(Moby-Dick) にまで遡《さかのぼ》るホモエロティシズムの長い系譜に『ブロークバック・マウンテン』がどのように連なるのかを考察するとともに、フィードラーとマシーセンの特異性にも光をあてる。『ブロークバック・マウンテン』の背景には、植民地主義と白人優位への疑念が埋め込まれている。

第五章「植民地主義の尻を叩く」ではケント・モンクマンの絵画に着目し、『ブロークバック・マウンテン』の分析で浮かびあがった問題、とくに性行為においてネコの役割を担うことと人種との関連を見ていく。わたしたちは特定の人種と性的特徴を当然のように関連づけて考えることがあるが、モンクマンの作品はこの人種とセクシュアリティの問題を慎重に考察することを促している。アヌスはずっと人種と関連づけて考えられてきたのか？　セクシュアリティの研究やクィア理論は、この疑問がどのような意味を持つのかを考える必要がある。そこで、モンクマンの絵画がゲイのセクシュアリティに対する人種差別的かつ同性愛嫌悪的な考えかたにどう立ち向かい、対抗しうるかを批評によって明らかにしたい。

いうまでもなく、アナル読みは、複雑に絡み合った肛門愛〔フロイトの心理的発達段階の肛門期における排泄時の肛門刺激から得る快感〕とアヌスのセクシュアリティの研究のとっかかりでしかない。

第六章「デルミラ・アグスティーニ「侵入者」を解錠する」では、ラテンアメリカ文学の傑作としてかならずその名が挙がる詩を分析する。この短い作品はもっぱら異性愛を詠った詩として理解されているが、アヌスから読むことでべつの解釈が可能になる。ゲイに限らず、むしろ異性愛者にとってもアヌスがクィアのセクシュアリティにとって重要な意味を持つ場所であり、アナル読みによって「侵入者」はアヌスのセクシュアリティについての詩とも解釈できることを示す。

第七章「恥ずべき母親愛好症《マトロフィリア》——《エルリンダ夫人と息子》」では、ラテンアメリカのゲイ映画の最高傑作と評される作品を検証する。この映画は、ゲイの息子を守るためならなんでもする支配的な母親によってつくられたクィアのユートピアを描いている。母親は息子と（ゲイの）恋人が一緒に暮らせる家を建てる。その一方で、表向きは息子に妻を迎えさせてなんの危険もない異性愛者であるように装わせている。異性愛を持ち込んだことによって、この映画は観る人を混乱に陥れる。なぜなら、そのマッチョな見た目から観客は息子がタチだと思い込むが、予想に反して彼はゲイの恋人との関係でも、妻との関係でもネコだからだ。ネコは相手に服従するものと思い込んでいる人があまりに多いが、この章ではかならずしもそうではないことをあらためて示す。ネコの役割を担うことについて考えるとき、感情を支配するのは恥ずかしいという気持ちだが、恥と服従はいつも互いに内包されるわけではなく、まったくべつのものと捉えるべきだということを論じる。

最後の第八章では、ゴア・ヴィダルの小説『マイラ』を取りあげる。この小説は同性愛を題材にした過激な問題作で、アヌスに関する示唆《しさ》に富んでいながら、そのことが理解されていない。作中の登場人物も読者もきわめて恥ずかしい思いをさせられるのであまり研究が進んでいないが、まだまだ分析の余地がある作品だ。ヴィダルが小説のなかでアヌスにどんな意味を持たせているかに注目し、引き続き恥の感情についても考察する。

各章は個別の論考として読むことができるが、互いに関わりあってもいる。取りあげる作品は、アヌスそのものに焦点をあてているものもあれば、アヌスについて性の観点から模索しているもの、アヌスとの関わりを暗示しているもの（たとえば極端に几帳面な肛門性格について書いているなど）とさまざまだが、どの章も〝アヌスをどう解釈するか〟が中心的な課題となっている。この読みかたはテクストに現れるアヌスの諸相に着目して読む精読の方法のひとつといえる。

すべての人が等しく持っているのに、自分の眼では直接見ることができないのが、自分のお尻であり、アヌスである。この序章で概略をつかんでもらえたものと願っているが、誰もがアヌスやお尻の話題を避けようとするのは、不快だからかもしれないし、恥ずかしいからかもしれないし、変人と思われたくないからかもしれない。それでも、アヌスは研究意欲をかきたてる魅力的な対象であり、アヌスに注目することで、これまでとはちがう批評のしかたによってジェンダーやセクシュアリティを論じることが可能になると信じている。

第一章
アヌス論、あるいはアナル読み

太古の昔から、男らしさはペニス、すなわち男根を象徴として定義されてきた。フェミニズム研究者のアニー・ポッツは「ペニスは男の代名詞であり、男であることを示すもの」と述べている。[1] たしかに、男らしさとは何かを定義しようとするとき、ペニスが圧倒的な存在であることは否定できない。ジャーナリストのデビッド・フリードマンは、『ペニスの歴史――男の神話の物語』(A Mind of Its Own : A Cultural History of the Penis)のなかで「西洋文明が始まったときから、ペニスは単なる体の一部などではなかった」とはばかることなく断言し、ペニスとは「この世界での男の位置づけの基準になる、肉体を持った概念」だと論じている。[2]

また、オランダの泌尿器科医で性科学者のメルス・ヴァン・ドリエルは、『男であること――ペニスの興隆』(Manhood : The Rise and Fall of Penis)で、ペニスは「古代宗教では崇拝の的であり、キリスト教によって悪魔の汚名を着せられ、博識な解剖学者と生理学者の手で世俗化され、(中略)もっぱら精神分析学の関心の対象」となり、さらに「心理学者から手放しで賞賛されたかと思うと、こんどはフェミニストの攻撃を受け、恥も外聞もない大衆文化の食いものにされ、二十一世紀に入ってからは(中略)すっかり医療行為の魔の手に脅かされつつある」と述べている。[3]

ミカ・ラマカースは、ペニスを「昔ながらのいちばん単純でわかりやすい男性のセクシュアリティの象徴」とみなし、[4] イラン・スタヴァンスは「男根の形状を見ればラテン民族のセクシュアリティの歴史」を著せるだろうと提言している。[5]

ペニスについて、あるいは男根の象徴的なかたちについての論争は、昔から絶えず続いている。どうにかしてペニスから象徴としての威力を削ぎ落とそうとする人たちも大勢いたが、現在まで、ペニスが性的な概念から完全に切り離されることもなければ、威力を失うこともなかった。むしろ、現代社会でバイアグラがこれだけ普及しているのは、ペニスがあらためて大きな存在感を示している証拠だろう。去勢はペニスを切り落として、文字どおりその威力を奪う行為だが、それでさえ男根の持つ意味をいっそう知らしめることにしかならない。男らしさを失い、男としての能力を奪われること以上に、悲劇的で、恐ろしくて、恥ずべきことがこの世にあるだろうか?

文学や文化の批評において、ペニスはいつの時代も圧倒的な優位を保ってきた。その優位性を否定するつもりも、ペニスに代わる象徴があると主張するつもりもないが、本書ではアナル読みによってペニスの位置づけを再考してみたい。男性の権利を擁護する活動家の多くは、ペニスが「フェミニストの攻撃を受けた」というヴァン・ドリエルの主張に賛同するにちがいない。それでもフェミニズム論が、挑発的で斬新な——ときには物議を醸《かも》すことにもなった——男根崇拝批判を繰り広げてきたことを考えると、多少なりともフェミニズム論者の声に耳を傾ける必要があるように思う。本書はフェミニストの立場に立つものではなく、クィア理論や男らしさの研究の系譜に連なるものだが、暗示的に、あるいは明示的にフェミニズム論に負うところがあるのはたしかだ。フェミニズムの理論を借りれば、本書が提示する問題のいくつかを解き明せるだろう。

フェミニズム批評の大著として知られるサンドラ・M・ギルバートとスーザン・グーバーの『屋根裏の狂女――ブロンテと共に』(The Madwoman in the Attic : The Woman Writer and the Nineteenth-Century Literary Imagination) は、「ペンはペニスか?」という疑問を出発点に議論を発展させている。この本からのちの著作に至るまで著者らが一貫して主張しているのは「男性のセクシュアリティは(中略)何かを想起させるだけでなく、実体として文学の本質になっている」ことであり、「詩人が手にしているペンは(そのかたちの類似性からではなく)ある意味でペニスそのもの」であることだ。[6] 男根が文学に対して持つ影響力を批判しようとしているのは明らかだが、一方で、その影響力を否定するために逆にペニスを具現化する必要にも迫られている。また、のちの著作『無人地帯――二〇世紀の女性作家の居場所』(No Man's Land : The Place of the Woman Writer in the Twentieth Century) でも「ペンはピストルか?」という似たような疑問を投げかけて、読者の好奇心をあおっている。[7]

もっともペンをペニスに喩《たと》えたのは彼女たちだけではない。たとえば、エレイン・ショウォールターは「テクストの著者は、父であり、父祖であり、生みの親であり、美の創始者であり、著者はペニスと同じように何かを生む力を持つ道具としてペンを用いる」と述べている。[8]

ペンはペニスであるとの比喩はフェミニズム批評を展開しやすい論点ではあるが、ペニスの優位性を批判するだけでは、フェミニズム批評が問題視する男根中心主義からの脱構築という大きな目的を果たすための有利な材料にはならない。フェミニズム批評家は、自分たちの主張を反映し、議論を組み立てる拠りどころとして、象徴としてのペニスに言及するわけだが、それはとりもなおさずペニスが象徴的な役割を持っている現状を(たとえ最後に否定するためだとしても)必然的に認めていることになる。否定するために、わざわざ脱構築する対象を作りあげて、確立しているようなものだ。

それに、ペンはペニスであるとの比喩は、どのペンも例外なく一様に創造力のあるペニスと同一視するきわめて問題のある誤った見方につながる。いうまでもないが、どのペニスもまったく同じわけではなく、かならずしも同じ働きをして、同じように使われるとは限らない。ジュディス・バトラーは『ジェンダー・トラブル――フェミニズムとアイデンティティの撹乱《かくらん》』(Gender Trouble : Feminism and the Subversion of Identity)で、ペニスそのものを論じているわけではないものの、家父長制とフェミニズム理論について示唆に富んだ見解を示している。

フェミニズムの根底にある思想は世界普遍であり、文化を超えて存在するアイデンティティのなかにあるという政治的な仮定は、家父長制や男性社会という普遍的で支配的な社会構造において女性が抑圧される形態も一様だという考えかたを伴う。近年になって、家父長制は普遍という概念では、特定の文化的コンテクストにのみ存在する性差による抑圧という現象が説明できないとあちこちで批判の声があがっている。[9]

本書の立場から見ると、バトラーの「普遍的な家父長制」批評は、性差によって生まれる行動や経験のすべてがどの社会でも普遍的に見られるわけではなく、また同じ現象が同じ意味を持つとは限らないという認識だと解釈できる。だとすれば、男根崇拝が意味するもの、とくに男根中心主義を批判するときには、どのペニスにも同じ意味があり、同じ働きをしているのではないと心しておかなければならない。

実際、何かをペニスに見立ててものごとを見てしまうと、異性愛を規範とした支配的な考えに囚われて、どのペニスも同じように使われ、同じ意味を持つものと信じ込み、誤った神話が生まれるおそれがある。ペニスを挿入する行為は、見た目にはどれもまったく同じだとしても、(当事者にとっては)ぜんぜんちがう意味を持つ場合がある。一見同じように見える行為を論じるときでも、理論家や読み手によって示唆するものや意味することがかけ離れている可能性を踏まえたうえで、まずはペンはペニスであるという絶大な影響力を持つ比喩から抜け出してみようと思う。

ただ、ギルバートとグーバーの論にはいますこし耳を傾むけるべきところがある。それは、男性のセクシュアリティは当然ながら男根と深く関わっているが、それだけではなく、「文学の力」を喚起し追認するものだということだ。その「力」についてここで簡単に触れておきたい。

ふたりの関心がもとよりペニスにあるのはたしかだが、彼女たちの著作を読み進めるにあたって、ペニスは男性のセクシュアリティの一部を構成しているにすぎないと認識しておかなければならない。男性の肉体は女性の肉体と同じように性的興奮を誘い、性欲をかきたてる能力をほかにもたくさん秘めている。ふたりの主張がまちがって解釈されてきたわけではないが、これまでは男性のセクシュアリティがもっと多様なものだという認識が欠けていた。男性のセクシュアリティをペニスに限定する批評家はほかにもおり、たとえばエレーヌ・シクスーは次のように論じている。「男性のセクシュアリティはペニスを中心としていて、（政治的な意味で）肉体の一部だけに権力が一極集中しているが、女性は男性とちがって、頭脳と生殖器が対をなし、境界線のなかだけで規定されるような区分けをしない。女の無意識が世界規模の広がりを見せるように、女の衝動は宇宙的な広がりを持つ[10]」。

また、リュス・イリガライは「女は体のいたるところに性器があって、どこでも快感を得ることができる（中略）快感の分布図はもっと多様で、ちがった感覚が重なり合い、より複雑かつ繊細で、一箇所での快楽だけを想定していたのでは想像が及ばない」と述べている[11]。

いずれの見解も男性の肉体とセクシュアリティを過小評価していて、男性の肉体を、性的な経験を語り、規定する付属物でしかないものにまで貶めている。たしかにペニスが提喩［ものごとの一部分で全体を表す比喩表現］として男性そのものを示すことはあるが、実際にペニスが男性そのものだと思い込んでしまうのは危険だ。「小宇宙は大宇宙の縮図[12]」とばかりに、ペニスだけに頼って男性のセクシュアリティを語りたがる衝動にはあらがわなければならない。男性のセクシュアリティを単純化する限定的な論理から抜け出さなければ、男性の肉体にはもっと性的な可能性が秘められていることに気づけない。本書はこれまで眼を向けられることのなかった男性のペニス以外の部位に着目することで、文学のみならず、文化そのものを新しい視点から読み解こうとする試みである。それにはまず、男性のセクシュアリティの複雑さに焦点を絞って、アヌスから読むことから始めるのがいい。

セクシュアリティ、ジェンダー、性、欲望、快楽などについて論じるなら、本来その理論は誰にでもあてはまるものであるべきだ。アヌスは誰もが平等に持っている〝私的な場所〟であり、だからこそあらゆる人を包含した理論の理想的な出発点になりうる。ペニスは男性の肉体に、ヴァギナは女性の肉体にしかないのに対して、アヌスはどちらか一方の性に限定されることがない。本書で提案するアナル読みなら、たとえば異性愛においてペニスやヴァギナがふつうとはちがう使われかたをしたとしても、セクシュアリティ論そのものが破綻することはない。アヌスは人体の核となる、とりわけ複雑な器官であり、象徴的な役割を果たす重責を担う素質は十分にある。それは、社会がこれまでどうにかしてアヌスのことをひた隠しにしようとしてきたからだけではない。アヌスは穢《けが》れや恥と結びつき、同性愛を忌み嫌うホモフォビアの文化では男性同士の同性愛を想起させるので、アヌスについて語ることにどことなく不快感を覚える人があまりに多いからでもある。男根中心主義からの脱却のみならず、もっといえばホモフォビアを前提とした社会通念を覆すことが本書の目指すところである。

本書は基本的に、アヌスが「同性愛の本質的な要素で、つまり、ゲイの出発点[13]」であるとの前提を批判する立場だが、それでも、この前提が一見もっともらしい歴史上の真実と価値観に根づいていることは認めざるをえない。アヌスをゲイと同一視することは、それが正しくてもまちがっていても、まったくもって意味がない。その根拠としては、アヌスは誰もが平等にひとつずつ持っているという明らかな事実に言及するだけで十分だろう。そう断言してしまうと、これから探求しようとしているアヌスという対象から〝ゲイとのかかわりを排除〟するリスクを負うことになるのは百も承知だ。レオ・ベルサーニも「ゲイからゲイの性質を奪い取ればホモフォービア（同性愛恐怖者）たちの圧力が強まるだけである。これはホモフォービアたちの基本目標――ホモセクシュアルたちの排除――をそれなりに実現する」と警告している。[14] 本書の意図は、同性愛やゲイを葬り去ることでも、肛門愛やアヌスの性愛とセクシュアリティがゲイだけのものだと主張することでもない。セクシュアリティの歴史をどれだけおざなりにたどったとしても、アヌスのセクシュアリティがゲイに限定されるものでないとすぐにわかる。むしろ、イヴ・コゾフスキー・セジウィックが『クローゼットの認識論――セクシュアリティの20世紀』（Epistemology of the Closet）の冒頭ではっきりと「同一の性器的行為でさえも、人によって異なる意味を持つ」と述べているとおり、[15] アヌスを使った行為の意味は時と場合によってかなり異なることさえある。

では、人体のいちばんうしろにあるお尻、そしてアヌスは男らしさや男性の肉体にとってどんな意味を持つのか？　男性は——というよりストレートの男性はといったほうがいいかもしれないが——とりわけゲイというイメージがどうしてもつきまとう点を考えたとき、性愛をつかさどる場所としてのアヌスをどう捉えているのだろう？　この疑問に答えようとすると、ゲイそのものを否定していると糾弾《きゅうだん》されかねないが、肛門愛を理解しようとするとき、ゲイを基準に考えなければならない理由はない。アヌスの研究を進めるなかで、アヌスで感じる人はゲイなのかという質問がインターネット上に投稿されているのを何度も見てきた。もしアヌスで感じることがゲイかどうかの物差しで、その前提に異議を唱えるとゲイ排除に結びつくのだとしたら、アヌスが特定の性的指向の出発点でもなければ着地点でもないという議論を進められないではないか。本章ではまず、アヌスとその使われかたの複雑さを理解することによって、アヌスの快楽は特定の人たちに限定されるものではなく、もっと多様性に富んでいる点をはっきりさせておきたい。だからといって、アヌスとゲイとの関わりを完全否定しているわけではない。アヌスで感じる人がゲイであることもあるだろうし（ただし、デヴィッド・M・ハルプリンは『ゲイになるには』(How to be Gay) で驚くことにセックスについてまったく触れずにゲイを論じたが、その類のゲイではない）、アヌスと性的指向とはまったく無縁なこともある。

同性愛嫌悪《ホモフォビア》という概念を批評に取り入れるなら、そもそもホモフォビアとは何か、そしてどんな働きをするのかをきちんと理解してからでなければ、その作用や影響を削ぎ落とすことはできない。

エリック・アンダーソンは、ホモフォビアとは何かを、そしてその変わりつつある本質を理解するうえで、重要な概念として同性愛恐怖《ホモヒステリア》を挙げている。ホモヒステリアとは簡単にいえば「〝同性愛者〟と思われる」恐怖心である。[16] 男性が周りから同性愛者だと思われないためには、その疑いを持たれないように振る舞うことが重要だが、その振る舞いはレイウィン・コンネルがいうところの「支配的な男らしさ[17]」や、マイケル・キンメルがホモフォビアの現れとしての男らしさと論じたものに近い。ホモフォビアは男らしさや男らしくあることの絶対条件ではないが、まちがいなくその一翼を担っている。男性が男らしくあるためには、同性愛者であってはならないし、同性愛者と思われてもいけない。そうやってホモフォビアはいっそう強化されていく。最近になってアンダーソンは、コンネルやキンメルが論文を発表した当時に比べると、とくに若者のあいだで同性愛に対する考えかたが変わりつつあると述べている。それでも、アンダーソンが指摘した変化を説明できないテクストをアナル読みするにあたって、ホモフォビアがとても便利な概念であることに変わりはない。[18]

アンダーソンは自身の研究生活を振り返って「コンネルの初期のジェンダーの理論化と支配性という概念を拡充させ、ホモフォビアが男らしさを支配的、共謀的、服従的、周辺的なものへと分化する過程で中心的な役割を果たしたことを論じてきた」と述べている。[19]アンダーソンの見解によれば、ホモヒステリアによって規定されていた男らしさが「包括的な男らしさ」へと大きく舵をきり、コンネルの主張とはかならずしも相容れないものに変わってきた。「ホモヒステリアの最盛期は一九八〇年代半ば」で、「ホモフォビアが影を潜めたということは、すなわち現代の若者はゲイの存在を知っているだけでなく、おそらく実際よりも大勢のゲイがいると思っている。なにより、ゲイが周りにいても気にならない人が増えつつある」という。[20]包括的な男らしさの台頭でホモフォビアが廃れつつあるというアンダーソンの主張はとても魅力的で思わず飛びつきたくなるが、男らしさがそれほど楽観的に捉えられるものだとはにわかには信じがたい。もしほんとうに若者がゲイの存在を気にしなくなりつつあるのだとしたら、ダン・サヴェージが性的少数派の若者に語りかけようと人々に訴えているように、どうすれば〝よりよい状況になる〟のか議論を続ける必要などないはずだ。

アンダーソンはホモヒステリアが文化に根づく条件として、①ある文化において同性愛は固定的な性的指向として存在するという認識、②同性愛を容認しない文化規範（いわゆる同性愛否認《ホモネガティビティ》)、③同性愛者であることを理由に男性が女性らしくなることへの不寛容さの三つを挙げ、さらにホモヒステリアの文化にはこの三つの条件がすべて揃っていなければならないと述べている。[21] もしアンダーソンの挙げた条件をはかる物差しがアヌスだとしたら、わたしたちはいまだにホモヒステリアの文化に生きていると認めざるをえない。

しかし、アンダーソンが「固定的な性的指向として存在する」との原則に基づいて議論を展開している点に、クィア理論家としては異議を唱えなければならない。というのも、セクシュアリティとはわたしたちが思うほど固定されたものではないからだ。また、もし「男性が女性らしくなることへの不寛容さ」がホモヒステリアの文化の前提条件ならば、男性が女性らしくなることを許容するとはどういうことなのか、それは女性嫌悪《ミソジニー》にどう結びつくのかも解き明かさなければならない。男が女らしくなることの否定はホモヒステリアだけでなくミソジニーにも通じる。アンダーソンの説に従えば、ホモヒステリアの文化ではミソジニーも必須条件となる。

ホモヒステリアを軸にした批評では同性愛者にはもともと同性愛の指向があると捉えるが、本書ではそうした固定された考えかたではなく、同性愛偏執《ホモパラノイア》という点から論じる。ホモパラノイアとは、誰がいつ同性愛者になってもおかしくないと想定し、周りの誰かが同性愛者なのではないかとつねに脅威を感じながら疑ってかかり、手がかりを探す心理をいう。[22]

ホモパラノイアとホモヒステリアは同性愛を敬遠するという意味でよく似ているが、ちがいは当の本人の立場にある。ホモヒステリアの人は、ラカン派のヒステリックな人が「自分は男なのか、女なのか」[23]と自問するごとく、もしかしたら自分はゲイなのではないかと疑念を抱く。一方のホモパラノイアは自分の周りに同性愛者がいるのではないかと疑い、その存在を脅威に感じる。

マーク・マコーマックは「ホモヒステリアとは同性愛者になることを恐れる文化的な概念として定義される」と説いたが[24]、やはり同性愛者となる対象は本人に限定されている。それに対して、ホモパラノイアの対象はあの人やこの人であり、自分以外の誰かが同性愛者であることを恐れる心理といえる。ここでホモヒステリアとホモパラノイアのちがいを明示したのは、本書がホモヒステリアに否定的な立場をとっているからではなく、アンダーソンやマコーマックがさらにホモヒステリアについて議論を深めていてくれていたらという思いからだ。

ホモヒステリアが同性愛を公的なものとみなしているのに対して、ホモパラノイアでは同性愛は私的なセクシュアリティであり、ときに公になることもあると考える。いわば、セジウィックが『クローゼットの認識論』で提示した、ある種の公然の秘密であり、本人がみずから公にするにしろ誰かに暴かれるにしろ、いつ何時明るみに出てもおかしくないものである。だからこそ、ホモフォビア、ホモヒステリア、ホモパラノイアに関する研究はアヌスから読み解くことで得られるものが多い。ギィー・オッカンガムは『ホモセクシュアルな欲望』(Homosexual Desire)で、アヌスは「自分のため、気を付けて大事に取っておきなさい」と論じた。[25] 礼儀正しく、品行方正で、節度ある人は、アヌスの話題を避け、アヌスがどんなふうに動き、アヌスからどれほどの快感を得られるか語ったりはしない。どうしても話題にしなければならないときは、遠回しに表現したり、冗談交じりに話したりして、不快感を隠そうとする。ジェフリー・ウィークスもオッカンガムの『ホモセクシュアルな欲望』の序文で同じように「アヌスはそもそも個人的なもの」と述べている。[26] そこには、〝もし〟や〝でも〟の入る余地はない。あくまでも個々の内に秘めておこうとするから、なおさらホモパラノイアが増長する。アヌスについて話すのは、その名を口にすることも話題にすることも許されない何かについて話すことであり、アヌスは忌むべきものという神話がまかり通るホモパラノイアの文化では、すこしでもアヌスに関心がある素振りを示したり、アヌスの威光を認めるような発言をしたら、肛門科の専門医でもない限りゲイとみなされるのがおちだろう。

アヌスに批評の光をあて、すでに探求と考察に取り組んでいる研究者ももちろんいる。

オッカンガムの『ホモセクシュアルな欲望』は、家族、アヌス、資本主義について、マルクス主義的な批判を鮮やかに繰り広げて話題になったが、それでも、その後に訪れるアヌス史上最大の危機、すなわちＨＩＶ／エイズの脅威という受難の時代の到来を予期したにすぎなかった。ちょうどエイズの脅威が高まっていたときにレオ・ベルサーニはやがて自身の代表作となる論文「直腸は墓場か？」（Is the Rectum a Grave?）を発表した。いずれも本書で一貫して批評すべき重大な理論であり、このあと彼らの論考の分析を進めるなかで、本書の主張がつまびらかになるだろう。最近では、キャサリン・ボンド・ストックトンが『美しい尻、美しい恥――〝黒人〟と〝クィア〟が出会うところ』（Beautiful Bottom, Beautiful Shame : Where "Black" Meets "Queer"）で人種と〝尻〟との関わりについて論じたが、彼女のいう〝尻〟はアヌスだけではなく、たとえば社会階層の底辺という意味にもとれる。そののちに出版されたティム・ディーンの『無制限の親密性――ベアバッキングのサブカルチャーが映すもの』(Unlimited Intimacy : Reflections on the Subculture of Barebacking）によって、アヌスは求めるもの、あるいは求められるものとして一躍脚光を浴びた。さらに直近の研究では、ちょうど本書の執筆が終わりかけたころに刊行されたグエン・タン・ホアンの『お尻からの眺め――アジア系アメリカ人の男らしさと性の表現』（A View from the Bottom : Asian American Masculinity and Sexual Representation）があり、ストックトンの著作と同じく人種とアイデンティティへの疑問を投げかけている。

それぞれを詳しく見ていく前に、どれもが多かれ少なかれ影響を受けている精神分析学、とくにフロイト派の思想に触れておこう。レオナルド・シェンゴールドは「精神分析を学ぶ者にとってアヌスにまつわる現象は身近なもの」ではあるけれども「近年の理論では、どういうわけかうしろへ追いやられてきた（うしろへというのはアヌスの比喩であることにも注目されたい）」と述べている。[27] もしもアヌスやアヌスにまつわる現象が精神分析学者の関心の中心にあるなら、なぜその議論は「追いやられて」きたのか。あるいは〝追いやられて〟きたのではないとすれば、どうして〝押さえ込まれて〟きたのか？

精神分析における肛門愛の思想の歴史は、フロイトが一九〇八年に発表した論文「性格と肛門愛」（Character and Anal Erotism）に端を発する。フロイトみずからカール・アブラハムへの手紙のなかで、この論文は「人を不愉快にする」内容だと書いている。[28] ピーター・ゲイによれば、フロイトはこのときすでにアヌスの性愛について考えていて、「一九〇七年には〝お金と排泄物と強迫神経症とは密接につながっている〟と考察していた」。[29] 同論文でフロイトは、長いあいだ手つかずになっていた問題と来るべき転換点をまとめて提起したとピーター・ゲイは指摘する。[30] たしかにフロイトの著作にはアヌスの重要性を訴える姿勢が一貫してみられ、後期の著作でもアヌスの性愛について論じている。ところが、シェンゴールドが指摘したとおり、アヌスの議論は近年の精神分析学ではうしろに追いやられている。

そもそも、「几帳面、倹約、強情といった三つの特性を、きまって三点セットにしてもっている」人を肛門性格とする類型はフロイトによって提唱された[31]。現在では日常会話でも、きっちりしていて几帳面で（几帳面というのは強迫観念を持つ人を一般化した概念だ）、やや気難しく、ともすると頑固な性格が如実に表れている人を〝アナルな人〟と呼ぶことがある。しかし、肛門性格がどういうものかを理解するだけでは、〝アヌスの性愛〟を理解したことにはならない。フロイトの功績は、アヌスが性格を決める重要な――というより決定的な――要素だという認識をもたらした点であり、アヌスについて先見の明があったといえる。

ポール・リクールなら、フロイトは「懐疑の解釈学[32]」に関心を寄せていたというだろう。だからこそ、解釈可能なあらゆる〝意味〟について、その先の意味を探求するのだ、と。懐疑の解釈学は、解釈可能な意味はすべて、たとえまったく追求されなくても列挙しておくべきだと捉える点で、偏執《へんしゅう》的読解に似ている〔偏執的読解と補完的読解については補章を参照〕。以下では、フロイト派の思想において、肛門愛がどのように解釈されてきたかを簡単に振り返り、否定的な感情がその発展過程にどう影響してきたかを明らかにする。具体的には、個別の例をいくつか引用し、フロイト派のアヌスの解釈が肛門性格という滑稽《こっけい》なステレオタイプにいかに結びついているかを考察する。また、アヌスの議論が懐疑の解釈学から発展し、そこから本書で取りあげるべきテーマがいくつも生まれたことを概説する。懐疑の解釈学に肩入れするのは不本意だが、偏執的読解と補完的読解とのあいだにある緊張関係が生み出す解釈のちがいが読者を文学の味わいの虜にする確信があるので、ひとまずは表面上の解説にとどまることを承知のうえでフロイト派がアヌスというものをどう構築したかを簡単に示す。

フロイトは多大な時間を費やして肛門愛がどうやって生まれるのかを考察し、その源は「排便から副次的な快を引き出したいがために、便器に座らされても大便するのをいやがる」幼児にあることを発見した。[33] さらにこの幼児の例を通して、問題の根源を突き止めただけでなく、一度に出しきることを拒む理由も解明した。排泄を拒む行為は、快感だけでなく、自己制御や自主性にも大きく関わる。フロイトによれば、「彼らのもって生まれた性的体質においては、明らかに肛門領域が性源として際立っている」[34]。単純明快な論理であり、現代ではフロイトのこうした主張に驚きを示す人はほとんどいないだろう。が、当時の人々にしてみればにわかに信じがたい説であるとフロイト自身も自覚していて、「事態が理解しがたいものであって、説明のための手がかりが何ひとつ見当たらないような場合、誰しもそんな事態があるとあえて信じる気になれない」と述べている。[35]

フロイトはアヌスの持つ意味だけでなく、人々が抱くであろう疑念についても予測しようとしていた。ここで問うべきは「理解しがたい」こととはいったい何かだが、のちにフロイト自身がどれも理解可能だったことを明らかにしている。何事も理解でき、また理解されなければならないのであり、「偏執症の人は悪いニュースもあらかじめ知っておこうとする」[36]。フロイトは、人々が自分の主張を真実として信じるかもしれないのに、「誰しも信じる気になれない」可能性を「悪いニュース」としてあらかじめ想定していた。意地悪な読者がいるかもしれないと考えていたのだ。

フロイトのアヌスと肛門愛に関する理論は、一九〇五年に発表した論文「性理論のための3篇」(Three Essays on the Theory of Sexuality)にはやくもその大枠が描かれている。「おまるに座らされるようなとき、つまり、世話をする人の都合で促されるようなときには、排便をかたくなに拒否し、むしろそれを自分の楽しみのために取っておくようだとすれば、それは、その子が後年、風変わりな行動をとったり、神経質になったりする最も確かなサインの一つとなる」[37]。リー・エーデルマンの「赤ん坊の仮面をかぶった独裁主義」[38]や、アダム・フィリップスの「託児所の怪獣」[39]を思い出す人もいるかもしれない。フロイトが観察した幼児はきわめて高い自己制御能力を示し、期待された通りに行動しないことに大きな喜びを見出していた。逆説的な見かたをすれば、ある意味でこの幼児はトイレトレーニングの第一段階で教えられたとおり、排泄を制御する行動をとったまでともいえる。ただ、フロイトの例の幼児は、いつ排泄すべきかという自己制御が〝うまくいきすぎて〟しまったせいで、突如として肛門性格が表れてしまったのだ。『標準版フロイト全集』(The Standard Edition of the Complete Psychological Works of Sigmund Freud)の注釈には、フロイトの論文についての笑い話が掲載されている。

> あなたの論文を読んだある知人が、この本のことを話題にし、これを余すところなく評価したうえで、こう言ったのです。自分には、ただひとつの個所、もちろん内容的には同意もできるし理解もできる個所なのだが、その個所がたいへんグロテスクで滑稽に思えてならず、その場にへたり込んで、十五分ばかり笑いころげてしまった、と。[40]

その話とはもちろん、先ほど紹介した幼児の事例だ。フロイトは「性理論のための3篇」を発表した時点で、はやくも肛門性愛と強情な性格を結びつけていた。いうまでもないが、強情という性質は「反抗と踵《きびす》を接していて、そこには怒りや復讐の傾向が結び付きやすい」ものだ。[41]

幼少期にアヌスに執拗にこだわると、そのままアヌスに執着する大人になる。現在では肛門愛の強い人は風変わりであると同時に、とにかく面白い人とみられるようになり、映画やテレビドラマなどに登場するアナルな人物は、決まって先ほどの幼児のように滑稽な役回りを与えられる。肛門性格について語るとき、直腸と肛門愛が完全に切り離されて、括約筋《かつやくきん》の動きによって直腸を制御することとは無縁な性格類型のひとつとみなされている点に驚きを禁じえない。それだけアヌスが喜劇的な要素と結びついている証であり、フロイトの著作を読んで「十五分」笑い続けないではいられない。フロイトは喜劇王といってもいいくらいだ。フロイト自身も読者が笑ってくれることを期待していたのかもしれない。そうでなければ、あんなに滑稽な事例を紹介する必要がどこにあるだろうか?

ここで確認しておきたいのは、〝懐疑の解釈学〟には慎重に向き合うべきだということだ。〝懐疑の解釈学〟を取り入れることによって幼児の腸の動きからその後の性格を決定づけられるわけだが、肛門愛が強いかどうかの〝診断〟は、アヌスへの執着と腸の動きとの相互関係が因果関係と等しいとの前提に立っているように思える。そのため、診断はある種の「世俗の記号学」[42]、より一般的には〝ゲイ探査能力〟といわれる、ホモパラノイアとして機能する。どんな些細な兆候も見逃さず、その兆候だけで対象の全体像を決めてしまうのだ。たとえば、わたしたちは肛門愛の強い人にみられる三つの特徴をきちんと理解しないまま、肛門性格とはこうだという固定観念を抱きがちだ。説明するまでもないが、こうした「記号学」による判断では、たったひとつの兆候だけに頼って、ほかの兆候や症状全般には眼を向けずに断定的に診断をくだしてしまうことになりかねない。

肛門愛について論じるときには、ホモパラノイアの先に、あるいはホモパラノイアと平行して、否定的な感情の影がつきまとう。フロイトの著作にも否定的な感情についての言及はみられるが、ほかにもたとえばオーウェン・バークレイ＝ヒルは論文「アヌスの心理学」(The Phycology of the Anus)で「不快感を取り除こうとすると、嫌悪や羞恥などの逆の作用(感情的な反応)が起こる。そのせいで、アヌス一帯は性的刺激を感じる器官としての活動をしなくなる」と指摘している。[43] 羞恥や嫌悪〝など〟という、なんともつかみどころのない否定的な感情は精神分析学の枠組みでアヌスを論じる際の中心的な要素になる。

ここで、バークレイ＝ヒルの説とA・A・ブリルの事例研究とのあいだにみられる相互関係についてみていこう。ブリルの事例研究では、ある児童が「授業中におならをして」恥ずかしい思いをし、その後も「特定の強い感情が引き金になって(そのことを)思い出す」[44]。ここで注目したいのは、アヌスと肛門愛について考察し、理論化しようとすると、どうしても否定的な感情の存在を無視できない点だ。アヌスとアヌスがもたらす喜びは徹底的に制御され、抑圧されなければならないのだ。

フロイトの提唱した肛門愛という考えかたはすぐに受け入れられ、一九一三年までの十年間にブリルやバークレイ＝ヒルをはじめ、多数の論文があとを追うように発表された。なかでも特筆すべきは、アーネスト・ジョーンズが一九八三年に発表した「肛門性愛の特質」(Anal-Erotic Character Traits) と、フロイトの「欲動転換、特に肛門性愛の欲動転換について」(On Transformations of Instinct as Exemplified in Anal Eroticism)(一九一七年)、「肛門性愛と去勢」(Anal Eroticism and Castration)(一九一四年の症例研究をもとに一九一八年に執筆、『ある幼児期神経症の病歴より』(An Infantile Neurosis) に収録) の三点で、いずれもホモパラノイアと否定的な感情とを総体的に論じている。ジョーンズは冒頭で「フロイトが発見したことのうち、人々にとっていちばん衝撃的だったのは——と同時に、まちがいなくあからさまな不信と嫌悪と反感を招いたのは——幼児期に肛門管の周りで性的な興奮を感じることによって、性格のある部分が大きく決定づけられるという事実だろう」と述べている[45]。ジョーンズはさらに「フロイトのこの主張をはじめて耳にした人は、誰もが馬鹿馬鹿しくてとても信じられないと思う」と続ける[46]。フロイトの理論の卓越性を認めつつも、ジョーンズが「不信」「嫌悪」「反感」「馬鹿馬鹿しい」という否定的なことばを使っていることに今一度着目してほしい。ジョーンズの論文自体が、肛門性格の人はとにかく「几帳面、倹約、強情」[47]というフロイトの主張を学問的観点から検証したもので、これを読めば、決して好ましくない肛門性格が、なぜ大衆文化のなかで笑いを生み出す登場人物として定着したのかがわかる。序章で紹介した《ふたりは友達？ウィル&グレイス》のウィルや《モダン・ファミリー》のミッチェルのようにゲイは肛門性格であることが多く、映画やテレビドラマにそういう人物が登場するとすぐにゲイだとわかり、笑いを誘う。では、《ふたりは友達？　ウィル&グレイス》や《モダン・ファミリー》を観ているとき、わたしたちは具体的に何に笑っているのだろう。〃肛門性格〃の人はすなわち〃アヌスの快感への欲求が強い〃人であり、幼児期に腸の動きを制御することに快感を覚えた肛門性格の人をゲイと同一視しているのだろうか？

ジョーンズの見解では、例示されているのは極端なまでに肛門性格が強く表れていて、おおよそ好感の持てない人物だということだが、ジョーンズ自身がやがてそうした人々を嫌悪するようになる。当初、肛門性格の人に対してジョーンズはあたりさわりのない、というよりむしろ好意的な態度を示していた。

アヌスへの執着に対するコンプレックスが特徴としていちばんわかりやすく表れるのは、手紙を書く行為だ。近況を逐一書き送るのは面倒だと思うときが誰にもあるだろうが、ここで話題にしている肛門性格の人の場合、なにがなんでも書きたがらないことがある。とくに、欲求がとことんまで高まっているときはなおさらだ。そして、ようやく取りかかったときには、ながらく音沙汰のなかった親族を驚かせようと、全身全霊をかけて書くことに没頭し、見事な筆致で詳細に綴った書状を書きあげる。たんに手紙を書くというより、一大書簡集を送るといった感じだ。[48]

ざっと読む限り、どこにでもいるような、ぐずぐずしてなかなか行動を起こそうとしない人が、いざ取りかかると、これまで怠けた分を挽回するかのようにがむしゃらになって〝見事な筆致〟の手紙、あるいは書簡を書いただけのように思える。

ジョーンズは「いちばんわかりやすい」、「なにがなんでも」、「手紙というより、一大書簡集」のように大げさな表現を使って肛門愛を描写しており、肛門性格を度を越した極端な特徴として捉えていたことがわかる。アダム・フィリップスは「極端なものごとについて語るとき以上に、人が極端な物言いをすることはない」と述べているが、[49]ジョーンズの肛門愛の描写はまさに〝度を越えている〟としか言いようがない。度を越えていることが

「わかるということは、限界を知っているということ」[50]であり、そういう意味では、肛門性格を解明することは、限界を知り、どこまで極端になると肛門性格と呼ばれるようになるのかを明らかにすることだといえる。もっと突き詰めれば、偏執と同じように、度を越えているかどうかは本質的に制御と知識によって判断される。フィリップスが述べるように「度を越した行為というのは、とかく目につきやすく（中略）わたしたちはなにが適度なのかを知っていなければ、あるいは知っていると思っていなければならない」[51]。偏執の理論はまさにここから生まれる。自分はなんでも知っていると思うこと、あるいは知らないことでも想像を膨らませて知っているつもりになることが偏執を生む。「几帳面、倹約、強情」なこと自体が問題なのではなく、こうした特徴が度を越して肛門性格という極端なかたちで表れることが問題なのだ。

肛門性格についてのジョーンズの深い洞察は、精神分析学者や文学と文化の批評家にも影響を与えた。ジョーンズにとって「なにより興味深いのは、いろいろなものごとの逆の面に心を奪われがちであること」[52]であり、この捉えかたはアナル読みの原則にも通じる。十九世紀末の思想家たちが提示したように、重要なのは同性愛や性的倒錯の問題ではなく、ものごとを逆から、つまりお尻から見ることだ。ジョーンズはさらに、アヌスをトンネルや運河や道などになぞらえて象徴的に表現することで、肛門愛の詩情とでもいうべきものが生まれ、そこから批評家たちは開放、入口、閉鎖、出口、中心などを連想すると指摘した。なかでもいちばん露骨《ろこつ》なのは〝穴〟だろう。こうした連想はテクストのなかでどんな意味を持ち、どんな働きをするのだろうか。いうまでもなく、批評家が穴を連想するとき、それは単にヴァギナ、すなわち産道を指すと考えられるため、穴が本来はいかに複雑で曖昧であるかを認識することが本書の要《かなめ》といえる。ただ、ジョーンズも述べているように「ヴァギナを知らない子供にとって、固形物が通って外へ出る道はひとつしかない。それは肛門である」[53]。子供が混同しているだけといってしまえばそれまでだが、アヌスと男らしさとの関わりを考えるなら、子供だからで片づけていいとはいえない。

ミシェル・フーコーは、男らしくあるためにはペニスを持つこととペニスを挿入する行為が大切だと説いた。「異なる局部をもつ身体そのものにもまして、質や強さに違いのある快楽にもまして、挿入の行為は、その立場のいくつかの変種によって、とりわけ能動性と受動性の両極によって、性行為の特色を定めるもののように思われる」[54]。フーコーのいう両極、すなわち攻め手と受け手の区別は、男女の本質的な性差をあからさまに強調している。

性の快楽の実践のなかでは、二つの役割、二つの極を生殖機能のなかで区別しうるのと同様、両者は明確に区別されている（中略）。それは二つの立場の価値――主体のそれと容体のそれ、能動者《アジャン》のそれと受動者《パジャン》のそれ〔邦訳書注、agent と patient はデカルト的分類〕である。つまりアリストテレスが言うように、「雌は、雌であるからには受動的であり、雄は、雄であるからには能動的である[55]」。

この考えに従えば、「男が男である」ためには挿入する行為は欠かせないものであり、その行為を捨てて挿入される側になることは男らしさを失うことになる。数年後、レオ・ベルサーニものちに古典的論文となる「直腸は墓場か？」でまったく同じことを主張している。ベルサーニによれば、古代ギリシアの人々にとって「挿入されることは権力を放棄すること」だった[56]。アヌスを使って快楽にふけることをタブー視する道徳観の根源には、この権力の放棄、権力の喪失がある。ホモフォビア、ホモヒステリア、ホモパラノイアの文化では、まさに男が男としての役割を放棄し、穴を差し出すことが問題なのである。

男が挿入されるということは、アヌスを使って女になるのに等しい。つまり、自分の体を女のように扱うことを他人に許すということだ。もちろんこれはあまりに単純な論理であり、〝全身〟に対して〝穴〟がどんな意味を持つのか、もっと慎重に議論しなければいけない。アヌスとアヌスを使う男を排除する前提の上に成り立つ、この単純化された男らしさから脱却する術《すべ》はあるのか？　男らしさを論じるなら、穴とはもっと複雑だということを考慮しなければならない。こちらの穴よりあちらの穴のほうが重要だとか、穴はどれも同じだといいたいのではない。穴がうしろにあるのなら、ものごともうしろから読むべきだというのが本書の主張である。

近年、この複雑な問題についてさまざまな考察がなされている。とくに、ストックトン、ディーン、ベルサーニ、フォン、タン・ホアンなどによる、社会階級や人種と結びつけた研究が目立つ。ストックトンは『美しい尻、美しい恥』のなかで、恥について、さらに〝黒人〟と〝性的少数派《クィア》〟が〝出会うところ〟で恥が発揮する生産的かつ再生的な力について論じており、「黒人、クィア、あるいは黒人のクィアが否応なく味わざるをえない特有の恥について理解」しようと努めている。[57]ストックトンの論文は、かねてよりクィア理論の研究者が関心を寄せてきた否定的な感情を理解する一助になっている。ストックトンは一貫して〝出会うところ〟という観点から論じている。ストックトンのいう〝出会うところ〟とは、「ふたつの記号（あるいはそれぞれに広がりを持つべつべつの分野）が接触する場所であり、片方からもう片方へ向かって（あるいは意図的に向かわされて）何かが流れ込み、他方が網羅する範囲を広げ、影響力を強めて、その意味するところを説明したり強調したりすると同時に、ときには他方の持つもともとの性質を変容させ、混じり気のある概念にする」[58]。ストックトンは可動式レールを走る電車になぞらえて〝出会うところ〟を説明しているが、むしろ高速道路の登坂車線と追い越し車線をイメージするとよりわかりやすいかもしれない。

ここで重視したいのは、先述した精神分析学の研究のみならず、ティム・ディーンの『無制限の親密性』など近年の研究でも扱われることのなかった人種、とくに黒人にストックトンが注目した点だ。ところが最初の章を読むと、彼の関心はむしろ「恥と同義の〝堕落〟」にあることがわかる。〝堕落〟は〝落ちること〟だけでなく、それと同じくらい恥であることも表す。彼によれば、堕落は「物理的かつ物質的に〝落ちること〟であり、本稿では〝底辺〟という表現を使って論じる。底辺とは、肉体だけでなく（中略）精神的などん底や、経済格差における最下層も指す[59]」。底辺という含みのあることばと深く結びつけて考えるなら、肛門愛はアヌスと社会階層や支配や抑圧との複雑な関わりだけでなく、恥ずかしくて語りたくない欲望や快楽との関わりという、もっと広い視野から見ることができるようになる。たとえば人気のロマンス小説は、感情のほとばしりを強調して読者を恥ずかしさと喜びで満たす底辺として機能しているといえる。

アヌスと（階層の）底辺を関連づけるといっても、とりわけ近年の資本主義社会において、両者はもともとそれほどかけ離れたものではない。ギィー・オッカンガムは「この社会はファルス的［男根中心主義］で、ファルスとの関係によってこそ、可能な享楽の量は決定される」と述べている。[60] オッカンガムのいう男根中心主義の社会では、ストックトンの主要な関心事であった〝価値〟の多くが経済階層の頂点にあるものと底辺にあるものによって決定づけられる。オッカンガムは、資本主義経済のシステムが男根中心主義の社会を定義し、再定義すると考えており、資本主義経済によって「不在と現前は配分される。つまり、女の子のペニス羨望《ナイド》と男の子の去勢不安」が生まれるのはそのためだと指摘する。[61] さらに「ファルスはリビドーのエネルギーを自分の方へと引き寄せる。貨幣が労働をそうするように」とも述べている。[62] だとしたら、ペニスを捨て、喜んで底辺であるアヌスを選ぶのはどういうわけなのか？

オッカンガムは、社会はいつでもすでに男根中心主義であり、「社会はファルス専制的だ。何故なら、社会での諸関係の総体はヒエラルキー様式のもとに構成され」ていると論じている。男根の優位性が彼の論理と同じく総体的であるように、彼の主張もおそらく即座に男根中心主義に立脚している。ただ、オッカンガムの主張でより注目すべき点は、「ファルスの統治下」にあって「ファルスが本質的に社会的なものなら、アヌス（肛門）は本質的に私的なもの」であり、「アヌスが私的なものとされねばならない」ということだ。[63] 家族や異性愛だけでなく、大げさにいえば資本主義が成り立つためには、アヌスにまつわるあらゆることが昇華《しょうか》され、隠蔽《いんぺい》され、抑圧されていなければならない。底辺はそこから貧困や卑しさの価値を見出すことのできる経済的な属性でなければならず、それはストックトンがまさに「アヌスの経済」の考察で実践しようとしたことである。

オッカンガムの論文にはアヌスからの解釈、つまりアナル読みへの欲求の先駆けというべきものが見てとれる。「ファルスは至る所で見い出せるというのに。精神分析の通俗化がファルスをあらゆる社会的イメージに共通のシニフィアンにする。しかしいったい誰が、シュレーバー［自身の病状を手記としてまとめ、それをもとにフロイトが精神分析を行ったことで知られる人物］の太陽を父なる――ファルスでなく、宇宙的アヌスと解釈出来ると考えつくだろう」[64]。この疑問は本書が投げかける多くの問題に通じる。テクストと出会うとき、反対側、あるいはべつの側面にはいったい何があるのか？　慣れ親しんだ読みかたとはちがう角度から物語を読むとどうなるのだろう？

本書は、これまで多くの文学作品がひとつの角度からしか読まれてこなかったことへの挑戦である。その試みの先例として、ディーンの研究をあげないわけにはいかない。ディーンがベアバッキング［ＨＩＶ／エイズへの感染リスクを承知のうえで、コンドームをつけずにアナルセックスをすること］を研究対象に取りあげたことは、勇気ある革新的な行動であることはまちがいなく、おそらく従来の規範を覆すものだろう。その一方で、ベアバッキングはジュデイス・ハルバーシュタムのいう「絶対的な男性優位と白人至上主義のユートピア」[65]のなかで理論と実践、またはそのどちらかが展開するが、このユートピアとベアバッキングの密接なつながりについて正面から切り込んでいないという難点もある。ベアバッキングに関してはこれまでも多くの研究がなされていることもあり、本書では取りあげないが、ベアバッキング全般、とりわけディーンの議論にみられる問題について簡単に述べておく。

ディーンはベアバッキングの文化が生まれた大都市サンフランシスコを対象におこなった研究をもとに『無制限の親密性』を執筆した。[66]ベアバッキングについて、あるいはベアバッキングを通じて考察できることはいろいろある。とりわけ、重なるところ、交わるところ、そしてストックトンが出会うところと呼んだ複雑な問題から眼を逸《そ》らすことはできない。それも、単にそういう問題があると認識するだけではなく、慎重に、かつ批判的に考察する必要がある。『無制限の親密性』をアナル読みによって分析することで、ディーンが人種、社会階級、能力の政治性について言及していること、または言及していないことに対する評価はがらりと変わる。正直にいうと、本書にも知的な試みとして足りない部分があり、『無制限の親密性』を分析することでさらに議論を深められるのではないかと期待している。

ベアバッキングが大々的に流行し、社会現象となったことに対するマイケル・ワーナーの反応を読むと、複雑さの問題はさらに複雑になる。ワーナーは「ひとつの見解として、わたしたちは非常に衝撃を受け、それがどんなに恐ろしいか口々に語る。もっとも、哀れな実践者たちにとって、そんなことはもちろん痛くもかゆくもない」と述べている。[67] 彼のいう「哀れな」とは何を意味しているのか？　このことばは意図的に使われており、ベアバッキングをする人々が惨めで哀れだといっているようでいて、実は多くの研究者がどうにかして触れないようにしてきた階級の問題との関わりからベアバッキングを読み解くことを可能にしている。では、人々が衝撃を受け、恐ろしいと思っても「哀れな実践者たちにとって、そんなことはもちろん痛くもかゆくもない」とはどういうことか？　「もちろん」という表現は何を示唆しているのか？　おそらく、「哀れな」実践者たちはただ自分たちがもたらした衝撃と恐怖のことを知らないだけなのだろう。ところが、ストックトンは「クィアの人々の肛門愛（とアヌスで快楽を得ること）に対する先入観がどういうわけか経済格差の底辺で暮らす人々に烙印《らくいん》を押している」と指摘する。[68] では、ワーナーのいう階級の政治をどう考えればいいのだろうか。それだけでなく、この読みかたを続けることによって、ポストコロニアル批評や有色人種のクィア批評にも論を広げることができる。もう一度念を押しておくが、クィアの文化の習慣は、決して白人かつゲイの男性だけに限られたものではないのだ。

不本意ながら、『無制限の親密性』では人種、階級、能力といったことばが巧みに言い繕われていると指摘せざるをえない。というのも、ディーンは「ベアバッキングの文化を構成する人々は人種、階級、年齢、セロステータス〔特定の感染因子に対する抗体の有無〕、あるいはセクシュアリティすら関わりなく、ただ精液を送り、受ける危険を冒したいという一点だけを共有しており、そういう意味では、ベアバッキングの文化は異常なまでに民主的といえる」[69]と主張し、その主張をもとに議論を展開しているからだ。研究の根幹をなす政治的な交差性についての言及を積極的に避けているという明確な理由から、ディーンの考察は単純化されすぎているきらいがある。ベアバッキングの問題に取り組んだディーンの勇気には非常に感銘を受けるが（実際、この本の書評には勇気ということばがたびたび登場する）[70]、その勇気の産物には批判的な解説と検証がなされなければならない。ディーンの勇気はベアバッキングの文化の「異常なまでに民主的」な性質のおかげではなく、男性優位で新自由主義的な政治と文化の範疇《はんちゅう》にあるからこそ発揮できたといえる。

　ベアバッキング研究の問題を指摘すること自体は目新しい試みではないが、多くの研究がアイデンティティの多様性を考慮することなく問題を普遍化してしまっていることを考えると、ここでもうすこし掘り下げておくべきだろう。ハルバーシュタムは、ディーン、エーデルマン、ベルサーニなどの著作を評価し、「彼らが拠りどころとした文献や彼らが想定している絶対的な男性優位と白人至上主義のユートピアに熱をあげる気にはならない」と認めている。[71] ゲイの白人男性理論家として、ディーン、エーデルマン、ベルサーニと並び称されることの多いデヴィッド・ハルプリンについても簡単に触れておきたい。彼もまた、たとえば『ゲイはなにを求めているか? 性、リスク、主体性の考察』(What Do Gay Men Want? An Essay on Sex, Risk, and Subjectivity)などの著作で人種を考慮していないとハルバーシュタムに批判されたひとりだ。ただ、ハルプリン本人もその欠陥には気づいており、「ゲイの主体性に焦点をあてるとき、もっともわかりやすいのは白人だ。白人男性はゲイのなかでも社会的に地位が高く、発動力においても自律性においても政治的な抑圧や外部からの制約を受けにくいうえ、ほかの社会的要因では彼らの行動を説明できない。だからこそ、本論で述べることの多くは白人について言及することになる」[72] と述べて自身の論を白人に限定している。ハルプリンの肩を持つわけではないが、人種を扱っていないとの批判はあるものの、彼は自分の考えがより広い読者にとって価値あるものであることを望んでいた。

ディーンは『無制限の親密性』に対する反論に答えるかたちで、二〇一一年に続篇にあたる論文「ベアバックするとき」(Bareback Time)を発表したが、その論説からは交差性を認めようとしない姿勢があらためてはっきりみてとれる。この論文で、ディーンは

「ベアバッキングをする人は無責任で自己破壊的と単純に決めつけてしまうことは、この新しい性行為が全人類に投げかける道徳的な問題、つまりジェンダー、セクシュアリティ、セロステータスに囚われないことを拒むのと変わらない」という主張をいっそうあからさまに訴えている。[73] だとしたら、人種の問題を扱わない、すくなくとも時間を割いて考察しようとしないことの問題は何か。ディーンは、ベアバッキングについて考えるにあたって、死への欲望ではない、べつの可能性を想像することを一貫して読者に求めている。しかし、人種に関してはほんのわずかも触れていない。

ディーンはさらに「HIVの一時的な脅威は突然変異した。その突然変異が安堵や歓喜さえ代弁している一方で、予期せぬ不安の源にもなっている」と述べているが、[74] これはきわめて問題を含んだ主張であり、この論理が通用するのは、ゲイが大勢いる想像上の世界、つまりハルバーシュタムが「白人のユートピア」と呼んだ世界の外でのHIV/エイズについてしか想定しない場合に限られる。

ここでの目的は批判を列挙することではなく、個々の対象の具体性は認めつつ、その対象を前提として普遍性を論じることには慎重を期さねばならないと注意喚起することだ。以下では、ハルバーシュタムの「絶対的な男性優位と白人至上主義」をベアバッキングとの関わり、とくにディーンの著作でアヌスがどう解釈されているかとの関係を通して見ていく。

ディーンはつねに男らしさの政治を念頭に置いてジェンダーを考察していて、「すべての男性が平等なのではなく、どれだけアナルセックスをしていようと、すべての男性は男として扱われる」のであり、それこそが「ベアバッキングの文化が訴えかけていることかもしれない」と主張する。[75]ハルプリンとちがってディーンは男性を男性として扱うことに一貫してこだわっており、その延長に、リサ・ドゥガンのいう同性愛規範の「新自由主義的な性の政治」があるように思える。同性愛規範の「新自由主義的な性の政治」とは、「支配的な異性愛規範の前提や決まりごとに異を唱えるのではなく、むしろその規範を容認し支持しながら、一方で、ゲイの政治的基盤を解体して民営化し、政治から離れて家庭生活と消費に根ざしたゲイ文化が生まれる可能性を保証しよう」とする政策である。[76]ベアバッキングの実践は規範からの大胆な逸脱だと声をあげるまえに、「ほかの男とセックスしたいと思ったとしても、それは急進主義の政治の証左などではない」[77]というベルサーニのことばを肝に銘じておくべきだ。ディーンは、セクシュアリティにおける男らしさをあらためて確認することによって、支配的な男らしさを再構築している（この点については、あとでも考察する）。ディーンによれば「ベアバッキングの文化において男らしさを証明するには、挿入されるときの不快感や一時的な地位の喪失に耐え、不平を漏らすことなく〝男らしく〟受け入れられるかどうかにかかっている」[78]。しかし、ディーンのいうベアバッキングの文化は、コンネルの「高度な文化としての男らしさ」[79]においては完全に行き詰まる。そもそも男らしくない受け入れかたとは何か？　さらに突き詰めるなら、ディーンのいう男とはなんなのか？　ディーンが関心を向けている男というものが、リーの「去勢された少年」[80]やハルプリンのゲイの男性[81]、セジウィックの「めめしい少年」[82]、メイヴァーの男の子らしい男[83]、あるいはディーンが「極端なゲイ」と呼ぶ「流儀にこだわらない相手に先っぽをあてがう」男[84]でないことは明らかだ。

ディーンが関心を示すのは「性的に底辺」にいて「タチの相手からいつも淫売やヤリマンや売女などといった女を侮辱する蔑称で呼ばれる」男性である。ただ、ディーンは「ミソジニー的な蔑称で呼ばれるからといって男らしさが傷つくわけではなく、むしろ女性の性器を侮辱するような表現によって男らしさが増強されているともいえる」[85]と読者に訴えている。問題は、表現そのものが「男らしさを傷つける」のではなく、そうした表現がハルバーシュタムのいう「絶対的な男性優位」のイデオロギーに傾倒していることだ。それはまさしくミソジニーであり、女性化恐怖《エフェミノフォビア》であることに——異性愛規範とその規範に根ざした支配的な男らしさの表れであり、女性化への拒絶と放棄であることに——ディーンは気づいていないのだ。

ディーンはベアバッキングの文化が「男らしさの文化的構造の転換[86]」の現れだと述べているが、ではその転換はどこにあるのか？　その転換は「男性優位主義を受け入れることで女らしくなるのではなく、むしろ男らしくなるという逆説的な論理[87]」によって理解される。それは支配者側の論理を再確立することにほかならない。ディーンはこの男らしさの政治の再確立を何度となく訴えているが、その論理が成り立つのは男性優位主義に立脚する場合に限られる。ベアバッキングの文化によって「マゾヒズムの再男性化[88]」を促すというディーンの主張は、異性愛規範からの脱却を拒み、本質主義的なミソジニーとエフェミノフォビアに依存した欠陥と問題のある二項対立を前提とすることによってのみ可能なのだ。

ディーンは慎重かつ周到に「男性優位のユートピア」を築いた。そこでは男性の肉体が賞賛され、男らしさが崇められる一方で、女らしさは完全に捨て去られないまでも、ほとんど微塵《みじん》も感じられない。はっきりいって、ディーンが男らしさを維持し、再確立するためにつくりあげたこの「逆説的な論理」から抜け出す術はない。だからといって、人種の政治も同じように行き詰まっていると考えることはない。ハルバーシュタムが述べているように、「ゲイの白人男性は、喪失と自己破壊とマゾヒズムを受け入れることで最終的に去勢の危機から自分を救い出すが、それが可能なのは、汚された女らしさ、人種問題が絡む女らしさから切り離される場合だけ」である。人種問題が絡む女らしさはディーンの「逆説的な論理」の背景にさまざまなかたちで見え隠れしている。その理由は、女らしさが男らしさを増幅させ、その延長として人種と女らしさをひとつに融合させた結果、人種と女らしさをないものとして「逆説的な論理」を理解するように追い込まれているからではないだろうか。

たとえば、リチャード・フォンは「アジア人が出演する北米の（ポルノ）作品のほとんどで（中略）（白人の）ペニスが優位な立場にあり、アジア人はいつもネコの役割をあてがわれている。つまり、アジア人とアヌスは同一視されているのだ」と主張している。[90] では、コンドームを使うかどうかにかかわらず、人種問題にも女らしさの政治にも囚われることなくアヌスのセクシュアリティについて考えることは可能だろうか？　もちろん、コンドームを使わないことが、フォンが無効だと断言した性行為や懸念を表しているわけでも、ディーンがわたしたちに信じ込ませたように性行為に携わる人は誰もが新自由主義、同性愛規範、ベアバッキングの文化における民主的な市民であるというわけでもない。グエン・タン・ホアンは「アジア系アメリカ人の男らしさとあからさまな性的描写が深刻に考察されていないのは、これまでアジア系アメリカ人の男らしさは女らしくなることと去勢によって示されてきたという大きな不安があるからだ」と指摘する。[91] 人種の問題はさまざまなかたちで不安をあおるが、それでもその不安を受け入れて考察を続け、いま直面している課題にとって人種の問題に触れないことにどんな意味があるのか解き明かす必要がある。

残る課題は、アヌスに焦点があてられているか否かは別にして、さまざまなものが確実に交わる場である性交渉において、なにが起こるかである。男らしい人がネコであるはずがない（この点についてはメキシコの映画《エルリンダ夫人と息子》を考察する第七章で論じる）、あるいは、ネコは女らしくあらねばならない（本書ではまさにこの問題に取り組んでいる）といっているのではない。ただ、ディーンの『無制限の親密性』では、女性のアヌスになにが起こるのかという疑問は残っている。

女らしさはいろいろな角度から考察する必要がある。とくにアナルセックスで挿入されることと女らしさが同一視されることについては、人種の問題も考慮しながら議論されるべきだろう。タン・ホアンやベルサーニらが述べているように「家父長制の社会にあって階層の底辺に位置することは、女のように挿入され、支配されることと同じ」とみなされる。[92]オッカンガムならすぐに「アヌスはヴァギナの代用品ではない」、周知のとおり「女性も男性同様、アヌスを享受している[93]」と反論するだろう。批評家が「男らしさの喪失と女らしさによって評価されるアヌスの汚名を返上しよう挑んできた[94]」のと同様に、アナル読みが男らしさや女らしさを単純に上書きし、異性愛を反転させるだけになってはいけない。そうではなく、本書では、性的指向を本質とみなす制約や欲望に囚われずに、アヌスそのものを性的な対象として読み解く枠組みとしてアナル読みを提唱する。また、《エルリンダ夫人と息子》やトロントを拠点とするクリー族の画家、ケント・モンクマンの牧歌的な風景画〔第五章を参照〕など、社会階級や人種に直接的に関わる作品を取りあげるときには、社会階級や人種が示唆する問題にも眼を背けることなく、アヌスやお尻との関わりについて考察する。

どのペニスも同じではないのと同様に、どのアヌスも同じではない。象徴としての役割と価値はコンテクストによって大きく異なるかもしれないが、人種、性的指向、能力、性別、セクシュアリティ、ジェンダー、宗教、民族、国籍などに一切関係なく、誰もが平等にアヌスを持っているという事実から得られることがきっとあるとわたしは確信している。ガブリエル・ガルシア＝マルケスの小説に、誰もがアヌスを持っていることが当たり前と思われていることがわかる一説がある。マルケスは皮肉たっぷりに――そのなかにはもちろん幾ばくかの恐怖心と真実が込められているが――こんなふうに書いている。「糞にも値がつくと分かったら、貧乏人の赤ん坊は、尻《けつ》なしでうまれて来ることになるだろう」[95]

第二章
ヴァージニティとは

本章では、アヌスの貯蔵庫のなかから、誰にとっても似たような体験と思われがちなヴァージニティの喪失に焦点をあてて見ていきたい。まず問うべきは、ヴァージニティの喪失をアヌスに関わるものと解釈することにどんな意味があるのかだろう。そこで、ヴァギナだけでなくアヌスもヴァージニティを失う場所になりうることを示し、従来のヴァージニティの喪失という概念を覆すのが、本章のねらいである。ヴァージニティは本書の主題ではないが、第三章以降で取りあげる作品のなかには、ヴァージニティの喪失にそれとなく触れているものや、積極的に言及しているものもある。以下では、スティーヴン・G・アンダーウッドの『ゲイとアヌスのエロティシズム――タチ、ネコ、リバ』(Gay Men and Anal Eroticism : Tops, Bottoms, and Versatiles) を題材にとり、ヴァージニティの喪失について考察する。アンダーウッドが民俗学の見地から著したこの本で紹介されている体験談はいずれも、本書が構築するアヌスの貯蔵庫の一角を占めるべきものばかりである。

ヴァージニティの喪失は、たいていの人が好むと好まざるとにかかわらず経験する通過儀礼だが、女性の問題という考えが根深く、純潔、とくに処女膜という文脈のなかで語られることが多い。ハンナ・ブランクの『ヴァージン　処女の文化史』(Virgin : The Untouched History) やアンケ・ベルナウの『処女の文化史』(Virgins : A Cultural History)

でも、男性のヴァージニティの喪失については軽く触れるだけにとどまっている。[1] 従来の研究はもっぱら女性を対象にしていて、男性のヴァージニティはまだまだ未開の分野といえる。[2] ヴァージニティの喪失という概念は、異性愛を規範とする家父長制の文化を色濃く反映しており、男性はヴァージンであるかではなく、ヴァージンの女性からヴァージニティを奪う立場と考えられている。その結果、ヴァージニティは女性の問題とみなされ、男性のヴァージニティについてはほとんど関心が向けられてこなかった。そこで、本章では、ヴァージニティと性的指向がどう関わるのかという問題に焦点をあて、とくにゲイのセクシュアリティについて考察する。具体的には、ヴァージンには性的指向があるのか、あるいは、いつどうやって自分の性的指向に気づくのかという疑問を掲げて、議論を進める。

マイケル・アミコはかつて「厄介なことに、レズビアン、ゲイ、トランスジェンダー、バイセクシュアル、さらには詮索好きな若者にいたるまで、誰もがヴァージンということばをちがう意味で使っている！」と嘆き、そのうえで、とくに異性愛規範からはずれる場面でのヴァージニティの議論を組み立てるために、「ゲイはどうやってヴァージニティを失うのか？　どの穴に挿入されると失ったことになるのか？　ヴァージニティを失うのは挿入する側か、される側か、もしくは両者か？　レズビアンがヴァージニティを失うにはペニスバンドを使わなければならないか？　ゲイがヴァージニティを失うにはペニスを挿入する必要があるのか？」といった疑問を投げかけた。[3] ヴァージニティの喪失という概念は性の文化の共通認識と考えられているので、「どうやってヴァージニティを失うのか？」という質問に答えるのはおそらくそれほど難しくないだろう。ところが、アミコが投げかけた疑問の数々からもわかるように、ＬＧＢＴの文化においてヴァージニティを失うとはどういうことなのかは簡単には答えられそうにない。いちばんの問題は、アミコが一貫して象徴としてのペニスとその挿入に重きを置いているために、ペニスが存在しない関係性では何をもってヴァージニティの喪失とするかである。ヴァージニティの概念などと大げさに取りあげるほどのものでもないと単純に考える向きも多いかもしれないが、現実には性の文化に仲間入りするためにヴァージニティを重視する人も少なくない。同様に、ヴァージニティの喪失は結婚と同じく主要な通過儀礼であり、理由はどうあれ、その教えを受け、経験したいと願うものである。理屈のうえではヴァージニティという概念はいらないかもしれないが、その概念を捨てたからといって〝初体験〟の問題がなくなるわけではない。

アンダーウッドの『ゲイとアヌスのエロティシズム』はゲイの人々のアヌスの性愛の体験を学問的に論じた研究ではなく、アンダーウッドが行なったインタビューをもとに一人称で綴った体験談をまとめたものである。実際、アンダーウッドはこれらの体験談をほとんど分析しておらず、読者に解釈を任せている。人文学や社会科学の研究者もこの著作にはほとんど関心を示していない。もしこれが学術論文だったとしたら、インタビュー対象者の選定方法や全篇を通して人間を対象とした研究の倫理に欠けている点を社会科学者たちからかなり批判されただろう。問題視されそうな点のひとつは、読者に対象者を紹介するときに性的な興味をあおりすぎていることだ。たとえば「ケヴィンははっとするくらいハンサムで（中略）感情のこもった眼と明るいオリーブ色の肌と長身でアスリートのようにがっしりした体格に思わず息をのむ」[4]と描写したり、トムという対象者について「一時間におよぶ会話のあいだじゅう一度も視線をはずすことはなかった。まっすぐで攻撃的なその視線にすこしたじろいだが、とても爽やかで魅力的だとも思った」[5]と述べたりしている。また、これからインタビューしようとしているカップルについて「ふたりはきっと大学教員で、学があり、礼儀正しく、プライヴァシーが守られるかを必要以上に心配している。ひとりはたぶんイギリス人の教授（こちらが若いほうのレオナルドだろう）、もうひとりは博士号を持っている」などと妄想を膨らませている。[6]いずれも主観的で倫理上の問題があり客観性を欠いたインタビューだが、アンダーウッド自身がほとんど気にしていないのはまちがいない。もし学術論文のつもりで発表するなら、明らかにもっと配慮をしなければならないはずだ。こうした難点はあるものの、ゲイのアヌスの性愛を理解し、いくつかの見解を提示している（そしてさらなる研究を促している）ことはたしかである。唯一見つけることができたこの本の書評は、マイケル・ハタズリーが〈ゲイ・レズビアン研究〉誌（Gay and Lesbian Review）に寄せたもので、「カミングアウトの逸話を愉しみたいなら、この本はうってつけだ」と述べている。[7] 自分のセクシュアリティをカミングアウトすることは性的指向と深く関わることが多く、ハタズリーが性的指向に重きを置いた読みかたをしていることが、セクシュアリティとジェンダーの研究をしているわたしには衝撃だった。[8]

はじめにはっきりさせておくと、わたしはとりたててヴァージニティの喪失に関心を持っているわけではない。だから、本章では「どうやってヴァージニティを失うのか」という問いに明確に答えることはしない（そもそも万人が納得できるような答があるかどうかもわからない）。ましてや、ヴァージンのアイデンティティについて論じようなどとは微塵も考えていない（だいたいそのアイデンティティがどのように構築されるのかすら定《さだ》かではない）。関心があるのは、アンダーウッドが対象者から聞き出した体験談である。どの体験談も複雑であり、その複雑さを解明して、「テクストが主張することを（中略）読者が真実と捉える」[9] という文学の仮説を証明したいだけだ。さらにいえば、ヴァージニティとは数千年におよぶ性的な幻想のなかの神話でしかなく、このさきもしばらくは神話のまま変わることはないと確信している。ヴァージニティは元来、主観的なものだ。それがわかっているからこそ、ヴァージンはできるだけヴァージンであり続けようとする。〃テクニカル・ヴァージン〃［オーラルセックスやアナルセックスなどの性経験はあってもヴァギナに挿入されたことのない女性］ということばが広く知れ渡ったのも、そのことを示す一例である。[10] もっとも、テクニカル・ヴァージンは目新しい概念ではなく、むしろ以前からある考えかたに名前をつけただけともいえる。せっかくなので簡単に触れておくと、調べられた限りでは、〃テクニカル・ヴァージン〃という用語が学術論文に初登場するのは一九二九年の〈優生学研究〉誌[11]（Eugenics Review）だが、現在とはすこしちがった意味で用いられている。その後、一九七一年に発表された論文「性行為の類型論」（Typology of Sexual Behavior）[12]のほか、一九九〇年に発表された性に関する論文でも使用されている。[13] 一九八七年にはキャロル・A・ダーリンとケネス・デヴィッドソンが〃テクニカル・ヴァージン〃の概念を再考する必要性を指摘している。[14] こうした経緯からも、いつまでをヴァージンと呼ぶか、どの〃行為〃をもってヴァージニティが最終的に、そして正式に失われたことになるのかはいまだに定まっておらず、問われ続けている。そこで本書では、アンダーウッドの著作に限って検証することで、ヴァージニティとは何かを位置づけるための理論や考えかたを提示してみたい。

セクシュアリティの研究のなかでもヴァージニティに関する議論はまだまだ未発達の分野で、とくに異性愛を規範とし、女性を中心に据えた解釈にとどまっている。それが悪いとか欠陥があるということではないが、どっちつかずのまま議論が停滞しているようにも見える。ヴァージニティに関する議論はどのように変遷《へんせん》してきたのだろうか？　デヴィッド・G・バーガーとモートン・G・ウェンガーは一九七三年の共著論文のなかで「男性のヴァージニティはセクシュアリティを扱った文学の社会学的研究でほとんど手つかずである」と述べている。[15]「男性のヴァージニティにほとんど触れていない」研究しか見あたらず、「ヴァージニティの歴史をひもとくとうたっている書物でさえ、男性のヴァージニティはその歴史すら語られないという特異な状況に置かれている」ことは、これまでわたしが指摘してきたとおりである。[16]サンドラ・L・キャロンとサラ・P・ヒンマンも「男性のヴァージニティは性科学者に無視され続けてきた」と述べている。[17]ただ、数少ない男性のヴァージニティについての研究では、恥や烙印との関わりが一貫して問われてきた。つまり、思春期の終わりごろになっても童貞でいるのは恥ずべきこととみなされるということだ。たとえば、アーヴィン・B・テバーは一九六一年に「大学生でまだ童貞なのは、本人が童貞を貫くことを望んでいるかいないかにかかわらず、仲間からも、親を含めた大人たちからも擁護されず、認めてもらえないことが多い」と述べている。[18] また、映画に観る現実社会でのヴァージニティについて、ローラ・M・カーペンターは「映画《初体験》(First Times、一九八二年公開)によって、童貞にとって経験がないことは恥であるという筋書きが作られた[19]」と指摘し、さらに「童貞であることを恥ずかしく思っている男性は、ヴァージニティを扱ったテレビ番組などを観ると烙印を押された気分になる[20]」と述べている。童貞でいることは恥だとみなされる点において、男性のヴァージニティについての研究は、この五十年間でさほど大きく変わっていないようだ。むしろ、メディアで取りあげられる機会が増え、滑稽に描かれたり、なんらかの手当てが必要な人として描写されることが多いために、童貞であることに対する否定的な感情、とくに恥ずかしいという気持ちがますます増長されたといってもいい。[21]

このように、もし男性のヴァージニティが研究の対象にされず、恥ずべきことであるなら、クィアのヴァージニティがよりいっそう込み入ったものであることは想像にかたくない。クィア理論、とくにイヴ・コゾフスキー・セジウィックが『クローゼットの認識論』(Epistemology of the Closet)で提示した概念をあてはめるなら、男性にとってはヴァージニティが〝クローゼット〟に等しいといえる。セジウィックによれば「〝クローゼットの中にあること〟それ自体が、沈黙という発話行為によって始められた[22]」ものであり、だからこそ体験談には宣言や告白がつきまとう。ことばにしろ行動にしろ、沈黙を貫いていれば、自分が童貞であることを明かさずにすむ。ここでいう沈黙とは、クローゼットに隠れているゲイと同じで「発作的にその独特な色合いを蓄積させて行く[23]」沈黙だ。つまり、ことばにしてカミングアウトしようとすると「同じくらいの特殊性がある[24]」表現をしなければならないので、失敗するか不完全に終わってしまう。セジウィックは「沈黙に発話と同じくらいの意味とパフォーマティヴな効果が与えられてしまう。それはより一般的に、そこでは無知が知識と同じくらい強力で、複合的なものだという事実をはっきり示している[25]」と主張しているが、この見解にはとくに賛同の意を表したい。一般論になることは承知のうえで、クィア理論の概念と思われがちなクローゼットは、クィアのセクシュアリティと同じように恥と認識される男性のヴァージニティを表すのにも役立つといえる。

このクローゼットという概念は、〝ゲイ予備軍[26]〟ともみなされるクィアのヴァージニティにあてはめて考えると、二重の意味を持つ。ヴァージニティと、まもなく目覚めることになる（そしておそらく宣言され、正体がばれることになる）セクシュアリティの両方を指すことで、クローゼットの意味が曖昧になる。クローゼットのなかにさらにべつのクローゼットがあるようなものだ（C・S・ルイスの『ライオンと魔女』に出てくる、べつの世界につながる衣装だんすを想像するとわかりやすいかもしれない）。以下では、アンダーウッドが紹介する体験談を例に、ヴァージニティの喪失がいかにセクシュアリティの決定に関わっているかを示す。いうなれば、クローゼットから出てくるには、ヴァージニティを失うだけではなく、みずからの性自認を宣言しなければならないのだ。

ただでさえ複雑なヴァージニティの喪失という問題をさらに複雑にするのは本意ではないが（とはいえ、性の問題が複雑なのはご承知のとおりだ）、性的指向と性自認が干渉し合っている点は認識しておかなければならない。一般にセクシュアリティは両極のどちらかにあるものと考えられがちだが（あるいは二項対立ではなく連続体との認識が定着しつつあるかもしれないが）、ゲイの男性のセクシュアリティには独自の捉えかたがあり、そのために性的指向を限定的に論じるのは大きな問題がある（この問題自体は望ましいことだが）。これまでの〝性的指向に関する議論〟では、セクシュアリティが異性愛または同性愛のどちらか、あるいはバイセクシュアルを含む三つのいずれかに限定されることが多かったが、実際にはもっとさまざまな可能性を想定する必要がある。アンダーウッドの本には、タチ、ネコ、リバの三〝種類〟のゲイが登場し、たとえば「ネコはタチとはまったくちがった評価を受けるが、それは驚くことではない。女性がヴァギナで性交するように、ネコはアヌスに挿入されることで女になりさがった恥ずべき存在として、タチよりも汚れているとの烙印を押される」などと述べられている。[27] もちろん、ここではタチが挿入者でネコが挿入される側だ。このように挿入される側を貶める考えかたは、ベルサーニが「挿入されることは権力を放棄すること」と指摘したように古代ギリシア時代から引き継がれていて、いまにはじまったことではない。[28]ただし、リバは「男性同士のアナルセックスに特有の重要な特徴」といえる。「男性の体は挿入することも挿入されることも可能で、自由に選択できることに気づいた人たちがいる。いわば、リバとはふたつの異なる言語を話すのと似ている」[29]。このようにゲイには三〝種類〟のセクシュアリティがあることを踏まえると、これまで当たり前のように捉えていた二項対立のセクシュアリティでは十分な説明ができないのは一目瞭然だ。

いずれにしても上記の議論はBDSM（拘束、支配と服従、サドマゾヒズム）には言及していない。アンダーウッドも簡単に触れているが、BDSMを考慮に入れると、性的指向の概念はますます複雑になる。たとえばBDSMについては、イヴォ・ドミニゲスが一九九四年の著作で論じているほか、近年ではサラ・S・G・フランツが「人によっては、BDSMは性交渉においてどんな行為を好むかだけでなく、性自認の根幹をなすこともある」と述べている。[30]そのため、性的指向を限定的に語るときには慎重でなくてはならない。性行為にはたくさんのかたちがある。あるいはいろいろな欲望があるといったほうがいいかもしれない。ともあれ、セクシュアリティは限られた選択肢のなかから選ぶのではなく、もっと複雑なものなのだ。

　ヴァージニティとセクシュアリティを考えるにあたって、クローゼットという場所とそれが示唆することに立ち返っておきたい。クローゼットの本質は、一度の宣言によってすべての秘密がクローゼットから外に出て明らかになることではない。むしろ、セジウィックが述べているように「個人的なレベルにおいてさえも、ゲイであることにもっともオープンである人々でさえ、個人的に、経済的に、あるいは組織的に、自分にとって重要である誰かの前ではあえてクローゼットの中にとどまろうとする場合が非常に多い[31]」。何重にもなっているクローゼットがどれも同じだといっているのではない。実際にはどれほどのヴァージンが「個人的に、経済的に、あるいは組織的に」蔑《さげす》まれているかわからないが、たとえばセクシュアリティの研究者などがヴァージンであることに後ろめたさを感じるケースはあるだろう。ここで押さえておきたいのは、クィアと同じく、ヴァージニティは声に出すことが求められるという点だ。これから検証する事例でも、多くの場合この声に出す行為はクローゼットという概念を通して確認できる。クローゼットに隠れていたゲイがヴァージニティを失ったことで外に出てくることもあるし、クローゼットに隠れていなかったとしてもヴァージニティの喪失によって一人前のゲイになることもあり、ヴァージニティがアイデンティティにつながる例はたくさんある。

クローゼットとそこから出てくることの重要性を受け入れ、クローゼットの奥にはさまざまなアイデンティティが隠されているという見かたを取り入れるなら、声に出すことの重要性も認識しなければならない。ジョディ・マクアリスターがこうした物語を「ヴァージニティ喪失の告白ジャンル」と呼び、分析対象としたことは特筆に値する。告白の物語は肉体的行為だけでなく、その体験に伴う心理状態や感情にも必然的に言及することになり、おそらくはそちらのほうに重点が置かれる。マクアリスターによれば、フーコーは「このように告白とは、性を抑えつけるのではなく、みずからの性を見極め、綿密に管理する枠組みの一部になる」と考えていた。[32] フーコーの理論や告白の考えかたを学べば、当然ながら得られるものが多いだろう。フーコーとマクアリスターが告白を「セクシュアリティを見極め、綿密に管理する」ことだと捉えていたことはまちがっていないと思う。告白ではどんな性行為をしたかをことばにするわけだが、そのことばによってセクシュアリティについて考え、行動が決まるともいえる。[33]

しかし、告白という方法には道徳上の問題が絡み、ジェンダーの考えかたについても物議を醸すことになるだろう。ビョルン・クロンドルファーは「告白を綴る」ことで「人は無防備になるだけでなく、自分のアイデンティティを再確認し、補強もする」と解説している。[34] そのため、社会上の性役割であるジェンダーと生物学上の性別がいかに告白をややこしいものにしているか、きちんと認識しておかないと読み誤ってしまう。とりわけ、男らしさは社会によって確立され、あるべき姿が規定されている支配的な概念なので、クロンドルファーがいうように「男性が自分のことを正直に証言するのは難しい」のも当然だろう。[35] 告白の物語とは、教会での懺悔《ざんげ》だけではなく、法廷で証言することや心理療法でカウンセラーに話をすること、日記をつけること、それにあまりいい例ではないが自殺志願者が遺書を書くことにも匹敵する行為なのだ。

いずれにせよ、告白をひとつのジャンルと捉えることは、とくに『クローゼットの認識論』と関連づけて論じる場合、意義ある批評モデルといえる。告白とは誰かに話したいことを実際にことばにする行為だ。ゲイだとカミングアウトするときには、セジウィックがいうように「権威と証拠の問題がまっさきに持ち上がり得る」。つまり「どうして君が本当にゲイだってわかる」のかを証明できるかどうかだ。[36] この疑問に答えるために、ここからは物語の権威と証拠に立ち返り、ゲイらしい性行為がゲイとしてのアイデンティティを証明していることを示す。なかでもゲイとしての権威がひときわ高い性行為と考えられているのは、性交渉においてネコであることだ。すくなくともゲイに対する一般的なイメージでは、それは多少なりとも事実といえる。

両親にカミングアウトしたのは二十一歳のときだった。父はとても驚いたようで、翌晩はぐでんぐでんに酔っ払って遅くなってから帰宅した。そして、酒と煙草《たばこ》のにおいを漂わせてよろめきながらぼくに詰め寄り、これ以上ないほど恐ろしい質問を浴びせた。「つまりおまえはケツに突っ込まれているってことか？　ゲイの連中がやるようにおまえもそんなことをしているのか？[37]」

アンダーウッドの本で紹介されている体験談で、この父親は酔って本音を漏らした瞬間に、男性の同性愛の〝真実〟を口走っている。それはアヌスがゲイの重要な決め手だと思っていることだ。セジウィックと同様に、わたしもアヌスの欲望がかならずしもゲイの条件だとは思っていない。もしアヌスがゲイの決め手ならば、「男性が女性のアヌスに挿入したいとしたら、それはアヌスへの欲望なのか？[38]」という疑問に説明がつかない。にもかかわらず、女性の恋人にアヌスに挿入してもらいたいと願う男性がいたとしたら、やはりその男性の〝ほんとうの〟セクシュアリティに疑念が持たれることが多い。ただ、本書の議論を進めるために、アヌスは異性愛者が同性愛を理解するときだけではなく、同性愛者が同性愛を理解するときにも重要な役割を担っているという原則――それが正しいかまちがっているかにかかわらず――つまり、アヌスという体の一部が同性愛者を示す提喩《ていゆ》になっている事実をひとまずを受け入れる。

ゲイの性交渉ではネコを〝差別する〟序列意識が根強く、この序列に従えばタチは〝ゲイらしさが薄い〟といえる。アンダーウッドをはじめ多くの研究者がそう指摘しており、わたしもその見解には同意する。この固定観念に疑問を呈する研究もいろいろあるが[39]、だからといってアンダーウッドの事例研究を否定することはできない。そこで、先ほども述べたとおり、本書ではアンダーウッドが事例として紹介する個々の体験談を仮説としてみていく。ただ、アンダーウッドの事例は対象者の多様性に欠けるのが難点だ。クローゼットという場所のなかでの性的指向やヴァージニティの研究に貢献したいなら、人間に関する研究の倫理基準を満たした、もっと大規模な調査を行う必要がある[40]。本書の主題とはべつの目的でアンダーウッドの事例を取りあげるとしたら、それは社会科学者の関心をヴァージニティと性的指向にもう一度向けさせることだろう。そうすれば、自身の複雑怪奇な性自認にどうにか決着をつけようとしている若者の役に立てるはずだ。

固定化されたカテゴリーとしての性的指向を重視すれば、クィア理論の研究者の多くが異を唱えるのは重々承知しているが、固定的な指向を否定する動きが万人にとっていいことなのかどうかはわからない。とくに、クィア予備軍やゲイ予備軍である多くの子供や若者たちは、固定的な呼び名がなければ自分がどこに属するのか位置づけられない（そしてその位置づけを誰かに認めてもらえない)。理論にあてはまらないからといって、固定的なカテゴリーの存在を放棄してしまうのは時期尚早であり、クィア理論の研究者は理論の優位性と現実世界の認識とのすれちがいを読み誤らないように慎重に議論をしなければならない。固定的なカテゴリーを撤廃することは理論が目指す究極の目標ではあるが、もしそうしたカテゴリーがなかったらどうなるのかを考慮する必要がある。たとえば、ヘイトクライムやヘイトスピーチ、差別と平等に関する法律などは、(たとえまったく効果がないとしても)特定の指向の存在を認めることで、そのカテゴリーに分類される人々を守るものであり、そうした指向をないものとみなせば現実社会において政治的なリスクを生みかねない。

『ゲイとアヌスのエロティシズム』に登場する体験談の語り手は、ネコであるがゆえに烙印を押され、恥や屈辱や不快感といった否定的な感情を抱いている。さらに、どの体験談もネコであることを告白しているだけでなく、その告白が性的指向の宣言にいかに直結するかも示している。どの体験談も背後に潜む問題は比較的単純なのかもしれない。ヴァージン、つまり他者との性交渉の経験がない人に性的な指向はあるのか? あるいは、性行為を体験することで指向が生まれ、その指向を確認し、宣言することにつながるのか? ヴォルテールにこんなことばがある。「いちど試してみた人は哲学者である。二度試した人は男色家である[41]」

アンダーウッドの本には〝ネコ〟五人、〝タチ〟四人、〝リバ〟十人、そして二組のカップルのインタビューが掲載されており、バランスはいいが、データとしては数が限られている。ネコの人はおもにどうしてネコになったかを語っており、そのうちのふたりはフロイトの学説を裏づけ（ただし当人たちはフロイトの思想をきちんと理解してはいない）、残りは父親の関与不足か母親の過干渉を理由に挙げていた。また、初体験で受け入れる側だったことが決定的な理由になったと述べた人もいた。

たとえばアーロンは自分の指向についてこう話す。「高校生のころはゲイの知り合いなんてひとりもいなかった。学校の友達もみんな、周りにゲイがいるかもしれないなんて思ってもいなかった[42]」。レズビアンやゲイの研究でも、「ゲイの子供は今でもほとんどが異性愛を規範とした文化において異性愛者の家族のなかで育っている」と考えるのが主流である[43]。この事実こそが、事は急を要するとばかりに研究者をたきつけてきた。セジウィックも論文「クィアと現在」（Queer and Now）の冒頭で、クィアの若者の自殺者が多い点を懸念している。性的指向を自覚することは、単純にゲイであると宣言するだけでなく、社会を支配している文化規範から自分ははずれていると告白することでもある。アーロンが高校時代は周りにゲイがいなかったという話からはじめたのは、その告白によってひとつの型をつくり、そのなかで自分の性的指向と折り合いをつけなければならなかったからだ。実際、彼は「ゲイであるとはどういうことかを意味する矛盾した考えかた」と格闘している。たとえば「信頼のおける相手とでなければしない行為はあれこれあるけど、とくにアナルセックスなんてもってのほかだと思っていた。そんなことをするつもりはなかったし、これからもしない。そういうものだと思っていた」と認めている。たしかに彼には性交渉の経験はあったかもしれないが、本人のことばを借りれば、それは「とても限られた」体験だった。ここにも「テクニカル・ヴァージンと正真正銘のヴァージンとのあいだの葛藤」[44]が見てとれる。アナルセックスは、ヴァギナで性交するのに匹敵するくらいヴァージニティの喪失の最たるものなのだ。

アーロンはヴァージニティということばを一度も使わなかったが、彼の語るアナルセックスの初体験は、一般にヴァージニティを失うときの状況とそっくりだ。「三か月してからようやく事におよんだんだけど、正直に白状すると、すごくよくてびっくりしたんだ。〝どうしていままでこの喜びを逃してきたんだろう。おれはなんてバカだったんだ〟って思った。まるで天啓を受けたみたいな気分だった」[45]。アーロンにとって、初体験は〝天啓〟のようであり、罪悪感と喪失感で高揚した不思議な感覚として心に刻まれた。ほかの体験談にもこうした傾向がもっとはっきりみられるが、アーロンはその後の交際相手について話すときも、たびたび初体験に言及した。

若いころは、女はセックスのときどんなふうに感じているのかなって思ってた。当時は、自分でその答を見つけられるなんて思ってもいなかった。コスモポリタンとかの女の子向けの雑誌や本を読んでみたけど、感情とか心理的な面を強調する人が多かった。ただ衝撃的だったただけじゃなくて、〝満たされた〟感があったって書いてあった。自分のはじめてのときに〝そうか、こういうことか！〟って思ったのをよく覚えてる。相手はジェフってやつで、すごく好きだった。誰かを自分のなかに受け入れるのには感情が伴うんだ。それがすごく驚きだった。それまでに読んだ記事の記憶が一瞬にして押し寄せてきて、〝ああ、こういうことを言ってたんだ〟ってわかった。[46]

ケイト・モンローのインタビューに応じたある人が、初体験は「その後の恋人との関係の青写真になる。もし最初がうまくいけば、そのあともずっとよくなる確率が高いのか？[47]」と述べているように、アーロンの初体験はまさにそういう体験だった。ここで強調しておきたいのは、初体験がいかに大切かということだ。アーロンだけでなく多くの人にとってもそうだと思うが、はじめての経験が決定的な瞬間となってその人のセクシュアリティが決まるといってもいい。

アーロンは自分をネコのなかでも〝支配的なネコ〟と考えていて、その性的指向はいっそう複雑で理解が難しい。〝支配的なネコ〟とは、本人いわく「だまってじっとしてろ。おれにまかせておけ」[48]というタイプだそうだ。ネコは受け身で、権力を放棄していると思われがちだが、彼はそうではないという。「おまえがおれに入れるんじゃない、おれがおまえを吸い込むんだ。ぜんぶ吸い込んでやる。ほんとうはどっちが支配権を握ってるのかわからせてやる」[49]。彼はそういって攻めるネコなのだ。このようにセクシュアリティは決して単純なものではないと認識するべきだ。この点は何度でも再確認しておかねばならない。アーロンにとって「ネコであることは自尊心と深く結びついている」[50]。ネコの役を引き受ける側が語ることばは否定的な印象を伴いがちだが、アーロンの場合、ネコであることがアイデンティティを構成する必要不可欠な要素になっている。アナルセックスの経験によって、彼はゲイとしての指向に気づいただけでなく、その指向が自分のセクシュアリティと人格にいかに影響しているかを知った。つまり、彼がゲイであるという明らかな事実は——周りにゲイがひとりもいなかったとしても——クローゼットのなかに押し込められてきたが、そのクローゼットのなかでセクシュアリティを模索することで、アーロンは自分の指向の全体像を把握できたのだ。

次に、アンダーウッドの限られたデータのなかでも、ただひとり白人ではないリトという人物の事例をみていこう。彼の体験談は文化のちがいを浮き彫りにしているが、それでもアーロンと同じようにアヌスが特別な意味を持っているとわかる。リトは「自分みたいな性癖があっても、アメリカでなら幸せになる道があるってわかったんだ。たとえゲイでも。ラテンアメリカではそうはいかない」[51]とはじめから認めている。アーロンと同じく彼の場合も、セクシュアリティの頂点ともいえるアナルセックスに至るまえにオーラルセックスをした経験が語られる。リトはアナルセックスを「難易度の高いコミュニケーション」だと考えていて、「ネコのほうがより深くて、ずっと現実的な体験をする」[52]と話す。その表現だけをみると、アナルセックス、とくにネコであることが、難易度が高く、より深く、ずっと現実味があるように語られていることに驚きを禁じえない。それはまるで、タチの経験やそのほかの性行為では、アーロンのいうアナルセックスの〝満たされた感〟を十分に味わえないかのようだ。

リトは早くから自分が人とは〝ちがう〟[53]ことに気づき、すぐに「おれはゲイで、しかもネコだ。受け身のほうだ」と宣言したという。リトの体験談からは、はじめてのアナルセックスの難しさがわかる。彼の初体験は失敗に終わっていて、「相手はおれに入れたかったんだけど、おれは怖くてうまくいかなかった」という。べつの相手（大学のルームメイト）と行為に及んでうまくいったときは、「気持ちのうえでも愉しめたし、はじめてのときより味わい深い経験だった[54]」。この表現からもわかるとおり、やはりヴァージニティの喪失は天啓のような経験であり、「より深い経験」をもたらす「魔法の瞬間」なのだ[55]。リトはアナルセックスを経験し、その奥深さと喜びと魔力を実感することで、自分の性的指向を確認した。自分の性的指向を捨てたいと願ったときもあったかもしれないが、セクシュアリティを通じて「それが誰かを愛し、一緒にいられる素晴らしい術[56]」だと理解するに至ったことがわかる。

ここに挙げたふたりは、同性愛者でありネコであるという二重の性的指向の重要性を強調している。タチはゲイではないといっているのではない。タチも同じように性的指向の中心的な要素であり、それはリバであっても同じだ。ただ、これらの体験談に顕著に見られるとおり、セクシュアリティだけでなく性的指向を決めるうえでもアヌスが中心的な役割を果たしている。たとえば、タチであるマックスは自分のセクシュアリティがわからず困惑していたが、ガールフレンドに「あなたはゲイよ。だからゲイの相手を探すべきだわ[57]」といわれてはっきり認識できたという。ところが驚いたことに、タチの体験談からは、アヌスで得られる喜びを放棄していること、初体験がそれほど大事にされていないことがわかる。タチの初体験は、リトのいう「魔法の瞬間」でもなければ、アーロンが感じた「驚き」や「衝撃」もない。たとえばマークははじめてのときについて「おれはほかのゲイみたいにすぐにクローゼットから飛び出すことは絶対にしなかった。ゆっくり時間をかけて外に出た」といい、また「はじめてアナルセックスしたときはすぐに（中略）オイルをつけて相手に挿入した。最初からそうだったけど、それでぜんぜん構わなかった」と述べている。[58]彼の物語にはネコのような深みがないともいえる。すくなくともこの限られた事例のなかでは、ある種の達観《たっかん》を得られるのはネコだけといえそうだ。

きちんと論理的に議論を進めるために、本章ではやや控えめにではあるが、重要な疑問を提示した。それは、男性はどうやってヴァージニティを喪失するのかという疑問である。ネコであることがどのように語られるか、そしておそらくタチも自分よりネコのほうが一段深い境地に到達できると認めていることからもわかるとおり、男性がヴァージニティを失うのに挿入という行為は必要ないのではないだろうか。もしそうだとしたら、リトが指摘したように「男の体は挿入することもされることもできるようにつくられている」[59]といえる。その場合、お尻を差し出すのを拒む男はどうなるのか？　体験談の多くが示しているとおり、重要なのは、挿入する側とされる側という能動と受動の関係はきわめて不完全だということだ。挿入されることを求めるアヌスと、セクシュアリティの主導権を握るアヌスについてはまだまだ研究の余地があり、それはゲイにだけ有用なものではない。

性の文化としてのセクシュアリティを支配してきた男根の優位性や男根中心主義を覆すためにもさらに研究を進めなければならない。

男性のヴァージニティを研究するなら、異性愛者と同性愛者、そしてそのあいだに位置するすべての男性にとってのヴァージニティについて考察する必要がある。そうすれば、そもそも複雑で探究心をそそるアイデンティティの分類についてより完璧な見解を導き出せる。男性のヴァージニティの研究が進めば、ヴァージニティがどんな役目を果たすのかが見えてきて、ヴァージニティという概念の複雑さを解明できるだろう。ヴァージニティは女性だけの問題ではなく、異性愛者だけの問題でもない。ヴァージニティに伴う烙印や否定的な感情をなくし、異性愛者ではなく、女性でもないヴァージニティに注目することで、限定的で権威主義の状況からヴァージニティを解き放つことができる。理想論といわれるかもしれないが、ヴァージニティは本来もっとあらゆるものを包含した概念であり、誰もが生まれ持っているものだ。研究者も活動家も、良きにつけ悪しきにつけヴァージニティを独占してきた——というより背負わされてきた——異性愛者の女性という枠組みから抜け出して、ヴァージニティについて考察する必要がある。

第三章
攻めるネコ
——アン・テニノ『男子寮生とタチの恋人』

前章で考察したアンダーウッドの『ゲイとアヌスのエロティシズム』は、語り手がヴァージニティの喪失とアヌスのセクシュアリティについてどう考えているのかを垣間見せてくれたが、[1] ロマンス小説はそれらの物語を凝縮してフィクションに仕立て、わたしたちに提供してくれる。なかでも最近とくに人気のある男性同士の恋愛を描いたロマンス小説［以下では日本での一般的な呼びかたに倣ってBL小説とする。BLはボーイズ・ラブの略］では、男性のヴァージニティの喪失と性的指向というきわめて繊細で複雑なテーマが極端に誇張されて描かれることが多い。このジャンルは学術研究の対象としては比較的新しい分野であり、まだまだ未開拓で解明が進んでいないが、さまざまな性的指向に根ざした、あるいは性的指向を決める可能性を秘めたセクシュアリティやジェンダー、欲望、性愛などを扱った作品がたくさんある。本章では、アン・テニノが二〇一二年に発表した小説『男子寮生とタチの恋人』（Frat Boy and Toppy）を分析対象とする。この作品は、主人公が性的指向を模索する際にアヌスが中心的な役割を果たしていて、アヌスの性愛を考察するのに適した興味深いテクストと考えられる。大衆的なロマンス小説は文学界ではあまり研究対象として扱われてこなかったが、この作品を取りあげることによって、ロマンス小説も十分解釈の対象となることを示したい。

リサ・フレッチャーは、ロマンス小説は「巨大な市場を持つジャンル」であり、「書店に並んだかと思うと、すぐに売れて棚からなくなる」と述べている。また、「作品の数が膨大なうえに動きが早いので、学術研究の対象になりずら」く、ファンではない研究者によって研究されているとも指摘している。[2] この説明がロマンス小説の本質を突いているとしたら、多くの学者の研究が失敗に終わることは避けられないし、私自身もその失敗を認めなければならない。というのも、ロマンス小説は新作の出るペースがあまりに早いので、いつもお尻から追いかけるように読んでいるからだ。わたしはいわゆるアカ・ファンではない。アカ・ファンとはそのジャンルのファンかつ研究者のことで、「特定の、ときに暴力的な手法で媒体を認識し、脱構築する」ように訓練されていて、ときには「乱暴な読み手」になる場合もある。アカ・ファンは「分析対象のテクストに相当のめりむので、ほかの研究者が感じることのない葛藤を抱えている」。さらに、「大衆文化は（中略）分析に値しないとみなされており、そのジャンルのファンだというと好意的に受けとってもらえないため、挫折や差別に直面する人も多い」[3]。つまりアカ・ファンは、みずからそのジャンルのファンであることを公言している特殊な部類の研究者といえる。アマンダ・ファイアストーンもそのひとりで、「わたしは『トワイライト』〔内気な高校生ベラとヴァンパイアの青年エドワード・カレンとのロマンスを描いたステファニー・メイヤーのベストセラーシリーズ〕のファン、いわゆるトワイライターで、カレン信者《カレニスト》で、熱狂的な信奉者《トワイハード》〔トワイライトとダイハードを組み合わせたファンの呼び名」だ」と公言している。と同時に、「わたしはフェミニストの研究者だ」[4]ともいっていて、批評家、学者としてのアイデンティティも持ち合わせている。驚いたのは、もともとトワイライト・シリーズの〝ファン〟だった彼女が、のちに〝フェミニズムの研究者〟にもなったことだ。このふたつのアイデンティティのあいだに生まれる葛藤は、読者に対してどちらの態度をより鮮明に打ち出すかにあると思われる。いずれにしても、わたし自身はアカ・ファンではないと断言しておく。その理由は単純で、ファンを名乗れるほどロマンス小説をたくさん読んでいないからだ。

わたしはアカ・ファンではないので、膨大な数の新作をいつもお尻から追いかけるように読んでいる。ケイト・トーマスにいわせれば「のろまで大馬鹿」だが「せっかち」[5]ではないかもしれない（もっともわたしの場合、この研究に取り組み始めたのは早すぎたかもしれない）。もしわたしが「せっかち」だとしたら、それはロマンス小説研究におけるフェミニズム理論の立場を飛び越えて、いきなりクィア理論を持ち込んだせいだろう。もっとも、この見解は、ロマンス小説と文学理論の歴史を受け入れる前提によって成り立っている。その歴史とは、エリック・マーフィー・セリンジャーとサラ・S・G・フランツが『ロマンス小説の新しい読みかた』（New Approach to Popular Romance Fiction）[6]の序章で鮮やかに解説してみせたように、フェミニズムがつねにロマンス小説とのあいだに葛藤や衝突を抱えてきた歴史であり、さまざまな手法で現実と想像上の読者の精神分析に取り組んできた歴史である。わたしが自分のことを「大馬鹿」と思ったのは、おそらく無知で知識が足りないという意味ではなく、順を追っていないせいで「後れている」と感じているからだろう。[7]トーマスは一九九四年に「大学院に進学して」(奇しくもイヴ・コゾフスキー・セジウィックの『習性』(Tendencies)、ジュディス・バトラーの『問題な体』(Bodies that Matter)、マイケル・ワーナーの『クィアの惑星の恐怖』(Fear of Queer Planet) が出版された翌年だった)、「クィア理論の授業を受けたときに、自分は後れていると感じた。幼児が短い脚でよちよち歩きをするみたいについていくのがやっとで、興奮もしたけれど、動揺したのも事実だった[8]」と語っているが、わたしが抱いた感覚もそれに近い。

では、入り込む余地を与えてもらえない理由がたくさんある状況で、後れてきた者が重要な議論に貢献するにはどうすればいいだろう。たしかに、後れているわたしたちは失敗するかもしれない。単純にそう認めてしまえばいいのではないだろうか。たとえ失敗に終わっても、その失敗によって既存の学問にこれまでとはちがう解釈の可能性をもたらせる。歴史という重荷を背負っていない分、脚をとられてもがくことなく議論に割って入れるし、受け継がれきた歴史を想像して全体像をみるのではなく、長い眼でその分野の最善と最悪のシナリオを想定することができる。議論に正面から挑むのではなく、比喩的にも時間経過のうえでもうしろから読む。これぞまさにアナル読みである。アヌスから読んでいても、理論を前へ進めるために貢献できることはきっとあるはずだ。

　ただ、これまでみてきたように、アナル読みという表現にはもっと挑発的な意味もある。この呼び名が通用するのは、アヌスが「体のいちばん底辺に位置する」[9]との共通認識があるからであり、同様に、ロマンス小説も文学研究の底辺をなしてきた、あるいはそうみなされてきたといえる。ロマンス小説の読者は、アヌスに快感をみいだす人のように「アヌスは、自分のため、気を付けて大事に取っておきなさい」[10]と忠告を受ける。アヌスにしろロマンス小説にしろ、私的なものとして内にとどめておくべきだ、と。たとえば「女性が飛行機のなかでロマンス小説を読むのにどれだけ勇気がいるか」とか、「ロマンス小説を読むことは社会に受け入れられない」などといわれるようなものだ[11]。ロマンス小説を読むことやアヌスで行為に及ぶことは下等な行動であり、そうした行動に喜びを感じると認めるのは〝勇気〟がいる。

　つねに勇気を持った批評家であるべく、わたしはロマンス小説をアヌスから読むとどうなるのか模索しはじめた。それは、いかなるときもこれまで分析されてこなかった作品に立ち返るアカ・ファンではない批評家として、また、これまでテクストがアヌスという側面から解釈されてこなかった理由に根っから興味を抱いている批評家としての取り組みであり、この取り組みはアナル読みという課題に対しても、分野の枠を越えて広がりつつあるロマンス小説の研究にも貢献しうると思っている。本章では、なかでも近年人気が高まりつつあるBL小説に焦点をあてて、お尻とアヌスが作品のなかでどう使われているかを読み解く。

ただ、大事な点なのであらかじめ断っておくと、たしかにわたしはBL小説を研究の俎《そ》上《じょう》に乗せた最初の批評家かもしれないが、決してこのジャンルの第一人者ではない。アカ・ファンであれば、もっと影響力があって、分析対象として最適で、いちばん複雑なテクストを見つけて理論を深め、研究を進められるはずで、わたしはむしろ先走りしすぎているのかもしれない。この点について、パメラ・リージスはこういっている。「最適なロマンス小説を見極めて研究することは、批評界全体のためになり、ロマンス小説を代表するのに相応しくないテクストを研究対象にしたあげく〝ロマンス小説は単純である〟といった短絡的な決めつけが生まれるのを避けられる」[12]。たしかにそのとおりだろう。けれども、もしこれがロマンス小説を研究するための必要条件ならば、十分な資格と専門知識を持った研究者はほぼいない。それに、どうすれば条件を満たす理論家を育てれられるのかという問題もある。リージスの見解に従えば、研究をするなら、すくなくとも確実に「最適なロマンス小説を見極めて研究できる」だけの量を読み込んでいるという点で、その分野の頂点に立つことが求められる。リージスはロマンス小説研究という分野を確立し、その方法論がどうあるべきかを定義しようとしていて、研究材料として最良のテクストを選ぶためにも〝アカ・ファン〟に〝行動〟を求めているのだ。彼女がここまで強硬な主張をする理由はふたつある。ひとつは、ロマンス小説を読まない人に対して、ロマンス小説は内容が複雑で、芸術作品としても愉しめるうえに刺激的であり、他の文学作品にも引けを取らない研究対象だと訴えるため。もうひとつは、ロマンス小説研究における正典を確立するためである。

多くの批評家とちがって、わたしには批評の手本とすべき正典がない。そのかわり、アナル読みという観点から、何を読めばいいかアドヴァイスを求め、その結果構築された正典をもとに研究を進めている。だから、分析対象として取りあげる作品が「最適なロマンス小説」だといい切ることはできない。わたしはポストモダニズムの批評家であり、（せっかちな、または後れているかもしれないという理由で）ノースロップ・フライ派の批評家だが、文学批評と研究の価値判断の基準をどこに置くべきかはわからない。ただ、フライと同じく「どんな分野のどんな研究者にもいえることだが」、批評家が手本とする正典が「どれほど重要か否かは、個々の文学研究の条件に関わることであり、題材に取りあげる作品には直接関係しない」[13]と考えている。そこで本章では、テニノの『男子寮生とタチの恋人』に焦点をあて、BL小説というサブジャンルの作品をアヌスから読んでみる。この作品を選ぶにあたっては、すでにある正典を手本としたのではない。ただ、「個々の（つまりわたしの）文学研究の条件」を満たす興味深いテクストであるという一点だけが、この作品を選んだ理由である。[14]

BL小説は、瞬く間にロマンス小説のサブジャンルとして確立した。たとえばカナダの〈グローブ・アンド・メール〉紙で「男性同士の恋愛小説は（中略）出版業界最大の市場として著しく拡大しつつある」と紹介されるなど、サブジャンルとして認知されていることがわかる。同紙はまた「ロマンス小説の出版社として世界一の売り上げを誇り、いちばん古風なハーレクインでさえ、最近になって、電子書籍のレーベルであるカリナ・プレスから同性愛を扱った恋愛小説を出版するようになった」と報じており、それを受けて「四十七歳のイギリス人作家」であるエラステス〔古代ギリシアで少年を愛する同性愛者を意味する語がペンネームの由来〕は、「やっとハーレクインがゲイのロマンス小説を出すようになって、わたしの願いが叶った」と喜びをあらわにしている。[15]とはいえ、サラ・S・G・フランツも述べているとおり、BL小説は「ジャンルとしてはいまだ形成過程」にあり、「これまでも今も産みの苦しみを味わい続けているが、急激に成熟しつつある」[16]。わたしはどんなジャンルの大衆小説であっても（たとえ欠陥があるとしても）学問の対象に値すると考えているが、ＢＬ小説が「産みの苦しみ」を味わいながらもジャンルとして「急激に成熟しつつある」とフランツに認められたことはやはり嬉しく思う。ＢＬ小説の研究も、ロマンス小説全般の研究と同じく、今後「産みの苦しみ」を味わうだろうが（本書も例外ではない）、わたしもフランツと同じ気概で、その苦しみを受け入れる覚悟だ。

ＢＬ小説研究にとっての産みの苦しみといえば、なんといっても、ほとんどの作品が異性愛者の女性によって女性読者向けに書かれている（すくなくともそういうことになっている）という批判が（個人のブログや書評なども含めて）多勢を占めていることだ。こうした女性たちの多くはＬＧＢＴの政治活動に積極的に関わっていたり、クィア流に自己定義をしていたりするのだが、それでもゲイみずからが綴った物語ではないとの批判が後を絶たない。ゲイとして生きたこともない人物が、彼らの声や経験をまるで我が物のように扱っているというわけだ。この批判は、作家を過小評価し、その創作意欲を無に帰するものので、とうてい賛同できない。ダン・ブラウンの小説『天使と悪魔』で主人公がいっていたように「症状を分析するために、みずから癌を患う必要はない」[17]。それに、ゲイでなければＢＬ小説を書く資格がないのだとしたら、その作品の研究は誰の手に委ねればいいのか。

BL小説研究の第二の産みの苦しみは、ゲイの恋愛を描いているのだから、異性愛とちがってジェンダーの問題とは無縁だろうと思われていることだ。この指摘が的はずれであることはいうまでもない。ジェンダーは性自認の周縁だけにとどまるものではなく、男性であること自体が複雑なジェンダーの問題をやまほど抱えている。むしろ、男同士のロマンス小説は、ジェンダーがいかに複雑なものかを知る宝庫といっても過言ではなく、〝生物学上の〟性別を普遍的なものとみなす〝本質主義〟と、ポスト構造主義、フェミニズム、クィア理論の観点からジェンダーの遂行性［文化、社会のなかで日々実践されることによって社会的な性別が再定義されるとする考えかた］を主張する論理とがせめぎ合いを繰り広げている。実際BL小説には、キャンプ［一般に否定的にみられる特徴を逆手にとって強みにかえる発想］の典型ともいえるドラッグクイーン、アルファ男［肉食系でボス猿のように支配的かつ高圧的な男性］、ボイネコ［見た目はボーイッシュで受け身役のレズビアン］、〝おまえとだけ〟ゲイ［もともとゲイではない男性がある特定の相手とだけゲイとして関係を持つこと］など多種多様なジェンダーの現れかたが描かれている。とはいえ、〝支配的な男らしさ〟と呼ぶべき、白人かつシスジェンダー［トランスジェンダーに対して身体的性別と自身の性自認が一致している人］の伝統的な男らしさに関心が置かれ続けている状況は、BL小説研究の産みの苦しみといえるかもしれない。こうしたジェンダーの現れかたや遂行性はどれも、ジェンダーによって変わる経験の多様性に寄与するものである。

　すこし本題から逸れるが、ついでにもうひとつ指摘しておきたい。ＢＬ小説は、女性の存在がまったく感じられないか、登場するとしても恐ろしい存在（威圧的で恐い母親など）や退屈きわまりない人物、やたらとハイテンションで夢見がちな女の子など、女性嫌悪《ミソジニー》に通じる特徴がみられると批判されてきた。ほとんどの作品がベクデル・テストをパスしないというのが批判する人たちの言い分だ。ベクデル・テストとは映画や文学作品にジェンダー偏り《バイアス》がかかっていないかを調べる方法で、女性がふたり以上登場するか、登場する女性たちが男以外の話をするかなどの基準によって判定される。その流れで、ＢＬ小説からは女性の声が消されていて、ジェンダーの政治に無関心をよそおい問題に触れないようにしていると断じるのは危険だ。ＢＬ小説がジェンダーの政治と無関係ではありえないこと、そしておそらく異性愛を描いたロマンス小説とはちがう視点をもたらすことは、火を見るよりも明らかだ。女性が一切登場しない、究極のＢＬ小説だとしても、男同士のあいだにあるジェンダーの問題は十分考察に値する。

　ＢＬ小説研究に伴うこうした産みの苦しみにあえて触れたのは、学問として研究するにあたって、その苦しみをきちんと認識しておくべきだと考えたからである（もちろん研究者によってさらなる苦しみが提示される可能性もあるし、されるべきだが）。ＢＬ小説には問題がないわけではなく、問題が見つかればたいてい読者がすぐに指摘するが、だからといって批判を素直に受け入れてBL小説を研究対象からはずし、まったく無視する理由にはならない。産みの苦しみというかたちで提示される懸念は、BL小説の本質を知り、限界と問題の理解を促す一助となる。こうした欠点の考察は本章のねらいではないものの、暗にそれらの欠点に触れることもあるだろう。だから、わたし自身がこうした懸念に無頓着ではないことを表明しておきたい。

『男子寮生とタチの恋人』はこんな場面からはじまる。「ある木曜日の早朝、ブラッドはフラタニティ［アメリカの男子大学生の社交クラブ。入会基準があり会員は一種のステータスでもある。寮で共同生活を送ることも多い］のメンバーがシャワールームで裸でかがんでいるのを見て、思わず〝叩きたい〟と思った[18]」。ここで読者の意識はシャワールームでかがんでいるメンバーへ向けられ、ブラッドの視線を追ってすぐに彼のお尻に引きつけられる。この朝のできごとがブラッドの〝パラダイム・シフト〟［それまで当然と思っていた考えかたや認識ががらりと変わること］の引き金になった。何年ものあいだ「Gではじまることばを避けようとしてきたのに（中略）水が渦を巻いて排水溝に吸い込まれるように、ゲイを否定する気持ちがぜんぶ流れていった[19]」瞬間だった。この小説の肝は、ブラッドがゲイとしてのアイデンティティに目覚めること（BL小説ではよくこういう表現が使われる）、そしてそのアイデンティティティの自覚を後押ししたのが仲間のお尻だったことだ。仲間のお尻がブラッドにとって「同性愛の本質的な要素、つまり、ゲイの出発点[20]」になっている。自分のセクシュアリティについてブラッドに疑問を抱かせたのは、男根ではなくお尻だったのだ。

この決定的瞬間によって、批評家は意識の変革を余儀なくされ、どんな疑問を呈すべきかが変わった。これまで多くの批評理論で象徴としての男根の重要性が声高に叫ばれてきたが、この作品ではお尻が象徴としての大役を果たしている。どれほど認めたくなくても、ゲイにとってお尻が中心的な役割を担っていることは、すくなくともこの作品のなかではまぎれもない事実である。ブラッドの〃パラダイム・シフト〃には二重の意味がある。ひとつはブラッド自身のセクシュアリティの転換。もうひとつは、研究者の性愛とセクシュアリティに対する考えかたの変化。すなわち、男根ではなくアヌスが注目されていることだ。ここでは何よりもその事実を強調しておきたい。ただし、この事実が即、男根の脱構築や放棄につながりはしない。男根が象徴でなくなるのではなく、「性器によるエロスの独占という伝統[21]」の再定義によって、ジェンダーとセクシュアリティの批評理論にパラダイム・シフトをもたらしたのだ。これまでの批評理論はもっぱら男根にしか言及してておらず、同じように複雑で、十分解釈の対象でありうるアヌスをないがしろにしてきた。そこでここからは、『男子寮生とタチの恋人』のなかでいかにアヌスが中心的な役割を果てしているかを検証する。

この小説はアヌスの複雑さを讃え、アヌスも性愛に関与していることを見出している。性行為においてアヌスをただの代用品や付属品としてではなく、独自のセクシュアリティを担う場所として描いている。この点について、セジウィックは「括約筋がどう動くかを考えれば、アヌスがヴァギナとはちがう性的快感をもたらすことは十分ありえる。アヌスは入口と穴からなるひとつの筋肉のまとまりであり、そのくぼみは相手を受け入れられるものと捉えるべきだ」と指摘している。ジェイソン・エドワーズはもっとあからさまな表現でこう解説している。「セジウィックは、お尻を叩かれ、アヌスにむずむずした快感が走る瞬間をわたしたちに想像させようとしている。こすられ、舐められ、指や拳を突っ込まれ、ペニスを受け入れて包み込むアヌスを思い描かせようとしている」[22]。セジウィックがもたらしたパラダイム・シフトは、ロマンス小説にふんだんに描かれる性的体験を注意深く読み解く必要性を明らかにした。本書はセジウィックの思想を受け入れ、アナル読みによってセクシュアリティと愛情の共鳴とのあいだにある緊張関係を浮き彫りにする。『男子寮生とタチの恋人』は全篇を通じてそうした緊張関係や経験を堪能できる作品だ。

もっとも、アヌスの複雑なエロティシズムを描写しているBL小説は『男子寮生とタチの恋人』が最初ではなく、たとえば、ハイディ・カリナンの『汚れたコインランドリー』

(Dirty Laundry)[23] などたくさんの作品がある。異性愛のロマンス小説にもアナルセックスの描写はみられる。また、『胸の鼓動のさきにあるもの――スマート・ビッチのロマンス小説ガイド』(Beyond Heaving Bosoms : The Smart Bitches' Guide to Romance Novel)の裏表紙には「アナルセックスはほんとうに新手のオーラルセックスなのか?」という一文が記されているが、これついてレリーン・ゴルリンスキーはこう解説している。

二年くらい前に作家協会の大会に参加したとき、編集者によるパネルディスカッションでこのテーマが取りあげられていた。そのなかで、ニューヨークの編集者が「アナルセックスはオーラスセックスの新しいかたちだ」と発言したのだが、これこそまさに性描写の多いロマンス小説の人気のおかげで、読者にもアナルセックスへの〝免疫ができた〟証拠だろう。ほんの五、六年前まではロマンス小説にアナルセックスの描写はほとんどなく、だからこそ刺激的だったが、いまではふつうに登場し、新鮮さのかけらもない。それこそ電子書籍の作品ではごく当たり前に描かれているし、ニューヨークでは紙の本でもその傾向が強まりつつある。いまやアナルセックスは衝撃的でもなければ、目新しい行為でもない。[24]

ゴルリンスキーの発言を裏づけるように、二〇一〇年にはトーリ・キャリントンの『プライヴェート・セッション』(Private Sessions)[25]によってアナルセックスはハーレクインにも進出した。その結果、読者はアヌスがいかに性欲をかきたてる複雑な器官であるかを〝学ぶ〟ことになった。それも、ヴァギナのかわりにアヌスを使って異性愛での役割を単純に入れ替えただけではないと知ったのだ。さらに重要なのは、こうした小説にアナルセックスが描かれることで、ジェンダーとはどうあるべきかというBL小説に対する批判に立ち向かっている点だ。この点については、おいおい明らかになるだろう。

本書は、アヌスが一般に思われているほど単純ではなく、もっとずっと複雑なものだという大前提に立って議論を進める。ロマンス小説は、アヌスがいかに複雑かをいろいろな手を使って(それも一風変わった方法で)提示してくれる。ジャック・モーリンはアヌスは「無数の毛細血管や神経終末が集中していて、身体のなかでもひときわ敏感な部位だ」と述べる。[26]もちろん、セジウィックも著作のなかで、アヌスはきわめて複雑で繊細な器官だと繰り返し主張している。また、もし本書が立脚すべき第二の前提があるとしたら、それはアヌスは複雑で敏感なだけでなく、どうしてもある種の感情がつきまとうことだろう。モーリンはその点についても「アヌスの話になると誰もが否定的な考えや感情」を抱きがちだと指摘する。[27]このふたつの前提が、アナル読みとは実際どんな解釈のしかたなのかを物語る。アナル読みの目的は、アヌスという器官の複雑さと、複雑であるがゆえに生じる影響を認識することであり、また、どうして「このひときわ敏感な部位」[28]がこれまで貶められてきたのかを理解することである。『男子寮生とタチの恋人』の終盤で、自分が同性愛者だと受け入れたブラッドはフラタニティの仲間にカミングアウトするのだが、そのときアヌスについてこんなふうに話す。「ケツの穴は体のなかでもとくに敏感なんだ。イチモツとは比べものにならないくらいにな」[29]。ブラッドは訳知り顔でぞんざいに説明しているが、アヌスがたんに体の一部などではなく、とても複雑な性質を持っていると証明するのが、アナル読みのいちばん大事な使命だ。同小説を読み進めるうちに、読者もアヌスの性愛、とりわけアヌスと性自認との関わりについて考えるようになるはずだ。

　アナル読みをはじめるまえに、ブラッドがどんな人物なのか紹介しておこう。ブラッドは運動神経が抜群にいい大学生でフラタニティの会員である。「頬骨が高く、はっきりした顔立ち」[30]で、「筋肉質で見事な」[31]体つきに「立派な二の腕」をしていて、「後ろ姿が最高」[32]にかっこいい。見た目は「ほぼネイティヴアメリカン」で、「青い瞳」の「まわりはいっそう深い色」をしている。[33]一言でいうと、とても「逞しい男」[34]だ。ある意味では男らしい男、ロマンス小説でいうところのアルファ男であり、実際、フラタニティの仲間たちからは「ボス犬《アルファドッグ》」と呼ばれている。[35]

ロマンス小説では、舞台となる土地の先住民男性の肉体が性欲の対象になりやすく、白人以外の全民族に対する差別だとたびたび批判を招いている。ロマンス小説の歴史を振り返ると、この人種差別的なイデオロギーに根ざした問題をずっとはらんできたことがわかる。たとえば、ロビン・ハーダースはある作品を挙げて、この問題を指摘している。「ロマンス小説にはヒロインが拘束されるという筋書きがよくあるが、なかでも有名なのはエディス・ハルが一九一九年に発表した『シーク』(The Sheik) だろう。イギリス人の〝洗練された〟ヒロインが、サハラ砂漠に旅に出て、〝野蛮な〟アラブの族長《シーク》に身も心も囚われる物語だ」[36]。伝統的にそういう筋書きがよくみられるからといって人種差別を容認するつもりはないが、他者の肉体を性の対象として描く傾向があるロマンス小説について、もっと研究がなされるべきだと指摘しておきたい。ロマンス小説における他者は男性であり、そこにたとえば人種などの要素が加わることでいっそう他者らしさが増すのだ。『男子寮生とタチの恋人』のブラッドは先住民ではないかもしれないが、それが何を意味するにしろ「ネイティヴアメリカンのように見える」。そして、読者にはその意味がわかるという前提で書かれている[37]。

注目してほしいのは、ブラッドがいかにも男らしいアルファ男として描かれていることだ。「見事な体つき」をしたスポーツマンとして登場させることで、読者は自然とブラッドは強くて、強引で、支配的な人物だと信じ込んでしまう。体も顔も仕草《しぐさ》も、ブラッドの存在そのものが混じり気のない男らしさを示している。[38] ロマンス小説の読者にとっては、この混じり気のなさこそがヒーローをヒーローたらしめる。ヒーローは強く、男らしく、どこまでも完璧で、極端なまでに理想的な肉体を持った男として登場する。もちろん、男らしさとは何かという考えが変わってきているため、美化された男性像も変わりつつあるが、ロマンス小説を読み慣れた読者には、こうした表現によって男らしい男であることがわかるようになっている。

この男らしさは、そもそも読者がアヌスとそのセクシュアリティにどんなイメージを持っているかに囚われている。これは、セクシュアリティ全般の議論にもつながる大きな問題でもある。ベルサーニはアヌスに挿入されることとは権力を放棄することだと論じたが、それはフーコーの影響による。フーコーは『性の歴史II　快楽の活用』(History of Sexuality) で古代ギリシアの性行動について「つねに悪く受取られる受動性への疑惑が、成人した男については、いっそう大きい」と考察している。[39] 古代ギリシアでは性行為における互いの役割があらかじめ決められていて、エラステス［少年愛の盛んだった古代ギリシアで少年を愛する年長者］が〝攻め〟、エロメノス［年長者に愛される少年］が〝受け〟の役割を担っていた（フーコーはK・J・ドーヴァーを引用してそう述べている）。『男子寮生とタチの恋人』

にもまさにこの関係があてはまる。ゲイだと自覚したブラッドは、フラタニティの先輩で大学院生のセバスチャンと恋仲になる。ギリシャ史のティーチング・アシスタントをしているセバスチャンは、「古代ギリシアでは年上のほうがエラステスで、若いほうがそのエロメノスになるんだ。ぼくはブラッドにとってエラステスなんだ」と説明する。[40] ここで読者は好奇心をかきたてられる。ブラッドは「筋肉質で見事な」体つきをしていながら、アヌスで快感を得ることに執心する受け役のネコだとわかるからだ。つまり、「直腸は誇り高い主体性をもった男らしさの理想像（男女がそれぞれちがうふうに思い描いている理想像）が埋められる墓場[41]」ということになる。書評家がこの点を称賛したのも、ある意味では当然だろう。たとえばフランツは「大柄でアメフトの名選手であるブラッドがネコで、しかもみずから好んでその役回りに徹している」と絶賛している。[42] 著者のテニノは「筋肉質で見事な」体つきの人に与えられるはずの役割をひっくり返してみせた。そうすることによって、読者が男らしさに期待するものまで覆したのだ。

テニノは、何よりまず、見るからに受け身のセバスチャンではなくブラッドをネコ役にして、クィアの文化におけるアヌスの欲望とセクシュアリティの神話を周到に脱構築した。物語全体をとおして、ブラッドはアヌスで相手を受け入れる悦びに興味を示し、自分のお尻に対して複雑な感情を抱いていることがほのめかされている。最初のヒントは、先ほど紹介した冒頭の場面に隠されている。ブラッドが裸で前かがみになっている仲間をみて妄想している自分に気づき、もしかしたら自分はゲイ――すくなくともバイセクシュアル――なのではないかと疑いはじめる場面だ。ブラッドは自分のセクシュアリティを確かめようとして「ゲイポルノを観て、いつも入れられているほうに自分を重ねていると気づいてすこし驚く[43]」。そして、想像するだけで「ケツの穴がムズムズして、尻の筋肉が締まる[44]」のがわかって、画面で観るだけでは飽き足りず実際に体験したいという欲望に駆られる。ブラッドはその欲望をまずマスターベーションで叶えようとする。「持ち手がちょうどいいかたちをしたヘアブラシ[45]」を持ってトイレに行き、じっくりと時間をかけて「自分の肛門に差し込み[46]」、読者の期待どおり、快感に震えて呻《うめ》き声をあげそうになる[47]。ヘアブラシを使った「初体験」で、アヌスがいかに「敏感」かを知り、「ピンの一本一本が括約筋を通り過ぎるたびに穴が広がっていく」のを感じて（中略）背筋に電流が走る[48]」体験をする。

　ブラッドがアヌスの快楽をはじめて味わったこの体験には、アナルセックス全般に通じる共通認識がみてとれる。それはこの初体験が、理論的にはある種の自己崩壊になっている点だ。ベルサーニは自己崩壊について「エゴの一貫性を混乱に陥れ、その境界線を分断する」経験であり、「自己分解の喜び」だと述べる[49]。わかりやすくいえば、これまで当たり前だと思っていた自分が崩れ落ち、修復不能とまではいかないまでも、〝確固とした〟または〝確立された〟アイデンティティが壊れていく経験である。ブラッドにとっては、自身のセクシュアリティがわからなくなったことが自己崩壊のはじまりだった。自身の外見にも、それまで異性愛者として過ごしてきたセクシュアリティにも疑いを抱くようになり、自己の一貫性が失われ、〝自己破壊〟の悦びと引き換えに異性愛規範に基づいて描かれていた理想像の境界線が揺らぎはじめたのだ。いうまでもなく、ここでの自己崩壊はブラッドが自分で引き起こしたものだ。誰かにアヌスに挿入されたからではなく、自分でアヌスの快楽の限界を探ろうとしたことが引き金になっている。作中ではそのときの様子を「何かが（中略）彼のなかで花開いた」[50]と描写しているが、自分で気づいたという点でベルサーニの提示した自己崩壊に近い感覚といえる。ブラッドはずっと自分のセクシュアリティがわからず困惑していたが、答を出すときがきたのだ（といっても、その答はセクシュアリティをはじめから決められた結論に落ち着かせてしまうという難点がある。とはいえ、セクシュアリティにしても、「そしてふたりは結婚して幸せに暮らしました」といったお決まりのハッピーエンドにしても、ロマンス小説とはそもそも予定調和で終わるものだ）。ただ、ブラッドのセクシュアリティについての困惑は、アヌスで快楽を得たいという欲望と、「ひときわ敏感な」その部位で何をしたいかに直結している。[51]ヘアブラシを使ったマスターベーションによって、「おれはまちがいなくゲイだ[52]」というアイデンティティをブラッドは確立できたのである。もちろん、アヌスでマスターベーションをする人がみなゲイだと断定することはできない。マスターベーションでわかるのは、尽きることのない快感と悦びを得られることくらいだ。

ブラッドの自己崩壊は、はじめてセバスチャンと行為におよぶシーンでいっそうはっきりする。彼にとっては、このときがほかの男性との初体験でもあった。ヴァージニティの喪失はロマンス小説の主要なテーマであり、このジャンルには欠かせないひな形のようなものだ。アン・スニトウは一九七〇年代の作品をいくつも検証し、ロマンス小説というジャンルではヒロインがヴァージンであることが「前提条件[53]」になっていると指摘したが、それだけでもヴァージニティがいかに重要かがわかるだろう。[54]最近ではヴァージンのヒーローが登場するなど、ヴァージニティへの関心の向から先が変わりつつあり、とくにBL小説ではヴァージニティが性的指向との関わりで描かれることが多い。『男子寮生とタチの恋人』では、ブラッドにとってヴァージニティの喪失は自己崩壊であると同時に、性的指向を確認する機会でもあった。

ブラッドは、「同性との性行為の経験がないゲイヴァージン[55]」として読者のまえに登場する。ただ、女性との経験はそれなりに豊富で、ことあるごとにそれまでの女性との関係を振り返っては、自分はなんて「まぬけ《アスホール》」だったんだと悔いている。[56] この場合の〝ケツの穴《アスホール》〟は、「相手との関係において自分のほうが優位だと信じて、特権をふりかざす嫌なやつ[57]」という意味で使われていて、欲望や性的興奮をかきたてるアヌスのことではない。[58] ただ、作中でこの〝アスホール〟ということばは両方の意味を行ったり来たりするので、一応指摘しておく。

では、本題に戻ろう。これまでの研究は異性愛におけるヴァージニティに注目してきたが（もっとも最近ではその傾向は変わりつつある）、誰の眼にも明らかなとおり「ヴァージンの性的指向は人それぞれ[59]」だ。自分の性的指向を確かめる（あるいは多少なりともはっきりさせる）ためにも、初体験は貴重な機会になる。『男子寮生とタチの恋人』はまさにその典型で、ヴァージニティの喪失がたんなる初体験としてではなく、セクシュアリティとセックスのしかたとの関わりのなかで描かれている。

性的指向という観点からみれば、ブラッドは男性との性交渉の経験がなかったたけでなく、デヴィッド・M・ハルプリンのいう「ゲイの流儀[60]」を知らなかったという意味でもヴァージンだった。いよいよという段になって、セバスチャンに「じゃあ、残る問題はひとつだけだね。きみはタチ？　ネコ？　それともリバ？」と聞かれ、ブラッドは「リバ」の意味がわからず答に窮《きゅう》する。[61] ゲイ用語では、アナルセックスをするときに挿入する側を

〝タチ〟、受ける側を〝ネコ〟、どちらの役もこなせる人を〝リバ〟と呼ぶ。この手の知識は学ばなければわからない。だからこそ、こうした知識があることは「自覚のあるアイデンティティ、共通の文化、特定の世界観、共有された自己認識、社会の特定のグループへの帰属意識、特殊な感覚または主体性などを構成する要素[62]」になる。ただ、「ゲイの流儀」を学ぶのはゲイだけではなく、これまでも「女性作家がゲイの文化を鮮やかに描写してきた（すくないながらストレートの男性作家もいる）[63]」。ゲイ文化を描く男性作家がすくないといわれると、つい「ではわたしが書いてみる」と言いたくなるが、それはさておき、セバスチャンが古代ギリシアのエラステスとエロメノスを引き合いに出して説明する場面は、ゲイの作法をそれとなく指導しているかのようだ。セバスチャンがブラッドが受講する授業のティーチング・アシスタントをしている設定も、教育的指導がなされることを暗示しているともいえる。性教育はいろいろなかたちで実施されうるのだ。

ブラッドがセバスチャンとの性行為におよぶ場面からは、世間一般のアナルセックスについての共通認識がたくさんみてとれる。たとえば、ブラッドの「ヴァージンの肛門」は「巨根」を突きつけられて「修道女の尻の穴よりもかたく締まる」かもしれないといった描写がある。[64] ここではブラッドの不安が精神的な緊張となって「肛門周りの括約筋がひとりでに収縮[65]」し、アヌスを痙攣《けいれん》させる。それはひとえに心的な原因によるものだ。なにしろそれまでブラッドは、実際にアヌスに挿入されるとどうなるのか妄想するしかなかった。だから、期待と不安に胸を高鳴らせながら初体験を迎え、余計に性的興奮があおられたのだ。どんなことであれ、初体験とは未知の経験であり、事前に実感できなくても、想像ならいくらでもできる。ブラッドのアヌスがひくひくと痙攣したのは、「アヌスの快楽を阻害《そがい》する」防衛本能に近いもので、一種の妄想によるものだ[66]。

ブラッドははじめからゲイの流儀を受け入れる心構えができていて、むしろ喜んで学んでいるかにみえるが、だからといって不安やパニックや妄想と無縁なわけではない。ふたりの交わりはセバスチャンが「ブラッドのお尻の穴にやさしく差し入れる」[67]ところから幕を開ける。セバスチャンは、「ブラッドが自分で試したときよりもずっと慎重に様子をうかがいながら挿入していく」[68]。セバスチャンの配慮は、ブラッドのアヌスだけでなく、アイデンティティ全体にも関わる重要な意味を持つ。ふたりのあいだには「快楽の倫理」とでもいうべきものが存在し[69]、愛とはいわないまでも（その愛がカリタス［神の人間に対する無限の愛］にしろエロスにしろ）、相手のことを純粋に気にかけている。だから「何もかもがゆっくりだった。一心不乱に激しく求めるのではなく、ゆっくりとした濃密な交わりだった」[70]。不平等な関係から生まれる乱暴なセックスではなく、相手への思いやりに満ちている様子が、「遅くもなければ速くもない。慎重だった。もっと奥までいこうとしながら。

ブラッドの表情を読もうとしながら[71]」といった描写をとおして繰り返し語られる。

行為に続いてブラッドの反応が語られ、読者はふたたび彼の心の内を覗きみることになる。「何もかもがちがって見えた。（中略）宙に浮いているような気分で最高に気持ちよくて、ただハイになっていた[72]」。これまでの女性との経験に比べて、男とのほうが「想像していたよりずっとよかった」し、「はじめてほんとうに肌が触れ合うのを感じた[73]」。ただし、ここでいう「肌が触れ合う」とはコンドームをつけずに挿入したことではなく、あくまでも絶頂に達したこと、「自己破壊の喜び」を感じたことを意味している点に注意してもらいたい。

セバスチャンとの初体験を経て、ブラッドは自身のセクシュアリティを自覚し、それがどれほど複雑なものかを理解した。その後も、ブラッドが新たなアヌスの快楽に出会う場面が何度となく出てくる。たとえば、セバスチャンが「いいかい、舐めるときはこうやるんだ」といい、ブラッドがシーツをつかんで汗だくになって悶《もだ》えたり[74]、最後の場面では指導役のセバスチャンが「ブラッドリー、どうすれば美しい、積極的な尻になれるか教えてあげるよ」と教育したりする[75]。こうした描写からも、アヌスと快楽を得ることについての「パラダイム・シフト[76]」をあらためて認識できる。セバスチャンは、お尻が「身体の底辺[77]」でも、受け身で私的なものにとどまっていなければならないものでもなく、求め／求められるものだということを示して、象徴としてのアヌスが持つ可能性を書き換えようとしている。

セバスチャンとの性交渉の体験をとおして、ブラッドはゲイの流儀を学び、やがて友人や昔の恋人に「そうとも、おれはゲイだ[78]」と宣言できるようになる。物語の最後で彼はフラタニティの仲間たちにカミングアウトするが、彼が恵まれた男らしさをみずから捨て、ほかの男に挿入させたことを誰ひとりとして信じようとしない。「おまえがゲイだなんてありえない。(中略)だってそんなに逞しいのに!」[79]という者もいれば、「おまえがネコだって?[80]」と愕然とする者もいた。どういうわけか、「彼が肉体派でセバスチャンが頭脳派だという理由から、誰もがブラッドがセバスチャンを食うほうだと決めてかかっていることに(中略)ブラッドはうんざりした[81]」。実際、フランツなどの批評家も意気揚々とこの点を指摘した。大方の読者は、男らしさの塊であるブラッドのほうがタチにちがいないと予想したはずだ。テニノはこの作品でネコであることの意味を包み隠さず、かつ用心深く提示し、読者が(ブラッドと一緒に)学べるように、アヌスは想像を超えるほどの喜びを与えてくれるものだと示している。

この作品から学ぶべきことがあるとすれば、ブラッドの理解がだんだん深まり、最初に抱いていた困惑から抜け出せたように、アヌスが多くを教えてくれるという事実だろう。

テニノはこの作品をとおして、ネコの役割に名誉挽回の機会を与えている。「ネコはタチとはまったくちがう評価を受け」ていて、「挿入されることは（中略）女のように貶められるのと同じであり、恥ずべきことだという理由でひどい烙印を押されている」[82]が、『男子寮生とタチの恋人』をはじめとする小説は、この神話がまやかしだと暴くのにひと役買っている。フーコーやベルサーニなら、ネコだからといって、かならずしも権力の放棄にはならないと言うだろう。というのも、ブラッドはセバスチャンを「飲み込む」[83]ことでとてつもない喜びを得ているからだ。テニノはアヌスがいかに複雑かを証明し、挿入される穴としてだけではなく、ブラッドが自身のセクシュアリティを知り、確認する場所として光をあてた。だが、リバという選択肢に触れてはいるものの[84]、ふたりのセクシュアリティはタチとネコに限定されていて、アヌスの持てる力をすべて引き出しきれてはいない。結局セバスチャンは、アヌスの快楽からもアヌスの複雑さを知ることからも置いてきぼりになっており、男根に依存した喜びしか知らぬまま終わる。それが文学批評でいうところの〝作者の意図〟なのかどうかは定かではないが、テニノの関心は、ネコは消極的で受け身と決めつける固定観念に異を唱えることにあったのだろうと想像できる。男らしい人物が受け身にまわるなどありえないという一般的な認識は実はまちがいであり、アヌスで悦びを感じることを恥じる必要はない。作品を貫くアヌスの詩的な描写には、その事実を証明するという政治的な意図が込められている。アヌスを解き放ったおかげで、ブラッドはそれまで押さえつけられていた自分の性的指向をはっきり認識した。とはいえ、セバスチャンがアヌスの快楽とどう向き合っていくのか、また、リバが不在で、タチとネコの役割が完全に二極化している点など、未解決の問題もすくなくない。

自戒を込めて述べておくが、BL小説全般に関する仮説を立てようと思うなら、もっとたくさんの作品について継続的にアナル読みを進める必要がある。『男子寮生とタチの恋人』がタチやリバよりもネコに関心を向けているのはまちがいないが、作品によってはたとえばリバの役割の交代が、愛の宣言と同じく幸せな人生を送るための鍵を握っている場合もある。こうした課題について今後さらに研究が進めば、ゲイの声が乗っ取られていることや、ジェンダーの政治の問題など、ロマンス小説に対してさまざまな批評が試みられるようになるだろう。本書はBL研究の端緒にすぎない。これから先、BL小説というジャンルの複雑で矛盾していて、それでいて魅力に溢れた多様な側面の解明が進むことを願ってやまない。

わたしたちはともすると階層の上位に位置する権力者に特権を与えがちだが、最下層でも同じくらい濃密で複雑な現象がたくさん起きている。ある意味で、テニノの作品は、ロマンス小説研究の本質を突いた寓話として読めるかもしれない。これまでロマンス小説が研究されてこなかったことを悔やむ批評家もいるかもしれないが、研究対象になるかどうかは必要性の有無の問題でしかない。つまり、アヌスと同じように底辺に位置するものの潜在的な力を明らかにする必要があるかどうかだ。アヌスもロマンス小説も、わたしたちが考えるほど単純なものではない。むしろ、複雑で、ややこしくて、象徴になりうるもので、解釈の余地があるものだ。文学の階層でいえば、ロマンス小説は頂点に君臨するジャンルではない。その現実を嘆くよりも、むしろ底辺にいてよかったと考えるほうが得策だ。同様に、すくなくともわたしは、自分が「のろまで大馬鹿で後れている」と認めているので、頂点に立っていないからこその論じかたを完全には理解できないと承知している。アナル読みは、テクストや文学史やセクシュアリティのもうひとつの側面に光をあてる。男根が象徴としての力を持っていることに変わりはないが、ほかに象徴になりうるものへ意識を向けられる。アヌスから学べることはたくさんあるのだ。

第四章
『ブロークバック・マウンテン』を位置づける

ものが鞍にまたがり、
人類に乗っているのだ。
――ラルフ・ウォルドー・エマソン「W・H・チャニングに贈る頌歌」

E・アニー・プルーの小説『ブロークバック・マウンテン』(Brokeback Mountain)［一九九七年発表、二〇〇五年に単行本化、邦訳は二〇〇六年刊］とその映画［アン・リー監督によって二〇〇五年に映画化］は広く研究・分析されてきた。学術誌のなかには、かなりの紙面を割いてこの作品を扱っているものもある。たとえば、〈レズビアン・ゲイ研究〉(GLQ : A Journal of Lesbian and Gay Studies) は映画版についての論文を多数掲載しており、執筆者にはコーリー・K・クリークマ、ジョン・ハワード、ダナ・ルチアーノ、マーティン・F・マナランサン四世、ドワイト・A・マクブライドのほか、この映画を「保守的なクリスチャンへのクリスマスプレゼント[1]」と評して注目を浴びたマイケル・コブなどが名を連ねる。ほかにも、〈映画四季報〉(Film Quarterly) や〈男性学〉(Journal of Men's Studies) の男らしさ、映画に登場する男性像などの特集号にも複数の論文が掲載されている。『ブロークバック・マウンテン』はまさに衝撃作で、当時の文化を代弁する存在でもあった。デヴィッド・M・ハルプリンによれば「出会いを求めるゲイがインターネット上で公開するプロフィールに『ブロークバック・マウンテン』のポスターの写真を使う現象が何年も続いた」[2]。また、「アカデミー賞授賞式のプレイベントでホスト役として出演者を迎えた」オプラ・ウィンフリーも、表向きはこの映画を絶賛した。[3] アメリカ文化史において、この作品が人々の心に強烈な印象を残したことはまちがいなく、その影響は現在もみられる。

同作品の分析には性的指向の問題がつねにつきまとい、研究者たちを悩ませてきた。たとえば、シェイラ・J・ナイヤルは「この作品をゲイを描いたゲイ・フィルムと思っていると、適切な考察はできない」[4]と述べている。さらにリチャード・N・ピットは、正体不明のバイセクシュアリティにも言及している。

登場人物が両性愛者《バイセクシュアル》であることをメディアは意図的に無視していて、映画が公開されたあとも「白人のバイセクシュアリティ」という観点から記事にした新聞や雑誌は一切なかった。それどころか、この映画は同性愛者の男性をクローゼットに閉じ込める社会の圧力として議論を呼んだ。その議論自体にも、黒人の同性愛者の存在が世に知れ渡ったときのような同性愛者を蔑む論調は一切感じられない。[5]

D・A・ミラーは「論争の的になっているのは『ブロークバック・マウンテン』に描かれる同性愛者《ホモセクシュアリティ》に対する考えかた」であって、ホモセクシュアリティそのものではないと主張する。[6] ユングの思想に傾倒しているクリフトン・スナイダーは「もしイニスとジャック〔主人公のふたりの男性〕が生まれつきのゲイだとしたら、彼らはまさしくゲイの登場人物の典型だ」と論じているが、[7] それはおそらくいいすぎだろう（ただし、ここではまだ断言しないでおく）。興味深いのは、論点が性的指向だけにとどまらないところだ。なかには性的指向全般の問題に言及する批評家もいる。エレイン・ショウォールターもそのひとりで、具体的な論争には加わっていないものの、同作品を「グリム童話のたぐい」と評している。[8] デヴィッド・ウィルバーンは、この映画は牧場生活を描写していると指摘し、ジンジャー・ジョーンズと同じく世間の関心を牧場へと呼び戻した。[9] また、ナイヤルはこの映画を「異性愛規範が招いた悲劇」と呼んだ。[10] エリカ・スポラーは『ブロークバック・マウンテン』はほんとうに「ゲイ・カウボーイ映画」なのかと疑問を投げかけ、[11] ハリー・ブロッドは「彼らはバイセクシュアルの羊飼いであって、ゲイのカウボーイではない」と述べてスポラーの疑問をさらに複雑なものにした。[12] 実は、B・ルビー・リッチも当初はこの映画を書籍『ニュー・クィア・シネマ』（New Queer Cinema : The Director's Cut）に掲載しようと考えていたようだが、『ブロークバック・マウンテン』はなにもかも白日のもとにさらして、従来の境界線を取っ払い、まったく新しい何かを生み出した」として考えを改めた。[13] その他大勢の批評家と同じようにリッチも、この映画をどのジャンルに分類していいかわからなかったのだ。作中に描かれる性的指向に関する論争はいまなお続いているが、いったいこの作品の何がこれほどまでに物議を醸すのだろうか？　映画を観た人は――つまりわたしたちのことだが――どうして性的指向の位置づけにそこまでこだわるのだろう？

映画版か原作の短篇小説かにかかわらず、『ブロークバック・マウンテン』にまつわる混乱のおおもとは公然の秘密というべきものにあるとも考えられる。なにしろ、かのウィリー・ネルソンですら、ネッド・サブレッテの曲〈カウボーイはたいていひそかにお互い好き合っている〉(Cowboys Are Frequently, Secretly Fond Of Each Other) をカヴァーしたほどだ。アメリカ文学の批評では、初期のニュートン・アーヴィンやF・O・マシーセン、そして忘れてはならないレスリー・フィードラーの古典的な著作以降、ホモエロティシズム（ここでは性的少数派の性愛）が読者にも批評家にも同じように意識されてきた。もちろん、エロティシズムそのものはもっと前から批評の対象だった。ルーシー・ロックウッド・ヘイザードは一九二七年に出版した著者『アメリカ文学の最前線』(The

Frontier of American Literature）のなかで、「現代では性にまつわることをあけすけに話す風潮が大々的に賞賛され、同時に同じくらい非難されているが、フラッパー〔一九二〇年代に奇抜な服装と行動をしていた若い娘〕であれ、フロイト派の学者であれ、建国の父たちのニューイングランド年代記の一部でも声に出して読もうものならたちまち赤面するだろう」と述べている。[14]ヘイザードなどの批評家が『ブロークバック・マウンテン』を読んだらどんな反応をしただろうかと考えるだけでも愉快だ。このあと詳しくみていくが、フィードラーなら、虜とまではいかないにせよ、この作品が気に入ったかもしれない。

登場人物のあいだにある性的葛藤はアメリカ文学の創作における中心的なテーマで、マシーセンとフィードラーはホモセクシュアリティの性的葛藤にたびたび批評の光をあててきた。本章では、アメリカで生まれた物語にはいたるところにホモセクシュアリティの性的葛藤がみられ、『ブロークバック・マウンテン』はその長い伝統の一端をなしていることを論じるつもりだ。ホモセクシュアリティの性的葛藤があちこちに見られるという事実に、現代の読者、あるいは映画の鑑賞者は戸惑うかもしれない。いってみれば、同作品は当初の批判に反して〝目新しく〟もなければ〝斬新〟でもない。その点では、拡張しつつあるアメリカのクィアの貯蔵庫に収められている他の作品となんら変わらない。同作品の意義は、クローゼットの扉を大きく開け放ち、アメリカ文学に根づくクィア性をこれ以上ないくらい明確にしたことだ。

『ブロークバック・マウンテン』を読むにあたって、アメリカにおける小説の初期の批評、とくにアーヴィン、マシーセン、フィードラーに立ち返ることからはじめたい。作品をアヌスから読むのはもちろんだが、本章では、先人たちがクィア批評という概念がない時代に、そうとは知らずにクィア批評をしていた理論家であることを明らかにしたい。彼らがホモフォビアの文化のなかで生きていたことは疑う余地がない。が、表面的な読解を超えたところに、セクシュアリティというひとつの概念ですら複雑であるという認識に基づいた、アメリカにおけるセクシュアリティの理論が成り立つはずだ。彼らの批評は、異性愛を規範とする理想には合致しない。というより単に合致しようのないセクシュアリティを理解する試みだったといえる。ゲイ、クィア、ホモセクシュアルといった呼び名こそ使っていないが、そうした人々の性的な関係を読み解こうとした先人たちの業績を並べて比較すれば〝性的指向〟について論争が絶えない『ブロークバック・マウンテン』のような作品を理解できるようになる。それどころか、この小説が初期の批評家たちがたどってきた文学の歴史にしかるべく収まる作品だと証明できるだろう。

はじめに、マシーセンとフィードラーについてみていこう（アーヴィンについてはあとで簡単に触れる）。あまり評価されていないが、彼らの学術上の功績と影響は否定できない。ウィリアム・カリンは、マシーセンが「批評という専門領域そのものを生み、定義した」と評し、具体的には「ラルフ・ウォルドー・エマソン、ヘンリー・デヴィッド・ソロー、ナサニエル・ホーソーン、ハーマン・メルヴィル、ウォルト・ホイットマンの五人の作家こそ、もっとも精密な分析に値するという考えを世に示した」と指摘する。[15] カリンはものごとを大げさに断定する傾向があるようだが(たとえばノースロップ・フライを最後の偉大な人文主義者であり、最初の優れた理論家と呼んでいる)[16]、マシーセンの評価については賛同の意を表さざるをえない。フィードラーも同じくマシーセンについてこう述べている。「『アメリカン・ルネサンス——エマソンとホイットマンの時代の芸術と表現』(American Renaissance : Art and Expression in the Age of Emerson and Whitman)〔先にあげた五大作家を研究したマシーセンの大著、一九四一年刊〕の成功は非常に大きかった。それによってアメリカ文学の新たな道筋が命名され、形作られた。この研究は単独で他の追随を許さない影響を国外にまでもたらした[17]」。

よくあることだが、最近になってマシーセンの『アメリカン・ルネサンス』に新たに関心を寄せる人が増えており、とくにこの本のなかでマシーセンがしなかったことに注目が集まっている。たとえばエリック・チーフィーツは、『アメリカン・ルネサンス』を出版するにあたって、マシーセンは自身の政治的信条もセクシュアリティも抑えこんでいて、とても彼らしい著作とはいえない。この本は形象化の問題を中心に据えたものだ」と断じている。[18]公平を期すために記しておくと、マシーセンがこの本を執筆した当時、ホモセクシュアルだと公言するのは「社会生活をするうえでも研究者としても危険」だった点をチーフィーツも認めている。[19]実は、ノースロップ・フライも日記にマシーセンの自殺について書き記しているのだが（フライの日記にマシーセンが登場するのはこのときを含めわずか数回しかない）、その記述にホモフォビアが色濃く滲み出ているのは一読すれば嫌でも気づく。「今日、帰り際にマクギリブレイズ夫妻からハーヴァードのF・O・マシーセンが自殺したと聞いた。この世のありさまに耐えられなくなったというが、そんなわけはない。ほかに自殺すべき理由がいくらでもあるはずだ[20]」。チーフィーツは「もっとふさわしい理由」には一切触れず、「マシーセンは〝病的〟〝退行〟という文脈のなかでホイットマンのホモエロティシズムについても触れているが、その必要はあったのだろうか？[21]」と述べ、『アメリカン・ルネサンス』から次の一節を引いて批判している。

神秘主義がおおざっぱにしか規定されないことに嫌悪を抱く読者なら、これに反対する根拠はいくらでもある。神の霊感への詩人の信仰などは、魂が性行為を遂行するかのように描かれていることで、肉体と魂の区分をすべてぼやかすようなイメージにくるんでいること。くわえて、詩人の肉体は受動的で、かすかに病的で同性愛的な特性さえある。これが合致する症状とは退行現象的で、幼児的流動性にあふれ、空想的かつ複合倒錯的なもので、成熟した精神ならば設けるはずの制限など壊してしまうので、「わたし自身の歌」「『草の葉』に収められているホイットマンの長編詩」をもう少し行くと、「父性的であるとともに母性的、大人であるとともに子ども」などと宣言してしまう。にもかかわらず、性的共感がかくも無制限だからこそ、生を安閑として受けいれられるのだ。[22]

本章を読み進めるうちにわかってくると思うが、マシーセンのようにゲイ文学ではなくクィア文学への取り組みに貢献した批評家の著作を補完的に読む試みは不可欠である。彼は大半の批評家とちがい、詩人の肉体と精神を、そして詩人自身を作品の本質と同一視しなかった。たとえばホイットマンの詩について、ホモセクシュアルで、病的で、受け身なのはホイットマン自身ではなく、あくまでも詩の様式だと指摘している。「性的共感がかくも無制限」というやや幻想的な文言は多様な批評が可能であり、本章はそうした側面に着目して、ホモフォビアを避けて通るのではなく、『ブロークバック・マウンテン』を題材としてクィア理論の見地に立って新たにテクストを読み解いていく。

同様に『アメリカン・ルネサンス』を疑問視する声はほかにもある。ジェイ・グロスマンは「〝カラマス〟〔ホイットマンの詩集『草の葉』所収の詩篇のタイトル〕ということばがどこにもでてこない」と指摘し、こう疑問を投げかける。「このことばに触れないのは、ホイットマンの詩のなかでいちばん同性愛的な一連の詩について継続的に論じていないということであり、われわれがマシーセンについて〝知っている〟べつの〝事実〟、すなわち彼自身が〝同性愛者〟であり、画家のディック・チェイニーという男性のパートナーと二十年以上も人生を共に生きた事実を考えると、どうなるのだろうか?」[23] たしかに、「このことばに触れない」ことに読み手は苛立ちを覚えるかもしれないが、マシーセンの同性愛者としてのセクシュアリティが、彼の著す一言一句に影響すると仮定してしまうのはいかがなものか。とはいえ、グロスマンやチーフィーツが指摘したとおり、「カラマス」ということばが一切登場しないのは暗にホモフォビアが影響しているという点は認めざるをえない。

明らかにホモフォビアが内面化されているとのかどでマシーセンを批判する理由はいくらでもあるが、結局はどれも満足のいく理由にはならない。こうした視点に立脚していると、心理学に基づく伝記的批評に対して読者に「神秘主義がおおざっぱにしか規定されないことに嫌悪」を抱かせてしまう。[24] マシーセンが同性愛者であることよりも、ホモフォビアのほうが確実に広く受け入れられている点は認めなければならない。アーサー・レディングは、マシーセンの場合はホモフォビアの問題だけではなく、死を選ぶまえに「非米活動調査委員会の喚問を何度も受けている[25]」と述べて、ケネス・ボウルディングの次の見解を引用している。「これは冷戦のはじまりといっていい。マシーセンの体がボストン・ガーデンの外の歩道に落ちたときから、わたしのような人々にとってほんとうの戦いがはじまった[26]」

ひとつ確認しておくと、ニュートン・アーヴィンも『ホイットマン』(Whitman)のなかでホイットマンが同性愛者であることに注目していた。その点は本人も認めているし、ほかの批評家も指摘している。アーヴィンは一九六〇年に「ふしだらな人物」として告発され、「そのひと月後にはスミス大学を強制的に〝退職〟に追い込まれ、州立精神病院に入院させせられた[27]」。この一連のできごとに直接関わるわけではないが、一九五一年にハーマン・メルヴィルの伝記で全米図書賞［アメリカでもっとも権威ある文学賞のひとつ］を受賞していながら、彼の言い分が聞き入れられなかったのは、同性愛の性的な内容を含む作品を分析していた事実が無関係ではないだろう。いずれにせよ、アーヴィンがホイットマンをどう位置づけていたのかは一考に値する。アーヴィンによれば「気位の高さ、劣等感、心理学に対する異常なまでの恐怖心、被害妄想」と同じように「作者が同性愛者であることは、作品に特定のバイアスをかける奇行や病的異常のひとつでしかない」という[28]。アーヴィンはゲイのアイデンティティの政治的な立場は取り入れておらず、「ホイットマンについてもっとも興味深いのは、彼が同性愛者だったことではない。大多数の同性愛者――創作の才能に恵まれた人も含めて――とちがって、自身の特異で異常な感情の体験を政治的、保守的、民主的な活動に転換し、昇華させたことだ」と述べている。[29] ここで強調したいのは、多くの批評家がホイットマンの同性愛者としての性愛やセクシュアリティの扱いに用心深くなっているせいで、結果的にふたりともがホモフォビアの犠牲になったという事実だ。[30]

マシーセンに限らず、初期のこうした著作を補完的に読むと実に興味深い。アーヴィンが浮かびあがらせた問題は、のちにセジウィックが『クローゼットの認識論』でさらに掘り下げている。以下はアーヴィンの『ホイットマン』からの一節である。

> 正常と異常のあいだの線引きは、現実に線を引くとしても、不確かで、ある程度は恣《し》意《い》的なものにならざるをえない。その境界線は絶対的な区別を示すためというより、むしろ現実社会の利便性のために引かれている。現代の精神科学にとっての最大の教訓は、過激なまでの異常性とは、もっとも正常な特徴や傾向が誇張され、歪められ、病的に成長しすぎた結果だということだ。[31]

この一節を読むと、セジウィックが『クローゼットの認識論』で、明白でありながら人々を驚かせた「人々は互いに異なっている[32]」という公理によって、二項対立の考えかたを揺るがせたことを思い出さずにはいられない。しかし、あらゆる心理分析がのちに明らかにしたように、アーヴィンはこう断言している。「ホイットマンはもはや同性愛者でもなければ〝患者〟でもない。彼は最期のときまで、眼に見える実体を伴った、いたって正気の好人物だった[33]」。これは『アメリカン・ルネサンス』からの旅立ちであり、こうした初期の批評史ではホモフォビアと同性愛者の問題がいかに複雑なものであったかを認識することが重要だ。

話をマシーセンに戻して、べつの角度からみていこう。トラヴィス・F・フォスターは次のように問いかける。「マシーセンが同性愛者であることは、彼の研究にどんな影響と結果と効果をもたらしたのか？　ひるがえって、そうした効果はどうやって現代の文学批評とアメリカ研究の系譜に入り込むことができたのか？[34]」。誤解しないでもらいたいのだが、伝記的批評に新たな支流を認めようといっているのではない。マシーセンのセクシュアリティに多大な影響力を持たせるのではなく、ここではテクストのいたるところに見え隠れするいわゆるホモフォビア的な面に注目すべきだ。フィードラーのホモフォビアについても同じようにあとで考察する。テクストを読み解けば、同性愛やホモフォビアの問題が、当時の作家やその著作を現代の視点で読む際にどう影響するのか、また、マシーセンやフィードラーが研究対象とした作家、あるいは彼らの分析対象にはならなかったが今後研究されるかもしれない作家を現代の視点で読む際にどう影響するのか検証ができる。

実をいうと、マシーセンについては、行動を起こさずに失敗したも同然だと、こじつけのように非難する批評家もいる。同性愛者としてもっとできることがあったはずだ、というのが彼らの言い分だ。レディングはこの点について「マシーセンを分析した批評家のほぼ全員が、彼を失敗とみなしている。高潔ゆえとする者もあれば、悲劇と捉える者もいるが、いずれにせよ、個人としても、政治的にも、性的、美的な面でも失敗であることに変わりはない」と述べている。[35] クエンティン・クリスプ［イギリス出身の作家、俳優で同性愛のカミングアウトの先駆者として知られている］の「最初に成功しなければ、失敗がその人の流儀になる」[36]という皮肉の効いた一言や、ジュディス・ハルバーシュタムの「クィアの失敗の流儀」[37]などを思い出す人もいるかもしれない。しかし、レディングと同様、わたしもこうした見解は理解に苦しむ。マシーセンに立ち返ることは、おそらく文学史から道を踏みはずすことになるのだろう。けれども、マシーセンとアーヴィンについては、まだ言及すべき点がたくさんある。とくに、アメリカ文学の研究と批評が発展する過程で彼らが果たした役割と、彼らの影響力は現代にもみられると再認識する必要がある。

こうした古典的著作に通じていることは欠かせない要件だが、ここで第三の理論家としてレスリー・フィードラーに視点を移そう。彼は、マシーセンやアーヴィンと並んで、『ブロークバック・マウンテン』を読み解くうえで知っておくべき人物である。フィードラーもまたアメリカの文学、文化におけるセクシュアリティや性愛の問題に関心を寄せていたが、残念ながら彼らの著作にはさまざまなかたちでホモフォビアの影が潜んでいる。ただし、誤解のないように言っておくと、マシーセンのホモフォビアは内在化されているが、フィードラーは外在化しているといった具合に、ホモフォビアが批評のなかでどう機能しているかはそれぞれ異なる。フィードラーは自分が異性愛者であることをこれ見よがしに訴えているといっても過言ではないかもしれない。実際、彼は執拗《しつよう》にそのことを強調していて、たとえば次のように述べている。「ある意味では、(『アメリカ小説における愛と死』(Love and Death in the American Novel) は) 私がふたりの息子 (当時五歳と七歳の) に初めて『ハックルベリー・フィン』を朗読してやった時以来、すでに形をとり出したともいえるので、その際ふと一気に見えてきたものを書きとめるのにずいぶん手間どることにもなったのだ」[38]。子供の存在は異性愛者としての確証ではなく、異性愛の行為の純然たる記号《シニフィアン》とみるべきである。〈ダイダロス〉(Daedalus) 誌の匿名の書評家は、その瞬間に「フィードラー自身の性器が異性との性交渉ができるまでに成熟した事例が生まれた」とやや踏み込んで評している。[39] とはいえ、これからみていくように、『ハックルベリー・フィンの冒険』(Adventures of Huckleberry) は、彼の「罪のない同性愛」の理論を裏づける多くのテクストのひとつであることはいうまでもない。フィードラーの「罪のない同性愛」は現在ではホモフォビアの理論といえる。

「罪のない同性愛」という概念は、フィードラーが一九四八年に〈パルチザン・レビュー〉誌 (Partisan Review) で発表した論文「筏《いかだ》に戻ってきて、ハック!」(Come Back to the Raft Ag'in, Huck Honey!) にはじめて登場し、のちに『アメリカ小説における愛と死』でさらに議論が展開された。この論文でフィードラーは『ハックルベリー・フィンの冒険』とハーマン・メルヴィルの『白鯨』(Moby-Dick) を分析し、「少年期的同性愛の側面がこれらの作品にみられることに、われわれは、漠然とではあるが、気づいている」[40] と指摘している。はじめにはっきりさせておくと、同性愛は未熟で、異性愛は成熟した愛だという考えかたには問題があり、その点について論争の余地はない。それでも、ゲイ・レズビアン研究やクィア理論が生まれるずっと前に、同性愛の理論に依拠していたフィードラーの分析はあらためて考察する価値がある。もし本章で論じることがフィードラーのためになるとしたら、それは補完的な読解によって「クィアの政治の可能性を肯定する新たな余地」を生み出すことであり、「差し迫って批判する必要のある、当時の支配的な基本理論に関わること」である。[41]「差し迫って批判する」必要性があるとは思えないが、フィードラーの著作には（そしてアーヴィンとマシーセンの著作にも）クィア理論に通じる可能性があるのはたしかだ。

「露骨《ろこつ》な女性からの言い寄りを逃れ、近親相姦のタブーに悩まされる微妙な同性愛の傾向を持つこのイメージほど適切に、アメリカ文学の誕生を暗示するものはほかにない」[42]とフィードラーはいう。この一文を読むだけでも問題を抱えているのは明らかだが、ひとまず『アメリカ小説における愛と死』にどんな解釈の可能性があるかみていこう。フィードラーは「アメリカ作家が恐れているのは、何よりも成熟であって、結婚は彼らにとって成熟の確実なしるしと思われるのである」[43]と論じている。いうまでもなく、結婚は小説の筋書きにとって重要な要素だが、フィードラーの見解に従えば、結婚は未熟からの卒業であり、未熟な少年期の終わりを告げるものなのだ。のちにクィア理論が発展したことを考えると、この論点は先見の明に満ちていると絶賛せずにはいられない。また、フィードラーによれば「結婚は父としての地位を受入れることでもある」[44]という。フィードラーと並べて語られたと知ったら本人は震えあがるかもしれないが、これはまさしくリー・エーデルマンの「盲目的に子供の姿に執心する」「生殖的未来主義[45]」への警告そのものではないだろうか？

すこし脇道に逸れるが、クィア理論家も結婚制度について批判を繰り返してきた。例を挙げるとすれば、ジャック・ハルバーシュタム、リサ・ドゥガン、マイケル・ワーナーなどの著作がまず思い浮かぶが、マシーセンも結婚に戸惑いをみせていたことがうかがえる。たとえば、パートナーの芸術家ラッセル・チェイニーと、こんな手紙をやりとりしている。「結婚！　男ふたりにあてはめようとするとなんて奇妙な響きのすることばであることか！　社会の番犬がわたしたちの背後から全力で追跡してくるのがわかるだろうか？ただ、そこが肝心だ。わたしたちは社会を超えたところにいる。ありがとうといって、外に出て、ドアを閉めたのだから」[46]。この一節からも、マシーセンが時代を先取りしていたとわかる。フィードラーの理論を裏づけるだけでなく、この考えかたそのものがゲイの結婚をとりまく現代の議論の一翼を担っている。

フィードラーの「罪のない同性愛」と、その言説に潜む問題に話を戻そう。フィードラーいわく、アメリカ人は「ヨーロッパ人の想像するような威張った息子、すなわち、姦通することによって間男された夫を通じて父親を恥ずかしめ、母親の復讐を遂げるような男として、自分を想像することはない」。むしろ、「アメリカ作家にとって、宮廷風恋愛は学校で習った項目の一つであるから、結婚外の恋愛は母親に対する罪であるだけでなく、結婚自体と同じく少年期の否定であり、大人の責任と罪を裏口からこっそり持ちこむようなものなのである」[47]。ここでフィードラーが「繊細な同性愛」の概念を論じる際に「裏口」を連想していることに思わず笑みがこぼれる（この点については、あとであらためて論じる）。だが、いまここで注目すべきは、少年時代と生殖を必須とする結婚とを並べて論じている点、つまり結婚によって少年ではなくなるという考えかただ。また、結婚をせず、不義の関係を結ぶことも同じように問題視される。それは一種の窃盗であり、搾取であり、堕落の追求であるからだ。フィードラーの理論とわたしたちの文化に女性化恐怖《エフェミノフォビア》が根づいていることに疑問を抱かずにはいられない。大人になるのを拒む「女々しい少年に対する恐怖がわれわれの文化には蔓延して[48]」いるのだ。

フィードラーの主張は異性愛に関する漠然とした不安に基づく。結婚という筋書きが幸福につながる可能性すら捨て去ってしまう。「したがって、アメリカ精神が完全に満足できると考えるような異性間の解決策は存在しない」と断言し、それゆえにこんな疑問を投げかける。「性的であると同時に無垢《むく》であるような感傷的な関係、つまり当事者をして社会に隷属せしめることも、罪を犯させることもないような人間同士の結びつきでありながら、しかもエゴとイドとの結合、つまり考える自己と拒否された衝動との一致を象徴しうるような結びつきは、どこかにないものであろうか？　これがアメリカ作家の繰り返し発している問いである[49]」。答はもちろんアメリカの小説がまとう少年らしい魅力、すなわち

「昨今の夫が男の子と釣りに出かけたり、野球場やポーカー遊びに逃れたりする」[50]という一説に表れているような、罪のない同性愛のなかにある。その罪のない同性愛についてフィードラーは、これ以前にも『ハックルベリー・フィンの冒険』に関する論文で同じ比喩を用いて説明している。「ロッカールームや野球場での同志愛、ポーカーや釣りをするときの仲間意識、熱のこもっていない情熱のようなもの、おおざっぱでありながら繊細な少年期的同性愛、疑うよりも無垢であること。あからさまな同性愛の存在に脅かされて、アメリカ人は人生におけるこうした感傷の本質的側面に折り合いをつけることができない」[51]。こうした特異な関係はロッカールームといった環境そのものが生むのではなく、これらの場所には少年期的同性愛が〝あからさまに〟現れやすい。つまり、「ロッカールームの同志愛」には同性愛の影がつきまとうのだ。この考えは、のちにセジウィックの代表的著作『男同士の絆』(Between Men : English Literature and Male Homosocial Desire)で、ホモソーシャリティとホモセクシュアリティの対立と連続性として位置づけられ、さらに深く論じられる。[52]興味深いのは、セジウィックが『アメリカ小説における愛と死』への言及をわかりやすく避けていることだ。だからといって、セジウィックとフィードラーがともにそれぞれの論文でヘンリー・ジェイムズをやや扇情的で刺激的な作家と評していても驚くにはあたらない。フィードラーの評によれば、「ジェイムズは基本的には救いがたいほど無邪気な覗き屋、つまり、まだ子供なのである！」[53]。フィードラーの著作の書評でリチャード・チェイスはジェイムズを「二流の作家」[54]と呼んでいるが、フィードラーの見解ではジェイムズは罪のない同性愛に完全に縛りつけられている。セジウィックはさらに深く掘り下げているが、いずれにしても現在ではアメリカ文学の正典の座に君臨するジェイムズを考察するにあたって、ふたりとも同性愛の理論に依拠している。

罪のない同性愛について考察するにあたって、アメリカ文学にはすぐに思いあたる作品がいくつかある。まっさきに思い浮かぶのは『白鯨』だ。「次の朝、明け方頃眼をさますと」とイシュメールは語りはじめる。「クィークェグの片腕がさも俺がかわいい、いとしいと言わぬばかりに、俺の体の上にのっかっていた。君が見たら、俺のことを奴の女房と思ったかもしれない」[55]。もうひとつ思い浮かぶのが『ハックルベリー・フィンの冒険』だ。こちらの作品についてはあとで詳しくみていく。どちらもアメリカ小説の最高傑作であり、真の最高傑作はどちらかという論争が批評家のあいだで起こってもおかしくない。どちらの小説もアメリカ文学の正典のなかでも最高峰であると同時に、アメリカの伝統を定義づけるものだ。フィードラーが一九四八年の論文で持論を展開できたのは『ハックルベリー・フィンの冒険』に出会ったからである。先ほど紹介したように、ふたりの息子に読み聞かせているときに、彼はこの小説を隅から隅まで理解した（息子たちの罪のない同性愛とフィードラーがそれにどう関わるのかも気になるところだ)。フィードラーは「これらの作品の背後に原型的な物語が存在していて、それがアメリカの主要な小説家のほとんどすべての脳裏を離れず、さまざまな意匠を取って何度も現われている」[56]と論じていて、『白鯨』にもその原型が見てとれる。女との結婚は「堪えられぬ」ものだと気づいた主人公は、「男と男との純粋な結びつきを通してのみ、自我を裏切らぬような人生との関わりあいを実現することができた」[57]のだが、もちろんそれはありえないくらい自己主義な見方である。

フィードラーにとって自身の論文に対する反応はほとんど驚きだったようで、「同性愛《ホモエロティック》の物語は中産階級が信じていると主張しているほとんどすべてのものと対立しているので、なぜ中産階級の読者が同性愛をにおわせる関係にぎょっとしなかったかということは、はじめはなかなか理解しにくい」と述べている。[58]ただし、同性愛がほのめかされていることに誰も気づかなかったわけではない。ホイットマンが一八五五年に発表した詩集『草の葉』(Leaves of Grass)には、男性の肉体を性的に描写する場面がたびたびあるが、それについてルーファス・ウィルモット・グリスモルドは「キリスト教徒のあいだでは口に出すのもはばかられる恐ろしい罪」と語る。[59]『草の葉』の一節を例に挙げておこう。「ぼくはうつくしく巨きな泳ぐひとが裸で海の渦を泳ぐのを見る、/褐色の髪は頭に平らにはりつく……かれは勇敢な腕で水をかく……脚でからだを蹴り進める」[60]。ここに描かれているのは罪のない同性愛の困惑でしかなく、その困惑は現在も続いているように思う。少年期的同性愛が描かれているからといって、そんなに驚くべきことなのかと訝しむむきもあるだろう。一九九〇年代には性的少数派を扱ったテレビ番組が登場し、クィアのセクシュアリティについて控えめながら関心が向けられるようになった。視聴者の大半は、罪のない同性愛、つまり中性化された性的な含みを持たない同性愛を受け入れている異性愛者だ。罪のない同性愛は実際にはどれだけ変わったのだろうか?

フィードラーの理論にはクィア理論の視座から検証すべき余地がたくさん残されているものの、改訂版では以下の注釈を付す必要性をフィードラーも認識していた。

「ホモエロティック」という語はこれまでも好んだことはないし、今では前以上に嫌いだ。しかし私は、ある作中人物やその作家たちが男色に耽っていると主張しているのでないことをはっきりさせたかったのである。それ故、できる限り、「ホモエロティック」以上に耳障りな「ホモセクシャル」を避けたのである。しかしながら、このような配慮はあまり役に立たなかったようである。というのは、この点について私の述べたことが、本書の中のもっともよく記憶されていて、またもっとも誤解されてきた部分だからである。[61]

ほかの批評家とちがって、ホイットマンやメルヴィルやマーク・トウェインの作品を論じる際にホモフォビアの政治を後押ししなかったフィードラーも、残念ながらこのときばかりは守りに入りすぎた感がある。たとえばK・C・グローヴァーは以下のように述べている。

一九六〇年代の幕開けとともに、メルヴィルのセクシュアリティが彼の人生を語る上でのもっとも緊迫した話題となった。その観点から考察したなかで特筆すべきはレスリー・フィードラーの『アメリカ小説の愛と死』である。フィードラーは精神分析の視座からメルヴィルの作品を分析し、作中で一貫して同性愛が明示的、潜在的、暗示的に描かれていることを明らかにした。現在でも、メルヴィルの分析では彼のセクシュアリティ、つまりおそらくは同性愛者であったことが強調されている。そこに疑問をさし挟もうとすると、リクター・ノートンのように、メルヴィルの同性愛指向に言及しないように誰かを説き伏せようとする試み自体がホモフォビアであり、メルヴィル自身も「困惑」し、「クローゼットに押し込まれる」といった主張につながる。[62]

フィードラーがなぜ注釈を加えなければならなかったのか、期せずしてグローヴァー自身が証明することになった。その理由は単純明快で、大勢の読者が『アメリカ小説の愛と死』を読み誤り、フィードラーの論旨を誤解しているからだ。グローヴァーの過ちを正しておくと、フィードラーはメルヴィルが同性愛者だったとは一言も言っていない。彼が強調したのは、『白鯨』にみられる罪のない同性愛の重要性だ。アーヴィンも指摘するとおり、作者と作品とはべつものなのだ（アーヴィンは伝記『ハーマン・メルヴィル』（Herman Melville）のなかでメルヴィルの作品にはある種の同性愛がみてとれると述べている）[63]。それでもやはり、フィードラーが追加した注釈は、一読して明らかな必要性、つまりグローヴァーがメルヴィルとフィードラーの両方について誤った読みかたをしたように現在にも通じる必要性から検証しておくべきだろう。

　現在の理論の用語でいえば、フィードラーのふたりの息子はゲイ予備軍といえるかもしれない。それより問題なのは、この注釈のせいでフィードラーの著作をホモフォビア的と解釈する読みかたが広まったことだ。フィードラーは、「作中人物やその作家」が同性愛者なのではないかと読者が疑うことを明らかに心配しているが、だとしたら、作中人物を生み出した作者について、あるいは現在なら同性愛者であろうと思われる作者について、この注釈はいったい何を訴えているのだろうか？　いわば、フィードラーのホモフォビアは、「一を聞いて一を知る」読者に対する不安の現れといえる。その不安が、一九八二年の次の発言につながっているような気がしてならない。「ところが、フィードラーは（それが誰であれ！）かつてマーク・トウェインの生んだハックルベリーとジム——このふたりのことは映画やテレビドラマのおかげで誰もが知っている——がミシシッピ川をくだりながら性行為におよぶ同性愛のカップルだと主張していたと、多くの読者が信じている」[64]。この発言自体にも面食らったが、それが活字になって残っているのだからなおさら驚かずにはいられない。ただ、フィードラーがまさに心配したとおりにグローヴァーが解釈した事実ははっきり指摘しておく。

しかし、さらに強調しておかなければならないのは、アメリカ小説が発展するためにはホモエロティックであることが欠かせないとフィードラーが信じていたことだ。実際、彼は何度も繰り返し「これまで検討してきた古典的なアメリカの書物のすべてに、このような愛をほのめかす点が見受けられる」と記している[65]。アメリカ小説、すくなくとも古典の部類に入る小説では、ホモエロティシズムが「作者自身の意識下に深く潜んでいることもあるが、ある場合には、すけてみえる表面のすぐ下にうごめいている」[66]。この衝撃的な事実に、フィードラー自身もすっかり魅了され、また恐れおののいていた。同性愛といってもソドミーではないといいながら、以下のようにあっさり認めてもいる。

アメリカ本来の神話では、男性対男性の結合は潔白なものと考えられているばかりか、純潔そのものの象徴に他ならぬと見られている。というのは、それは異性間の結婚などのない極楽境における唯一の公認の結合だと想像されているからだ。しかし、極楽境というのは現実的なアメリカ人には現実離れがしていると思われるので、男性同士の清らかな結合のたいていの描写にはどこか見せかけ的な感じがある。つまり、その背景として荒野、海、過去などが選ばれるのが普通であるが、これは言い換えれば、大方の読者には夢の世界で慣れている背景ということである。[67]

フィードラーにとって、『アメリカ小説の愛と死』で取りあげた小説にみられる同性愛はいつも無垢で、まるで天国にいるようなものである。この点は『ブロークバック・マウンテン』がなぜこれほど議論を呼ぶのかの説明にもなるので、しっかり押さえておきたい。なぜ重要かというと、わたしたちがエデンの園に行けるかどうかは楽園から追放される以前の無垢で無邪気な意識にかかっているからだ。要するに、フィードラーのいう無垢とは、法に照らして有罪か無罪かということではなく、ウィリアム・ブレイクが詩集『無垢の歌』で詠んだような、まだ堕落してない純粋さのことだ。フィードラーはインタビューに応じて「無垢とは状態であり、そこから追い出されてはじめてわかるものだ。アダムもエデンの園を追放されるまでそこにいたことを知らなかった」と説明している。[68] なくしてからはじめて気づくこと、なかでもいちばん自由な発想の一部は、セクシュアリティとその罪深さを知るまでに時間があったという考えだ。フィードラーが主張したかったのはまさにこの点ではないかと思う。

つまり補完的に読み解くと、罪のない同性愛とは、同性愛を乗り越え、同性愛から脱却して成熟することではなく、同性愛というセクシュアリティと性愛に苛《さいな》まれることも、煩《わずら》わされることも、脅かされることもない時期を指しているといえる。マルセル・プルーストの著作『失われた時を求めて』(In Search of Lost Time) のようだと思う人もいるだろう。このホモエロティックな緊張感は、セジウィックの提唱したホモソーシャルな欲望にもかなり通じる。それは、いつでもほんものの同性愛への欲望になりうるという恐怖であり、ゲイになるかもしれない可能性を恐れる心情である。フィードラーが関心を寄せていたのは「男の仲間と狩猟の世界であり、単純で心楽しい反文明の世界であり、そこを主宰するのはあの、あまり物を言わぬ第一の相棒、「人のいいビル」である」世界だ。[69] クリストファー・ルービーらの批評家とちがって、[70] わたしには〝罪のない同性愛〟の〝罪のない〟に対して、〝罪のある同性愛〟が存在する必要があるのか確信はない（この場合の罪のない／罪のあるという二項対立的な考えかたは、法律上の有罪／無罪に相当する）。ただ、ここでいう〝罪のない〟が、無邪気で、無知で、世間知らずな罪のなさであることはたしかだ。

マシーセンによるホーソーンとメルヴィルの分析についてマージョリー・ガーバーが述べているように、罪のない同性愛とは「遠回しに匂わせ、目立たないようにほのめかすことの美学であり、メルヴィルもホーソーンもそうする以外に難解な真実を表現できなかった」[71]。〝ほのめかし〟は同性愛の存在を断定するのではなく、その可能性をもてあそぶ。当然ながら、罪のない同性愛、それもたいてい「ほのめかしの美学」で語られる同性愛は、「偏執的読解」と密接に関わっている。偏執的に読むとき、わたしたち読者は「性急すぎる認識論者になって記号と謎を読み解くのであり、その姿はもはや偏執症患者（であり分析者）の一歩手前である」[72]。性的な関係を匂わせ、その可能性と戯《たわむ》れながらも、性愛を完全に包み隠すことを絶対とする罪のない同性愛は、現在でいえばブロマンス「男性同士の性的な関係を伴わない親密な関係」の原型とも解釈できる。

ジョン・アルベルティによれば、ブロマンスは「異性愛者《ストレート》と想定されている男性の登場人物同士の、困惑を伴うホモソーシャルでホモエロティックな関係を中心に描いたロマンスコメディ」にたびたび見られるという。[73] ブロマンスは罪のない同性愛と同じように成熟からは引き離されているが、結果的に成熟の過程にあるジャンルといってもいいかもしれない。たとえば、ロマンスコメディでは男性の「性行為の達人になりたいという欲求は絶えず嘲笑の的」であり、「男性のセクシュアリティは実体を伴った謎だらけの他者であり、つかみどころのない欲望や恥の源であり、社会の一員としてほとんど役に立っていないと感じるアイデンティティを構成する要素である」。[74] アルベルティが部分的にでもコメディ映画《40歳の童貞男》(The 40-Year-Old Virgin)に注目すべきだったのは、ある意味で当然だろう。この映画は未熟な性を描いた作品としてはおそらく最高傑作であり、多くの場合主人公が同性愛者であることをあからさまに示していると〝解釈〟される(その理由は、異性愛者としてうまく振る舞えないのは同性愛者の証しだという短絡的な理屈による)。ブロマンスを決定づける性質は、エリザベス・チェンのことばを借りれば、たとえ実質上は性の駆け引きに巻き込まれていたとしても「性的な関係にない」[75] ことにある。チェンはもっと端的に「異性愛者だけがブロマンスの関係になれる」と論じる。だが、ブロマンスの一部は「〝ストレート・パニック〟と呼ばれる現象で、自分のセクシュアリティが人からどうみられているか不安になるあまり、躍起になって異性愛者だと証明しようとする」[76]。このように〝ストレート・パニック〟という現象を用いた男同士の関係の定義は、フィードラーが少年期的同性愛ということばの使用に対して感じていた不安に通じるものがある。

フィードラーの罪のない同性愛についての論文は反論にあい、おそらく信頼が失墜したが、ここまで述べてきたことからもわかるとおり、現代のブロマンスを読むにあたっては重要な説だといえる。性的な関係がじらされ、ほのめかされ、もてあそばれる場でありながら、その入口は決して閉じられることがないという意味では、ブロマンスは罪のない同性愛の言い換えとも言えるのではないだろうか？　『ブロークバック・マウンテン』があれほど物議を醸した理由もそこにあると考えられる。ここからは『ブロークバック・マウンテン』の問題点についてみていこう。そのひとつは、この作品がアメリカの想像世界に取り憑いている無数の亡霊の姿を明らかにしていること。もうひとつは、罪のない同性愛の入口をもてあそんできたそれまでの小説とちがい、作者のアニー・プルーとアン・リー監督の映画によって、すでにそれらの小説にも描かれていた同性愛に読者が面と向き合うように仕向けられたことだ。わたしたちが求め、認識している罪のなさは意図的な罪のなさであり、その重荷を小説が負ってきた。さらにいえば、批評家たちがこぞって『ブロークバック・マウンテン』の主人公ふたりの性的指向を問題視した理由もまさにそこにある。問題は性的指向にあるのではなく、アメリカ文学という文化において罪のない同性愛とホモフォビアと強制的な異性愛とが互いに並行している点にあるのだ。

『ブロークバック・マウンテン』より先に男性の同性愛をあからさまに描いたアメリカ小説もある。ゴア・ヴィダルの衝撃作『都市と柱』(The City and the Pillar) が一九四八年に出版された直後にフィードラーの『アメリカ小説における愛と死』が刊行されたことは驚きでもなんでもない。『都市と柱』は、罪のない同性愛の原型ともいえるこんな書き出しではじまる。

裸になり、ジムはボブのあとに続いて水際に行った。暖かい風がジムの裸の体をかすめて吹き、まるで夢を見ながら夢を見ていることに気づいている人のように、自分は自由であり、奇妙なほど力強いと、突然感じた。

ボブがジムのことをじっと見つめた。「いい色してるね。きっとぼくは白く見えるな。ほら」と川を指さした。濃い緑の水面の下の方に、ナマズが一匹のろのろと動いているのが、ジムに見えた。それから突然川に落ち、耳に水がどっと入ってきた。ボブが突き落としたのだ。息が苦しくなり、水面に出た。素早く動き、ジムはボブの足をつかみ、引きずり込んだ。取っ組み合いをしながら体が触れ合うと、ジムは喜びを感じた。明らかに、ボブも同じことを感じていた。ボブが疲れはて、ようやく二人は取っ組み合いをやめた。[77]

マーク・トウェインの『ハックルベリー・フィンの冒険』のなかにも、これと似た罪のない場面がある。『都市と柱』のボブとジムのように、ハックとジム（偶然にもこのふた組で肌の色が濃いのはどちらもジムのほうだ）が一緒に泳いだり、素《す》っ裸《ぱだか》で嬉しそうにその日の出来事や生活について語り合ったりする。「川に滑り込んで、泳いだ」場面などは、どこからどうみても罪のない無垢な瞬間だ。次のような場面もある。

夜になるとすぐ、おらたちはこぎだした。筏を川の中ほどまで出すと、あとはうっちゃらかして、流れのままに勝手に走らせておいた。そしておらたちは、パイプに火をつけて、足をだらんと水の中に入れたまま、いろんなことをしゃべった――おらたちは昼も夜も、蚊が刺さねえときはいつでも裸だった――バックの家の人がおらに作ってくれた新しい服は、上等すぎて着心地が悪かったし、それにおらは、どっちみち着物はあんまり好きじゃねえんだ。[78]

ここで挙げたふたつの例は書かれている内容と読者の印象が矛盾していて、罪のない同性愛の葛藤を容易にみてとれる。どちらの場面も性行為は描かれていないのに、性愛がほのかに感じられる。トウェインは偶然にも『トム・ソーヤーの冒険』でも裸の場面を描いていて、ここにも罪のない同性愛がみられる。

朝食が済むと、奇声《きせい》を上げて砂洲まで跳ねていき、ぐるぐる追いかけっこしながら服を脱いで、やがて素《す》っ裸《ぱだか》になって、そのまま浅瀬に入ってなおも浮かれ騒いだが、強い流れに逆らっているせいで時おり足を掬《すく》われ、それでますますはしゃぐのだった。時には三人一緒にしゃがみ込み、手の平で顔に水を浴びせあった。そうしながらたがいに徐々に近づいていって、息も詰まるほどの水飛沫《みずしぶき》を避けようと顔を逸《そ》らし、やがて摑《つか》みあい取っ組みあって、相手の顔を水中に浸《ひた》した者が勝ち。それから、白い足と腕を絡ませてみんなで水に潜《もぐ》り、やがて上がってくると、プーッと息を吐き水を吹き出し笑い声を上げ息を吸い込むのを全部いっぺんにやろうとした。

すっかり疲れると、乾いた熱い砂に駆け出て大の字になり、砂で体を覆《おお》って、やがてまた水の方に飛び出していき、同じことを一から繰り返した。そのうちに、自分たちのむき出しの肌が、見た目には十分肌色《はだいろ》のタイツの代わりとなることに思いあたって、砂の上に輪を描《か》いてサーカスを繰り広げた。一番誇らしい役は誰も譲らなかったから、道化師が三人のサーカス。[79]

ヴィダルが『都市と柱』で描いた場面とトウェインのふたつの小説の場面は、登場人物が裸であるだけでなく、比喩的な描写がなされている点でもとても似ている。[80] ヴィダルの作品には、裸ではしゃいでいることに加えて、その続きも書かれている。「疲れはて、ようやく二人は取っ組み合いをやめた。その日、残りの時間を二人は、泳いだり、蛙を捕ったり、体を灼いたり、取っ組み合いをしたりして過ごした」[81]。ここでこの三つの例を挙げたのは、程度の差こそあれ、どれもフィードラーのいう罪のない同性愛を表現しているからにほかならない。とくに十九世紀のアメリカ文学にはこの手の場面が数多く描かれており、『ブロークバック・マウンテン』を考察するにあたっては、こうした経緯を踏まえておかねばならない。

まず、あらすじを簡単にさらっておこう。ある夏、イニスとジャックはブロークバック・マウンテンの山中で羊の放牧を行う季節労働者として知り合い、過酷な労働を通して友情を深めていったが、ある夜、一線を越えてしまう。労働契約が終了し、山を降りたふたりは、それぞれ結婚して家庭を持つが、四年後に再会したときにふたたび関係を持つ。小さな牧場を持って一緒に暮らさないかというジャックの提案を、子供のころにゲイが虐殺されるのを目撃したイニスは拒絶する。その後ふたりは年に数度、人里離れた山中で逢瀬を愉しむようになる。ところがある日、ジャック宛の葉書が「受取人死亡」で返送され、イニスはジャックが事故でむごたらしく死んだことを知る。そして、遺灰はブロークバック・マウンテンに撒《ま》いてほしいというジャックの望みを知り、彼の実家へ出向く。そこでイニスは、かつてブロークバック・マウンテンでなくしたと思っていたシャツを見つける。イニスのシャツはジャックのシャツに包みこまれるように掛けられていた。イニスはそのシャツを持ち帰り、ブロークバック・マウンテンの絵葉書とともに飾って、ジャックに永遠の愛を誓う。

この作品を二十世紀アメリカ文学の主要なテクストとして、現在では正典に近いものとして位置づけることは、断じて想像力をたくましくした結果などではない。過去に同作品を取りあげた批評家とちがって（その大半が映画のほうを分析対象にしている）、本書では同作品をフィードラーやマシーセンの論点との関わりで位置づけてみたいと思う。現在でも、とりわけジェンダー研究やアメリカ文学の研究者は彼らの理論に負うところが大きい。フィードラーとマシーセンは、文学批評の方法論としてクィア批評が確立するまえにクィア理論的な観点から分析を行っており、クィア理論家の予備軍といっても過言ではない。

『ブロークバック・マウンテン』の位置づけを考えるにあたって、セクシュアリティのまえにジャンルの問題に触れておきたい。というのも、そもそもこの作品がどのジャンルに属するのかはっきりしないからだ。単純に考えれば短篇小説になるが、話はそんなに簡単ではない。この作品はどんな短篇なのだろうか？　イアン・スコット・トッドは同作品を「西部劇としては立ち位置があいまい曖昧」と評し、[82] レイ・バウチャーとサラ・ピントは「アン・リー監督による成人のゲイの悲劇的な歴史恋愛物語」と述べている。[83] 先述したように寓話とみなす人もいれば、悲劇とみる人もいる。寓話はフィードラーが研究生活の終盤に取り組んでいたテーマであり、悲劇は彼の研究の中核をなしていた。ここでジャンルに焦点をあてた理由は明白だ。どのジャンルに属するかが問題になるほぼすべての例について、フィードラーが著作で考察しているからだ。つまるところ、「人生、価値観、感受性、想像力の基盤として成熟した異性愛を受け入れることに失敗したアメリカ文化」以上に、ジャンルの分類が難しいものがあるだろうか？[84] 『ブロークバック・マウンテン』のほんとうの意味での成功は、『白鯨』や『ハックルベリー・フィンの冒険』のようにジャンルの枠を越えているということにある。

まず、『ブロークバック・マウンテン』の批評にフィードラーの名がほとんど出てこないのにはいくぶん驚いた。が、先人たちの多くがそうだったように、フィードラーもまた前述のあからさまなホモフォビアを理由に文学界での信用を失っていたことは言うまでもない。それでもわたしが『アメリカ小説の愛と死』の補完的読解にこだわるのは、『ブロークバック・マウンテン』を読むための理想像だと思うからだ。わたしが知る限り、マーク・ジョン・イソラはフィードラーに言及している数少ない批評家のひとりで、「この伝統（フィードラーの説）に則して読むとプルーの作品はどんな意味を持つか？」[85]と問いかけた。ただ、その疑問に答が示されないままなのは何かしらの意図があるように思える。その代わり、イソラは「流動的なテクスト性」とこの作品に多く見られる流動的な例に注目している。イソラとちがい、わたしはフィードラーの理論に従ってプルーの作品を解釈できたとしても、それほど驚かない。むしろ、この作品は歴史の継続性を示す証拠になるだろう。

いうまでもなく小説と映画などに翻案された作品はまったく別物だ。『ブロークバック・マウンテン』も、原作はかなり短いが、映画は二時間強あり長く感じる。完璧な映像化はありえず、テクストが忠実に再現されていると妄信すると作品を読み誤りかねない。この点について、リンダ・ハッチオンは「映像化は二重の性質を持つが、元のテクストに近似しているか、忠実であるかを判断基準や分析の焦点にすべきではない」と述べており、本書もこの見解に従っている。ハッチオンはさらに「道徳心によって忠実であるべきだという言説には、映像化の目的を原作の単純な再現とする暗黙の前提に立っている。その結果〝複製を伴わない再現〟に終わる」とも主張する。[86] もっともな主張である。そこで本書は、原作と映画のふたつのテクストはそれぞれ自律していて異なるものと扱え、どちらがより優れているか、リー監督の映画はプルーの原作に忠実だったかという論争には加担しない。なによりそうした論点は本章の目的になんら合致しないからだ。

マシュー・ボルトンは論文「他者の倫理――『ブロークバック・マウンテン』のクィア性の映像化」（The Ethics of Alterity : Adapting Queerness in *Brokeback Mountain*）で映像化と原作に忠実であることについて論じている。「プルーの原作でははじめから差異が全面に押し出されているのに対し、リー監督の映画では物語の四分の一くらいまで伏せられていて、それからようやくセックスシーンが描写されてクィア性が明らかになる」[87]。的を射た指摘だが、観客は観るまえからこれがクィア映画だと知らされている。両者の最大のちがいはクィアな性的指向を物語のどこに配置するかだ。

観客はそれとなくイニスとジャックの関係をほのめかされた状態で三十分過ごし、それからふたりのほんとうの関係をはっきり知らされる。物語のあらすじはほぼ同じだが、そこまでにどれだけ時間を費やすかは、原作と映画ではかなりちがう。最初にニユーヨーカー誌に掲載された版では、読者ははやくも二ページ目の最後でイニスとジャックがはじめてセックスする場面に至るのに、映画の観客は三十分かけてようやくふたりのセクシュアリティを知る。[88]

この作品についていえば、映画のほうがクィアで偏執的な好奇心をいっそうかきたてるのかもしれない。それは原作の読者には味わえない体験だ。だが、これはジャンルの問題なのだろうか？　プルーの短篇は、映画や正当な形式としての小説にあるはずの時間が足りない。フィードラーが分析対象としたのはほとんどが小説で、それも『白鯨』のような長篇小説ばかりだった。

リー監督は映画化にあたってフィードラーの「罪のない同性愛」を利用している。そうすることで、観客はスクリーン上で展開する物語に十分な時間をかけて好奇心を抱き、妄想し、不快な思いを抱くことができる。「男同士の愛について次のように主張するとき、ほとんどヒステリー的な響きがする。いわく、その愛は異性愛と衝突するものではなく、むしろそれを補うものだ」とフィードラーは説明する。[89]　このヒステリー的な響きは映画の最初の三十〜四十分のあいだに培われる。ここでいう「ヒステリー的な響き」は、セジウィックにならえばある種の「無知[90]」、すなわち「性についての頑ななまでの無理解（中略）

という問題[91]」と呼んでもいいかもしれない。映画版のすくなくとも最初の四分の一までは、フィードラーの『アメリカ小説の愛と死』と同様に、セジウィックのいう「無知の特権[92]」によって成功している。アダム・フィリップスが提示した「性急すぎる認識論者[93]」のように、観客は無知であるがゆえに、そこに意味を見出そうとする。その知られざる意味こそ、まさに罪のない同性愛であり、具体的な関係がはっきりしないことである。映画が無知でいられる時間をたっぷり費やしているのは明らかだが、原作の短篇も、短篇ならではのやりかたで、ほんの一瞬だが罪のない同性愛を表現している（すくなくとも読者にはそう読める）と考えられる。先述したとおり、その可能性を指摘しているのはわたしだけではない。

この点についてはいずれもっと深く考察したいが、ここではひとつだけ誰の眼にも明らかなことを確認しておく。それは、フィードラーにとって、このジャンルにはずっとまえから罪のない同性愛がいつも内在していたことだ。そう考えると、まだ本を読んでもいないうちから、何が起こるのかわかる気がしてくる。ヴォルフガング・イーザーはこれを「事前の回想」と呼び、こう説明する。「読んでいるあいだは予想と回想が活発に織り混ざり、二度目に読むときにはそれが事前の回想とでもいうべきものに変わる[94]」。アメリカ人の男がふたり荒野にいれば、読者はその後に、なにが起きるか予想できる。まだ作品を読んでいなくても、手がかりと合図がすでにあるのだ。[95]

もし『ブロークバック・マウンテン』をただ再読するのではなくアメリカ文学としてべつの読みかたをするなら、読者は罪のない同性愛が描かれると予想することになるだろう。映画にも短篇小説にも、そう予想させる描写がたくさんある。なぜなら、この作品は罪のない同性愛という、すでに確立された系譜に連なっているからだ。『白鯨』の冒頭（の四分の一）でイシュメールとクィークェグがどんなやりとりをしていたか思い出してほしい。ふたりがはじめて一緒に眠りについた場面を先に引用したが、「親友」の章ではイシュメールがふたりの親密さについて考える場面がある。イシュメールは「明け方頃眼をさますと、クィークェグの片腕が［中略］体の上にのっかっていた」ことを思い出し、さらにこう続ける。

奴も俺と同じように、ごく自然に自発的に親しみを感じてきたらしく、煙草が終わると、額を俺の額に押しつけ、俺の腰を抱いて、これからは夫婦だよと言ったが、これは奴の国の言葉では、俺たちは親友だ、まさかの時は喜んでお前のために命を捨てようという意味合なのだ。同胞の場合だと、こうだしぬけに友情の熱をあげることは、あんまり早過ぎて、信用がおけぬことのように思われるが、この単純な野蛮人の場合には、そんな古臭い規則はあてはまらないのだ。[96]

この場面で「結婚」と「よき相棒同士の駆け落ち[97]」によって示されている関係こそ、まさにフィードラーのいう罪のない同性愛だ。『白鯨』では「その鼻に接吻《せっぷん》した。それがすむと、二人は着物を脱いで、良心とも全世界とも融和して、寝床にはいった。それからまたひとしきりしゃべってから、俺たちは眠った[98]」と描写されていて、ふたりの「結婚」を中心として物語がはじまるようにも思える。われわれ読者がアメリカ文学に精通しているなら、再読ではなく、それ以前のテクストを意識した読みかたに影響される、みせかけの事前の回想に陥りはしないのではないだろうか？

　同様に、『ハックルベリー・フィンの冒険』や『トム・ソーヤーの冒険』に馴染みのある読者なら、『ブロークバック・マウンテン』のなかで事前にほのめかされている罪のない同性愛に気づくかもしれない。ただ、そのとき読者は、プルーが罪のない同性愛が持つ可能性に立ち向かい、最後には無視するという前提で読むことになるだろう。プルーのテクストは、ホモエロティックな関係をもてあそぶトウェインやメルヴィルとちがい、もっとあからさまにホモエロティックかつホモセクシュアルな関係を描いている。フィードラーとプルーの関わりを真面目に考えはじめたとき、それがグローヴァーのようなお粗末な読解ではなく、ハロルド・ブルームの誤読のふりであることがわかり、わたしは衝撃を受けた。ブルームによれば、誤読とは「矯正行為であり（中略）先行する詩はまちがいなくある程度の高みまでのぼりつめるが、そのあとは新しい詩が進む方向へ素直に舵を切るべきだと暗に示している」[99]。フィードラーは罪のない同性愛について論じているのに対し、ブルーは同性愛を重視しているのだ。

『ブロークバック・マウンテン』の性的指向の問題に立ち返れば、ホモエロティックな関係が起こりうる可能性に直面しているだけでなく、その性的な葛藤が本質的に交差しているのが一見してわかる。つまり、ホモエロティックな関係の可能性がその頂点ともいうべき「ゲイの出発地点」[100]、すなわちアヌスに到達するのだ。イニスとジャックは性的な葛藤をもてあそぶことも、ほのめかすことも、互いに（そして読者に対しても）ごまかすこともしない。むしろ、その逆である。

「おいおい、そこでトンカチをふるってるぐらいなら、寝袋に入ったらどうだ。こいつはでかいぜ」ジャックは起こされて腹を立てていたが、眠気で呂律《ろれつ》が回っていなかった。寝袋の中は十分に広く、暖かかった。わずかのあいだに、二人の親密度は急速に増した。イニスは何をするにも全力でぶつかる男だった。フェンスの修理でも、金の使い方でも。だからジャックに左手をつかまれ、勃起したペニスに誘導されたときには、なめるんじゃねえぞと思った。火にでも触れたようにさっと手を引き、それから膝を突いて起きあがり、自らベルトを外し、ジーンズを乱暴に引きおろした。ジャックの身体を力任せに四つんばいにさせ、先端からしみ出した分泌液に唾も少々付けて、中に押し入った。まだ一度もやったことはなかったが、説明マニュアルは不要だった。二人は黙ったまま組んずほぐれつし、ただ息を吸い込む鈍い音だけがした。ジャックが「ああ、弾が出るぜ」とうめいた。二人は身体を離し、ぐったりして、眠り込んだ。[101]

この場面には性愛のかたどおりのせめぎ合いは一切みられない。ふたりがいちゃつくことも、前戯も、最後の箍《たが》をはずすまでに何度となく引きのばすこともしていない。イニスと一緒に読者もいきなり核心へと導かれる。映画ではここまで生々しい描写にはなっていないだろうが（どう評価されるかを見越して、描写のしかたを決めたとも考えられる）、それでも読者は何が行われているのか知っている。重要なのは、まるで敬虔《けいけん》で道徳心に溢れた読者であるかのごとく何が行われたかによってではなく、前もって知っていたために、この瞬間に「罪のなさ」が失われたと認識することである。

イニスとジャックはもはや罪のない同性愛者とはいえず、フィードラーの説は失墜したように思える。しかし、それは表面上の話にすぎないことを強調しておきたい。彼らは一線を越え、マーク・J・ブレックナーが的確にも「暗黒大陸[102]」と呼んだ世界に達した。大方の意見では、ジャックとイニスが地獄さながらの「暗黒大陸」に足を踏み入れたことで、わたしたちは彼らの性的指向の問題に取り組まざるをえなくなった。この作品を解釈するとき、大半は彼らがアナルセックスをした事実だけに注目したが、それだけでジャックとイニスをゲイだと〝決めつけて〟いいのだろうか。

さらに問題なのは、アヌスに注目するあまり、多くの重要なポイントを見逃している点だ。アヌスを性的指向の証しとすると、アヌスの複雑さを見落としてしまう。それは見せかけのホモフォビアであり、見せかけは見破られなければならない。この場合のフォビアは、同性愛に怯え、同性愛を憎む恐怖ではなく、性的指向を決定する道はひとつだけで、それはアヌスしかないとする主張だ。しかし、映画にしろ小説にしろ『ブロークバック・マウンテン』をつぶさに読み解けば、イニスの指向に実際にはたらきかけているのは〝アヌスへの欲望〟だとわかるだろう。

臨時雇いの羊飼いとして働いていたイニスは、ブロークバック・マウンテンを下山したあと、十二月にアルマ・ビアズと結婚し、「一月半ばにはアルマが身ごもった[103]」。そうなることが読者にはわかっていた。誰もが予想していた。フィードラーのことばを借りれば、罪のない時代が終わりを迎えたのだ。ところが、それ以外のことが起きた。先ほど引いた例とはべつに、アルマとイニスがアナルセックスをする場面がある。

> ブラウスの袖から手を滑り込ませ、絹のような腋毛をさらさらと撫でた。妻の身体をそっとベッドに横たえ、肋骨《ろっこつ》から、ゼリーのような弾力ある乳房へと指を滑らせた。丸いお腹を撫で、膝を撫で、さらに裾から手を入れて、湿った割れ目へと――たとえて言うなら、どの方角に向かって航海しているつもりかによるが、はるばる北極まで、あるいは赤道までの大航海。愛撫が続くうちに、アルマは突然ぶるっと身震いをして、夫の手を払いのけた。だがイニスは彼女の身体を強引にひっくり返し、みごとな早業で、彼女が怖気をふるっている行為を行った。[104]

イニスは、それが誰のアヌスであろうとアヌスに挿入したいという欲望を抱えている。この場面は、イニスが同性愛者であることの裏づけと読めるかもしれない。アヌスは、イニスが欲望を表現する場所とみなせなくはない。その場合、イニスがアルマの尻をジャックの尻に見立てて、もう一度ジャックとセックスしていると読者は想像する。では、アルマの尻はほんものの尻の代用品なのか？　その問いが何を意味するのかよくよく考える必要がある。

代用品という考えかたにはとうてい納得いかないが、有色人種のクィア理論、とくに黒人のクィア研究における〝ダウンロー〟への注目の高まりは、アヌスを代用とみなす理由になるかもしれない。ジェフリー・Q・マッキューン・ジュニアによれば、「従来のセクシュアリティの呼びかた（ゲイやバイセクシュアルなど）にアイデンティティを見出せない男性は〝ダウンローの男性〟と呼ばれ、自分たちでもそう名乗ってきた[105]」。さらに彼は「〝ダウンロー〟（DL）は、妻や女性の恋人とも関係を持ちながら、ほかの男性とセックスする、一筋縄では定義できない黒人男性のグループを指す用語になった[106]」と述べる。イニスは黒人ではないが、それでも彼がDLなのではないかと想像できなくはない。そうだとしても、アルマとアナルセックスをしたかった理由の説明にはならない。それにアナルセックスをしたい人が、かならずしもゲイとは限らない。こうした解釈を支える理屈は滑りやすい坂道のようなものだ。簡単にいうと異性愛の環境にあっても、アナルセックスへの欲望があればゲイとみなされてしまうのだ。この解釈は、「数の論理に頼る人々が安心して利用できる」「虚構のアイデンティティ[107]」に根ざしていると思われる。

しかし、マッキューンの見解のなかで、脱同一視という概念は考察しておく価値がある。本書では一貫して、お尻やアナルセックスや直腸を当然のごとくゲイに結びつけることを否定してきた。「男性が女性のアヌスに挿入したいと欲するとき、それはアヌスへの欲望なのか？」[108]。セジウィックのこの問いは本質を突いている。これこそ、『ブロークバック・マウンテン』について、そしてイニスとアルマのアナルセックスの場面について問うべき疑問だろう。どれほど想像力をたくましくしても、イニスがアルマのアヌスに挿入したいという欲望を抱いたからといって、彼が同性愛者あるいはバイセクシュアルだと決めるつけることはできない。だとしたら、なぜアヌスは圧倒的なゲイの象徴になったのか？イニスとジャックの関係はたしかに同性愛にみえるし、そのことを否定するつもりも毛頭ない。ただ、多くの研究者がアヌスとゲイをおおざっぱに結びつけている事実を鵜呑みする気にはなれない。やはり、これは「支配的な公の場の内と外で同時に作用する、生きるための戦略[109]」としての脱同一視の問題なのかもしれない。注目したいのはその同時性、すなわち双方向からかみ合うように指向が決まることである。イニスのアヌスへの欲望は、性的指向の有無にかかわらずアヌスに挿入したいという欲望ほどには、彼の性的指向を決定づけてはいない。セジウィックはこうも問いかけている。「直腸はストレートか？」[110]。いまこそこの問いかけに立ち返るときなのかもしれない。

同性愛に固執して、アルマのアヌスを代用品とみなす解釈では、アヌスの複雑さを説明できない。ギィー・オッカンガムの「アヌスはヴァギナの代用品ではない」[111]という主張をあらためて思い出してほしい。イニスをゲイと決めつける解釈を鵜呑みにできない理由は、本人が自意識の一部と認識しているかどうかもわからないまま、その人のアイデンティティを決めてしまう読みかたにとうてい納得がいかないからだ。同性愛そのものを排除するつもりはない。アヌスだけでなく、セクシュアリティの複雑さをも完全否定する解釈だから容認できないのだ。ほんとうはもっと複雑であるはずの作品をうわべだけで判断し、単純に決めつけてしまうのなら、学問としてあまりに不誠実だ。

マシーセンやアーヴィンやフィードラーといった先人の批評に立ち返った理由はそこにある。形はちがえど、彼らがホモフォビアであることはたしかだ。とはいえ、それはセクシュアリティの範囲内におけるホモフォビアであって、異性愛を規範とする理想像と呼応するものではない。フィードラーの説は、イニスとジャックを同性愛者と決めつける批評ほど見当ちがいではないだろう。フィードラーはたしかにホモフォビアの視座から論じているが、幅広いセクシュアリティを認めている点では解放的だ。むしろ、これまでの『ブロークバック・マウンテン』の研究は、ほとんどが主人公ふたりを絶対的かつ本質的な同性愛者とみなしていて、ひとつの性的指向しか提示していない。

『ブロークバック・マウンテン』は認識を矯正するのではなく、フィードラーの罪のない同性愛を再確認し続けているといえるかもしれない。それは、社会から切り離された理想郷にだけ存在する、まさに罪のない同性愛である。つまり『ブロークバック・マウンテン』は「社会からの永遠の逃亡（ではなく）長期の遠出[112]」であり、ジャックとイニスが魚釣りにでかけるようなものだ。イニスが「〝俺はホモじゃない〟」と言い、ジャックも思わず同調《ジャンプイン》して〝俺だって、この一回きりさ〟[113]」と答えるときでさえも、この作品には、罪のない同性愛が芽生えうる少年らしい魅力がある。それは、罪のない同性愛によってのみ可能となる無知とアイデンティティの拒絶、そして見せかけであり、どれもフィードラーの説を裏づけている。映画では時間も場所もたっぷりあり、主人公ふたりは何度も連れ立って自然のなかへと繰り出していく。まさに秘められた〝結婚〟そのものだ。物語の途中、ふたりが裸で泳ぐ場面があるが、これはアメリカ文学史において何度となく繰り返されてきた光景である。裸の体の周りに水しぶきがあがる少年らしい魅力。ヴィダルの『都市と柱』に描かれる取っ組み合い。あるいは『ハックルベリー・フィンの冒険』や『白鯨』に出てくる、裸のままおしゃべりに興じる姿。フィードラーいわく、これらの小説には「女と家庭から逃亡しているたくさんの主人公[114]」がいる。さらに「読者は、自分も作者も戻ることのかなわぬ場所――アメリカ作家がしきりにふたたび戻れぬと嘆いている〝故郷〟を、空想の中で再創造するように要求されている[115]」とも述べている。大事なのは、再創造できるのは「長期の遠出」のあいだだけということだ。[116] 登場人物と同じように、読者も誘われて旅に出る。その旅で自分のセクシュアリティについて、また、ひとつの受けとめかただけで唐突に指向が決まってしまうセクシュアリティにどれだけ抑圧されて生きているかについて考えるよう誘《いざな》われる。

いま、刊行から五十年以上を経てフィードラーの『アメリカ小説の愛と死』を読むと、わたしたちは一見して明らかなホモフォビアに直面する。しかし、史上最高の成功を収めた〝ゲイ〟映画と称される作品と並べることで、フィードラーのテクストは、わたしたちが映画とその評判をもっと深く、もっと批判的に検討するように仕向ける。『アメリカ小説の愛と死』の特徴は、多くの批評家が問題視するように罪のない同性愛の理論を展開していることではなく、限定的かつ本質化された同性愛の理解には断じて頼らない理論を繰り広げたことである。罪のない同性愛はともするときわめて複雑であり、その複雑さが『ブロークバック・マウンテン』の批評では残念ながら失われているといっても過言ではない。もしイニスとジャックがアナルセックスをしなかったとして、それでも彼らはゲイなのか？　それともわたしたちは罪のない同性愛の長い列に新たな例が加わるのを目撃するのか？　いまの時代はこう問うべきではないだろうか。

ジャックとイニスは罪のない同性愛の関係を模索し、おそらく読者が安心していられる範疇の先へと進んでしまうが（感情的な反応を招くのはそのためだ）、それでも女性と結婚し、子供をもうけ、育てる。罪のない同性愛を補完的に解釈できるかどうかは、今日では擁護されているクィア性、すなわち限定された指向と認識されることを求めるクィア性にかかっている。性的指向は「長期にわたり今ではこの文化固有の危機[117]」になっている。「ジェンダーとセクシュアリティは誰にとっても一枚岩のように固定されたものではなく（あるいはありえず）、可能性がこぼれ落ちる網や、隔たりと重なりや、不協和音と共鳴や、意味の喪失と過剰によって構成されている[118]」。だからこそわたしたちはクィア性を受け入れなければならない。

第五章
植民地主義の尻を叩く

しかたがないぞ
せにゃならぬ。
ズボンをおろして
お尻をお出し

――ジェイムズ・ジョイス『若い藝術家の肖像』

はじめに、本章の枠組みになる題材として、リチャード・エイモリーの小説『ろくでなしの歌』(Song of the Loon)(一九六六年刊)を紹介する。初期のパルプ・フィクション［安物の粗悪な紙に印刷されたアメリカの小説］で、とても人気のあった一作だ。裏表紙には「精力旺盛な男の辺境恋愛小説(中略)十九世紀に野外生活愛好家イーフリイム・マシーヴァーが、アメリカの荒野を旅するなかでたくさんの男と出会い、彼らの生き様や知恵から学び、親密に交わる物語[1]」とある。この作品は過小評価されてきたきらいがある。かくいうわたしも、読んでいるうちになんだか嫌な気持ちになってきて、それを口実に精読していなかった。いまさらながらもっと深く読まなければと感じている作品だ。一見いかにもクィア的なのだが、そのクィアらしさがなんとも不快だ。人種間の政治問題、植民地主義と原始主義が見え隠れすること、先住民の肉体が性欲の対象になっていること、どれをとっても気が重くなる。先住民の肉体がほんとうに性欲をかきたてるかどうかが問題なのではない。物語のなかで入植者の快楽のために、もっといえば、入植者側の読み手のために、先住民が性欲の捌《は》け口になっていることが不快なのだ。この入植者側の読み手については、入植者側の書き手とともに論ずべき点がある。

この作品は長らく絶版になっていたが、二〇〇五年にアーセナル・パルプ・プレス社から序文が追加されて再版された。この序文を読めば、まだ物語がはじまるまえからその心地悪さを予期できるのではないかと思う。以下に序文を抜粋する。

> 断言しておくが、著者は残念ながら歌い《シンギング》のヘロンやトラソーカーや夢見る熊《ベア・フー・ドリームズ》［いずれも『ろくでなしの歌』の登場人物］にわずかでも似ている先住民にはひとりとして会ったことはない。ホルヘ・デ・モンテマヨールやガスパー・ギル・ポロ［どちらもスペインの作家］の小説に出てくるような、いかにもヨーロッパの牧人小説［ルネサンス以降に流行した、田園を舞台とする羊飼いの男女の純愛物語］から登場人物を取り出してきて、ゲイの美意識にかなうように肌を赤銅色に塗り、アメリカの荒野に植え替えただけにすぎない。

登場人物の造形になんらかの他意があると考える人は、牧人小説の本質を意図的に誤解している。そんな考えは可及的速やかに捨てるべきだ。時代錯誤だとか、現実にはありえないと指摘したがる人も同じだ。[2]

数年前に読んだきり、そのまま放置していたが、いまふたたび読み返してみると、どうしてそれほどまでに読むのが苦痛だったのかわかった気がする。それに、カナダ文化の研究にとっての喫緊の課題に取り組む気になれなかった理由もわかったように思う。引用した一節をあらためて読むと、自分がそこまで困惑していた理由もみえてくる。ひとつは、作者がはなからお前はお呼びでないといっているからだ（わたしは「他意がある」読みかたをする罪深い読者らしい）。わたしは「あなたはそういうつもりで書いたのかもしれないが、あなたのテクストが実際にしているのはこういうことだ」という読みかたをする。著者の意図について論じることは、その意図を説明するために著者の人生に言及するのと同じくらい定番の研究手法である。端的にいえば、この作品は「白人男性優越主義《ホワイトマンスプレイング》の見方」で描かれている。[3] エイモリーは、読者がまだ本文を一行も読んでいないうちから、こう読むべきだと押しつける、いわば偏執的著者である。先住民の肉体の扱われかたに読者が抵抗感を持つかもしれないとわかっていながら、それは「牧人小説の本質」によるものであり、あえて「ゲイの美意識にかなう」「赤銅色」の肌に眼を向けるのは「意図的な誤解」だと弁解している。だったら、ほかにどう解釈すればいいのか？　この小説が入植者側の読者の快楽と興奮をあおるために先住民の肉体を性的に描いていることは明らかだ。描かれている内容は、歴史上の事実かもしれないし、そうではないかもしれない（実際に起きていたとしてもおかしくない）とごまかすことで、ある種の官能小説であり人種問題とは切り離されていると作者のエイモリーは主張する。すくなくともそのつもりで書いている、と。

作者に限らず、批評家たち――それも著名な媒体に書評を寄せている批評家たち――もこの手のごまかしによってテクストに内在する本質的な問題を意図的にないものにしようとしている。けれどその問題は、植民地という場所だからこそ性愛の本質を考える材料をふんだんに読者に与えてくれる。イアン・モジジェンは論文「『ろくでなしの歌』の四十年後に思う」（Reflections on *Song of the Loon* at Forty）のなかで「作中で出会うのはみな、そそられるような高潔な野人で、たいていどんちゃん騒ぎをしていたり、知恵や平穏な気持ちを授けてくれたり、呪術で幻影を見せてくれたりもする」と記し、また『ろくでなしの歌』は「魅力的で爽快なクィアの牧歌」だと述べている。[4] わたしだけかもしれないが、〝牧歌〟が入植者と先住民の関係の複雑さを（意図的に）曖昧にする記号になっていることに驚きを禁じえない。まるで、牧人小説なのだから人種問題が絡んでいても読者は眼をつぶってくれると信じているかのようだ。牧人小説というジャンルを特別扱いするのはモジジェンだけではない。ケン・ファータドも「物語自体は牧歌的で、十六世紀にスペインで人気を博した小説の構成を意識的に取り入れている」と述べている。[5] 皮肉をいうつもりはないが、十六世紀に人類史上もっとも大々的に植民地政策を押し進めたのはスペインではなかったか？　それに、（どんな読者を想定しているにせよ）読者の愉しみと引き換えに植民地問題を無視する意味があるだろうか？　当時の史実を無視するなら、文学作品からその史実を切り離すにはどうしたらいいのか？　どうすれば作者の生きた現実から作中の事実を切り離すことが、あるいはその逆ができるのだろう？　歴史小説は作者の生きる現実と創作としての文学のあいだに存在すると想定することにどんな意義があるのか？　ポストモダニズムの研究者としてわたしにも、〝政治への無関心〟がポストモダニズムといわゆる後期資本主義だけの産物ではないくらいの見識はある。どんなテクストもその時々の社会や政治への無関心を反映するものだ。

　だとしても、モジジェンが『ろくでなしの歌』を受けて読者に向かって「腰巻きをつけて飛び出し、奥へ進め！　伸びたペニスを振り回せ！」[6] と焚きつけている事実の説明にはならない。どれだけ牧歌的な詩情に視界を遮《さえぎ》られようと、入植者側のどんな思惑が込められ、それがどう受け止められたのか気づかずにいられるわけがない。モジジェンが「奥へ進め」とペニスを強調し、特別視しているありきたりな事実をどう否定しろというのか。伸びたペニスはどこへ向かって振り回すのか？　この小説には「醜い感情」[7]が散見されるが、その大部分はまさに美辞麗句を並べて植民地支配という汚点を覆い隠してしまおうという醜さから生じている。

　研究仲間からは分析対象に入れないほうがいいと助言されたが、わたしはどうしてもこの作品をはずしたくなかった。とはいえ、植民地支配によって入植者の快楽のために肉体を単なる性的欲求の捌け口に貶める構図で描かれ、それ以上に余計な含みのない作品も分析対象になりうる。そこで、カナダのトロントを拠点に活動するクリー族［アメリカ原住民の一民族］の画家で、「カナダでもっとも成功をおさめている当世一の複合芸術家のひとり」[8]との呼び声が高いケント・モンクマンの風景画を『ろくでなしの歌』と並行して分析し、両者の対立を軸に考察していきたい。マーゴ・フランシスはモンクマンの絵画について「風景画というジャンルを図太いくらい大胆に使って、エロスと先住民の征服との関係」を描き出していると評し、さらに本章で取りあげる絵画について「力が働く向きを従来の物語から反転させた際どい描写で先住民と入植者のカウボーイとの同性愛的な関係を示している」と解説している。[9]ダニエル・ヒース・ジャスティス、ベタニヤ・シュナイダー、マーク・リフキンらも、モンクマンの〈天と地〉についてフランシスと同じように、「一般に考えられている力関係を逆転させ、先住民（多くは女性）の肉体を入植者の性欲に屈する被害者というよくある立場ではなく、恥ずかしげもなく性欲をふりかざす主体として捉え直すと同時に、白人男性も挿入される立場になりうることをそれとなく示した」[10]と解説している。モンクマンの作品を理解するにあたっては、力関係は転換あるいは反転しうるとの認識が重要だが、これらの絵画で表現されているのはそれだけではないように思える。力関係が逆転するとき、わたしたちの注意はセクシュアリティの力学や人種問題の複雑さ、そしてとりわけ性的な関係を伴う権力への批判などに向けられる。

モンクマンの絵画は〝難しい〟といってもいいかもしれない。それは、神経を張り詰めなければ理念を理解できないからではなく、感情的な、あるいは学問的な好奇心からの反応を引き出して、とくに家父長制と階級社会によって規定された規範、性愛のありかた、権力についての考えかたに揺さぶりをかけ、批判しているからだ。モンクマンの絵画は、わたしたちが慣れ親しんできた思考法を〝ひっくり返す〟。それだけでなく、批評理論に精通した研究者に、形式だけでなく内容についても深く思案させる。そうやって観る者の反応を喚起する絵画なのだ。たとえば〈クリー族の長Ｉ〉（二〇〇二年、図5－1を参照）をみてみよう。

図5—1　〈クリー族の長Ⅰ〉ケント・モンクマン画、2002年。カナダのトロント在住の画家。モンクマン自身がアメリカ原住民の一民族であるクリー族。カナダの典型的な風景画にみえるが、右下隅では、先住民がカナダ騎馬警官隊員の尻を叩いている。

描かれているのはイギリスの植民地アッパー・カナダ〔現在のオンタリオ州〕の牧歌的な風景である。カナダの芸術作品にたびたび登場する馴染み深い題材で、一見よくある、なんてことのない絵だ。ノースロップ・フライなら「眼に見えない風景こそがカナダの典型的な景色だ。そんな場所は存在しない」というかもしれないが、[11]この絵はどうみてもカナダらしい風景画であり、グループ・オブ・セヴン〔おもに一九二〇年代に活躍した七人のカナダ人画家のグループ〕の影響がそれとなく感じられる。ところがじっと見ているうちに、わたしたちの眼は右下の隅の性的な描写へと引き寄せられる。そこでは先住民がカナダ騎馬警官隊員の尻を叩いている。隊員は先住民の膝のうえに乗せられ、叩かれた尻がほのかに赤く染まっている。そして、なんども尻を叩かれながら自分の顔が映っているはずの穏やかな水面を見つめている。

〈クリー族の長I〉はどう解釈したらいいのか？　『ろくでなしの歌』と同様にただの牧歌的な作品とみなして、挑発的な誘いを無視できなくもないが、それはモンクマンの望むところではないだろう。わたしもこの牧歌的な絵に込められた植民地主義への暗黙の訴えから眼を逸らしてはいけないと思う。この絵を構成する牧歌的な要素は認めつつ、その美しさから政治的なメッセージを読み取らねばならない。ただの牧歌的な風景画だと断じてしまえば、この作品と対話し、影響を受け、対峙する道は一切閉ざされる。

モンクマンは取材でこう話している。「絵を描くときはかならずしも歴史になぞらえているわけではないけれど、失われた大きな物語の存在をわかってもらえるように観る人を刺激している」。さらに堂々とこうも宣言している。「大勢の人々が社会から飛び出して辺境を目指すのは、セックスしたいとか、同性と関係を持ちたいとかだけではなくて、窮屈な社会規範から逃げ出すためだ[12]」。モンクマンは、絵だけではなく国家の意識を形成する壮大な歴史の物語に人々が批判精神を持ってじっくり向き合わせようと挑戦状を送っているのだ。シャーリー・J・マディルによれば、モンクマンは「知的ないたずら」をしかけていて、そのいたずらは「先住民のセクシュアリティの支配やキリスト教思想に基づくヨーロッパ帝国主義から生まれたホモフォビアという現在の論理に照らして、政治にとっても社会にとってもきわめて重要なものを背負っている」という。[13] だが、モンクマンの「知的ないたずら」には二面性がある。

この絵画はアッパー・カナダの幻想を浮き彫りにしている。マーガレット・アトウッドは「アッパー・カナダの大自然は、カナダのフィクションでは逃亡の地として描かれ、アメリカ人にとっての西部とちがって〝征服して自分たちの土地にする〟というイメージはない」と論じ、こう続ける。

祖国からヨーロッパでつくられたものを持ってやってきた入植者は、壁を築き、その内側に祖国を再現したいと思っている。騎馬警官隊がいるので実際に戦う必要はなく、試合のルールはもうできあがっていて、旗がはためいている。ならず者も無法者もいない。もしそんな輩《やから》がいても、騎馬警官隊がかならず捕まえる。[14]

ジェニファー・ライドも同じようなことをいっている。「権力と結びついた神話には、西洋人がカナダの植民地支配を進められるように先住民を制圧する騎馬警官隊が昔からつきもの」[15] であり、騎馬警官隊は事実上「国家の象徴[16]」である。だとしても、多くの象徴がそうであるように、この象徴はほかの、それもおそらく多様な解釈ができる。

モンクマンの絵画にもアトウッドがいうならず者と法の執行者である騎馬警官隊員はたしかに描かれているが、従来の物語は書き換えられ、立場が明らかに反転し、いうまでもなくクィア化している。カナダ文化を反映したテクストでは、騎馬警官隊は法と秩序の番人として登場するのがふつうだが、モンクマンの絵では罰せられる側になっている。アッパー・カナダの神話も騎馬警官隊の優位性も逆転させられている点は否定しようがなく、そこまで極端ではないにしても先住民の描かれかたも転換されている。けれども、この絵には注意深くみるべきところがほかにもある。それは喜びに満ちていることだ。

この絵は、観る者がすぐに反応を示してしまう危うさをはらんでいる。声をあげて笑う人もいれば、気分を害する人もいるだろう。思わず笑みをこぼす人や困惑する人もいるかもしれない。だが、瞬時に湧いてくるそうした感覚をひとまず飲み込み、すぐに反応しないことだ。もっと時間をかけてこの絵に向き合うのである。わたしたちの感情へ訴えかけてくるのをひたすら待つ。それは熟読に一種のクィア性をみいだすようなものかもしれない。エリザベス・フリーマンも「熟読とは、時間をかけて作品と戯れ、一緒にとどまっている喜びを味わいながら、従来の規範に対して辛辣《しんらつ》で批判精神に満ちた観かたができるようになること」だと述べる。[17] いわば、濃密な文字や画像のあいだをゆっくり動いて文学や眼に映るテクストと性行為をするのだ。以下では、尻叩きが、この絵を解釈するためだけではなく、「尻叩きそのものの理論」[18]として重要であることをみていく。モンクマンの絵からは、尻叩きのメカニズムやその経験がもたらす美学、いつまでも続く痛みと喜び、一打ち一打ちは鋭く、それでいてゆっくり時間をかけて繰り返し叩かれたせいで赤く染まった尻といった具合にいろいろなものがみえてくる。ゆっくり尻を叩く様子が穏やかな水面と呼応し、時間をかけて規則正しいリズムで叩かれながら騎馬警官隊員が水面を見つめているると漠然と解釈できる。

レベッカ・F・プランテが述べるように「尻叩きには（中略）古くから由緒正しき歴史がある」。誤解のないように明確にしておくと、いま話題にしているのは「叩く側と叩かれる側の両方もしくはどちらか一方が感情的にも性的にも満足する」[19]尻叩きであり、体罰の尻叩きではない。といっても、快楽のための尻叩きと体罰の尻叩きは互いに関わりあっている。フロイトも一九一九年の論文「子どもがぶたれる」（A Child Is Being Beaten）のなかで、叩く行為の幻想は「きわめて早い時期」に芽生え、場合によってはその後の人生で「自体性愛的な満足が得られる」と論じている。[20]本書では、幼少期に受けた体罰の結果ではなく、後年気づいた満足のほうに関心を向けて、〈クリー族の長Ｉ〉が尻叩きを通して表現する快楽について考察したい。具体的にいうと、モンクマンのほかの絵画もそうだが、この絵が「何を意味しているのかよくわからない[21]」点を検討し、これらの絵画を読み解く術はひとつしかないことを示す。

本章では尻叩きの論理をセジウィックの説にあてはめて考察する。セジウィックは「子どものころ、尻を叩かれたとき」に「二拍子の調子に魅了され」、尻叩きとは「クィア的なリズムを潜在的に秘めた概念」だと述べている。[22]セジウィックは論文「詩が書かれる」(A Poem Is Being Written)で尻叩きについて詳細に論じているが、「明らかにフロイトの狡猾な受動態の使いかた［先述の論文「子どもがぶたれる」のこと］になぞらえて[23]」論文のタイトルをつけている。〈クリー族の長I〉を体罰が描かれた絵とみるのは表面上の解釈であり、もっと奥深くにある喜びの詩情を読み取らなければいけない。尻叩きと体罰にはたしかに関連性があるが、叩かれている騎馬警官隊員がちっとも辛そうにみえないことに気づくべきだ。

セジウィックは、斬新で刺激的な捉えかたでセクシュアリティを認識し、男根の優位性のその先へ進むように読者を追い立てる。ジェイソン・エドワーズいわく、セジウィックは「お尻は喜びを与え、受けとることができると何度も強情に主張し続ける[24]」大切さを教訓として残した。セジウィックにならい、わたしもその喜びにこだわり続ける。それは、誰もがその喜びに身を任せてみるべきだと思っているからではなく、その可能性を認識すべきだと信じているからだ。モンクマンの絵画を解釈するときも、この可能性を無視してしまうと、真の価値を最小限にしか評価できない。この絵に描かれた尻叩きは、植民地における権力の逆転だけでなく、もっとさまざまな説に視野を広げて慎重に考察されなければならない。

尻叩きはすぐに権力に結びつき、喜びだけでなく感情とも密接に関わりあっていると想像できるが、ここからは、それに加えて、尻叩きのスピード、リズム、儀礼的な側面についてもみていく。「詩が書かれる」でセジウィックは「『子どものころの』いちばん印象に残っているリズムは、尻叩きの拍子と詩の韻律だ」と回顧し、読者の意識をリズム、拍子(一拍子の詩など)、鼓動、拳やハンマーの打撃音などへ向ける。[25] どれも尻叩きの音への誘い水になり、その音が繰り返される。「この想像上の痛みは一度きりなのか、あるいは何度も繰り返されるものなのか?[26]」。セジウィックは自身が幼少期に体験した尻叩きを振り返ってこう問いかけているが、痛みはモンクマンの絵を解釈するにあたってリズムと同じくらい重要だ。騎馬警官隊員の尻は「一度だけ」叩かれたのではなく、「何度も繰り返し」叩かれている。この場面では、リズムと繰り返しが重要になる。想像のなかで、尻を繰り返し叩く音が静寂《せいじゃく》を分断する。手のひらがぶつかる断続的な音が頬に触れるように感じられ、鳥のさえずりすら聞こえない静まりかえった穏やかな空気が引き裂かれる。想像のなかで響くのは繰り返し尻を叩く音だけだ。

この絵を見て不快に感じるいちばんの理由は、「形勢が高いところから低いところへ、頂点から底辺へ、安全な場所から危ない場所へと逆転している」[27]からだ。下から上へという逆さまの方法論や解釈法であり、わたしたちはこの絵をお尻から読んでいるのだ。尻叩きについてセジウィックは「親の膝にただ乗せられているだけで、自然さと見世物らしさが注意深く組み合わせられている」と述べている。[28]自然なようであり見世物のようでもある。まさにモンクマンのなかで起きている出来事そのものであり、観る者は見世物の目撃者になる。セジウィックのことばは尻叩きの公的な面と私的な面のあいだにある緊張を強調しているが、目撃者の存在によって屈辱的な場面の緊張はいっそう高まる。コリーン・ラモスは、ジェイムズ・ジョイスの小説『若い藝術家の肖像』(A Portrait of the Artist as a Young Man)に出てくる鞭打ちの場面についての論文でセジウィックと似た見解を述べている。「鞭打ちの見せしめは複合的な行為である。懲罰がまさしく劇になっていて、打たれる者の恥と、見物人の恐怖と高揚とがない混ぜになる。この一幕を見学している少年たちはおそらく自分も同じ目にあっていて、そのときの惨めさもあいまって仲間がいま受けている屈辱に喜びを覚える」。[29]尻叩きは、〝組み合わせ〟〝見世物〟〝劇〟〝複合的な行為〟〝一幕〟〝場面〟といったことばで描写されているが、これらはいずれもおもに視覚で認識される行為を表しており、こうしたことばが合図になって絵を観る者の意識が尻叩きの場面に向けられ、尻を叩くくぐもった音が〝聞こえる〟。さらにいえば、この場面には見物人が描かれていないかわりにみる人が見物人になる。

目撃者の役割を与えられたわたしたちは、絵をみて屈辱感や羞恥心などの否定的な感情に直面する。尻叩きを恥ずかしく思う原因はいくつかある。①尻を叩かれているところを目撃されること、②そもそも恥ずべき理由で尻を叩かれていること、③もし尻を叩かれるのを愉しんでいるとしたら、それ自体が尻叩きそのものと匹敵するくらい恥ずかしいこと（ここではそうした恥で心が満たされていることが肝心だ）。シルヴァン・トムキンズも「恥とは、敗北感や罪悪感や疎外感から生まれる感情だ」と述べている。[30]

トムキンズによれば、辱《はずかし》めを受けている人物は「視線を落とし、瞼《まぶた》が下がり、首《こうべ》を垂れ、ときには上体をかがめる」ものだという。[31] 恥ずかしさが肉体にどう現れるかの議論に深入りするつもりはないが、〈クリー族の長Ｉ〉で騎馬警官隊員はたしかにズボンをおろしているだけでなく、うなだれてもいる。ただ、重要なのは、この絵を眼にする人が、この場面に描かれている恥ずかしさだけでなく、愉しみ――あるいは愉しみの欠如――とどう折り合いをつけるかである。屈辱の場面は、「①被害者、②虐待者、③目撃者の三角関係で構成される」[32]。虐待や被害という語を使うのは本意ではないが、目撃者が場面の構成に巻き込まれる点と、騎馬警官隊員が尻を叩かれる場面をみることの意味はとても興味深い。

〈クリー族の長Ⅰ〉に描かれた尻叩きの場面を目撃することは、『ブロークバック・マウンテン』でジャックとイニスが雇い主にセックスしているところを覗きみされていたのと似ている。この絵をみて、どんな反応をすればいいのか？　みる者に求められるのはそれだけだ。なにより困るのは、どう解釈したらいいのかわからないことだろう。絵をみて「よくわからない」[33]としかいえないとしたら、描かれている内容と同じくらい恥ずかしく、屈辱的だ。モンクマンはみる者の尻も叩いているといってもいいかもしれない。この絵をみて喜びを感じるのは期待を裏切られるからであり、不快感を覚えるのは植民地での自分たちの立場が問われるからであり、恥ずかしいと思うのは歴史への意識がほんのり芽生えはじめたばかりだというのに長きにわたる歴史の目撃者に仕立てあげられるせいである。

フランシスはさらに〈これはパイプではない〉（Ceci n'est pas une pipe、二〇〇一年、図5－2を参照）を例に挙げ、モンクマンの絵が不可解なのは、きちんと方向づけられていないからではなく、読み解くのが難しいからだと指摘する。フランシスにならって同じ絵を引用したが、わたしがこの絵と〈クリー族の長Ⅰ〉を取りあげる意図は、アヌスが観

図5-2　〈これはパイプではない〉ケント・モンクマン画、2001年。この絵の中心にお尻がある。そのお尻はパイプではない。

る者に与える印象とモンクマンの作品に込められた詩情に注目することにある。
　フランシスはこの絵を分析するにあたって「これはレイプなのか、あるいは性的な幻想なのか？」と疑問を呈している。[34] この疑問を〝レイプであり幻想でもある〟と読み換えられないだろうか。そもそもどうしてどちらかに決めなければならないのか？　ようやくレイプの文化に向き合おうとしつつある現代社会にあって、レイプによる精神的な後遺症を否定するつもりは毛頭ないが、この絵にもやはりセクシュアリティの理論――一般論であれ、学術的あるいは科学的な理論であれ――を持ち込むことができる。〈クリー族の長Ⅰ〉と同じく、この絵そのものが挑発的だ。フランシスはこの絵をこう描写している。「一面に広がるふわふわした白い雲と吸い込まれそうな青空というなんの変哲もない風景」のなかで、「わたしたちの眼は手前に描かれている場面に引き寄せられる。そこではカウボーイが折れた木の幹に覆いかぶさるようにかがみ込み、腰巻きだけをまとった先住民が後ろからカウボーイをしっかりとつかまえている」[35]。アナル読みに取り組みはじめたころ、わたしの心を摑んでいたのはまさにこのイメージだった。フランシスがこの絵を分析した著作を読んで、その理由がいくつかはっきりし、彼女の優れた洞察に感服せずにはいられなかった。フランシスはこの絵が「よくわからない」といったが、まさにそのとおりだ。著作のなかでフランシスは、この絵には注目すべき「いくつかの要素」があると指摘している。

カウボーイは先住民の誘いを喜んで受け入れているのかもしれない。まず、カウボーイの銃は、何かあったらすぐに手にとって敵に突きつけられるように、跪いた場所のすぐ右側に用心深く置かれているようにみえる。それから、カウボーイが（魅力的な）尻を背後の勇ましい先住民に差し出し、首をひねって先住民を見ている姿勢からは、警戒心だけでなく恍惚《こうこつ》とした喜びもみてとれる。[36]

この絵では先住民と入植者の本来の役割が逆転している。しかし、もしこの場面が立場の逆転を描いているのではないとしたらどうだろう? よくわからないという第一印象のとおり、ほかにも解釈のしかたがあるとしたら? この絵を見て恥ずかしいと感じるのは、どう読み取ればいいのかはっきりわからないからであり、そのために余計に理解するのが難しくなっているとしたら? もしどんな意味があるのか解き明かさなければいけないとしたら、どうすればいいだろうか?

ジェーン・ギャロップは逸話の理論について「理論を場面に持ち込むことで、理論自体が成熟しなければならない」し、また「理論はその成熟を妨げるものに立ち向かわなければならない」と論じている。[37] フランシスは逸話の理論に踏み込んでいるわけではなく、本章でも深くは議論しないが、理論の「成熟」を脅やかすものがあることには興味を惹かれる。解釈は理論上・学問上のあらゆる制約に支配されているのではないか? わたしはクィア理論家としてつねづねそう問いかけたいと思ってきた。実際、アヌスが注目されると、これまで権力と支配を独占してきたいくつもの概念、とくに男根にまつわる概念に疑惑が生じる。いわば、アヌスは存在を消されている現状にみずから言及し、結果的にその存在とセクシュアリティの概念について、批評家たちに再考を促したともいえる。

セクシュアリティとは必然的に権力の力学であり、その権力は男根が握っていると安易に仮定するのはたやすい。だが、本書ではほかの解釈もあることを提示したい。モンクマンの〈これはパイプではない〉では、男根を示すいくつもの記号があからさまに曖昧にされ、脇に追いやられ、あるいは単純に破壊されている。フランシスが指摘したように銃が「脇に置かれ」ているだけでなく、カウボーイ自身も折れた木に覆いかぶさっている。折れた木の樹皮とむき出しになった幹の明るい色の対比が、ペニスを模しているのは明らかだ。それに先住民のペニスもあえてみえないように描かれている。この絵のなかでただひとつまっすぐに立っているのは折れた木の根元だが、絵の中心にあるのは騎馬警官隊員の尻だ。そう考えると、この絵はペニスを想起させる象徴によってではなく、カウボーイのお尻に重点を置いて描かれているといえるのではないか？　いい換えるなら、ここでもアナル読みができるのではないか？〈クリー族の長Ｉ〉を思い出してみても、お尻に焦点があてられていることは疑いようがない。

逸話の枠を出ないとしても、お尻を際立たせると、興味深い緊張感が浮き彫りになる。からかうようで人が悪いといわれるかもしれないが、フランシスが括弧つきで「(魅力的な) 尻」と記しているのが気になってしかたない。おそらく尻のかたちのことをいっているのだろうが、ほかにもなにか意味があるように思えてならない。この絵では入植者のお尻と先住民のお尻が対照的に描かれている。カテリ・アキウェンジー・ダムは『熱くて触われない——先住民の性愛事情』(Red Hot to the Touch : wri (gh) ting Indigenous Erotica) でこんなことをいっている。

ほかのアニシアナベ族もそうだが、人々がわたしたち「先住民のまっ平らなお尻」に不平を言い、冗談めかして語ることがよくある。そのことを考えていたとき、自分たちの美しさに気づき、たとえ平らであっても、アニシアナベ族の特徴ともいえるお尻がわたしたちの美しさの一部になっていると実感した。(中略)わたしたちは「平らなお尻」について冗談めかして語るけれど、そのお尻こそがわたしたちの美しさの源であり、もっと褒め称えられていいと思う。いまここで、わたしは誇りをもって最初に声をあげようと決意する。平らなお尻はセクシーだ! ありふれた話しことばではあるが、そう宣言することで、謙虚なアニシアナベ族の詩人として、蔑まれてきた「平らなお尻」を「瞑想と霊感と美の対象と奇跡」を担う部位として相応の地位まで持ちあげてみようと思う。[38]

あまり限定的なみかたをするのはよくないが、「先住民の平らなお尻」については、〈これはパイプではない〉の絵を見てもたしかにそうだと思う。すくなくとも、ジョージ・クウェインタンス［ゲイ美術の第一人者と言われる芸術家］の「裸の胸と尻」や「尻が（中略）それほどまでというほど丸みを帯びている」描写でお馴染みのカウボーイのぷりっとあがった尻に比べればまちがいなく平たい。トム・オブ・フィンランド［同性愛者の性的なイラストを描くジャンルの先駆者と言われる芸術家］も「後年、自身のイラストで同じような試みをしている。ただ、トムの作品の場合、尻と胸が大きく筋肉質に描かれ、裂け目やペニスがあまりに誇張されていて、かなり現実離れしている。それでもとてもセクシーに見える」[39]（偶然にも、ペニスを誇張して描くことで知られるトム・オブ・フィンランドだが、彼自身は「わたしは尻で感じる」といっている）[40]。先住民のお尻は平たいといわれてきたのに対し、カウボーイの魅力的なお尻は平らではない。両者のお尻はこのように明確に区別されている。先住民のお尻がセクシーではない、あるいはわざわざセクシーだと訴えなければそのようにみてもらえないなら、カウボーイのお尻は魅力的なだけでなく、セクシーでなければならない。

絵の分析に戻って考えると、たとえばカウボーイがどんなふうに「振り返って先住民を見ている」かというフランシスの指摘には耳を貸すべきではない。絵の端のほうには草原を走る動物が描かれているが、カウボーイはそちらではなくうしろを向いて先住民の体をみている。先住民のほうも前ではなく下を向いて、カウボーイのお尻を見ている。この絵ではお尻が中心に描かれており、そのお尻は「パイプではない」。この絵から読み取るべきことは、権力構造の逆転ではなく、わたしたちがセクシュアリティをいかに複雑に捉えているかである。この場面に活かされている象徴はペニスだけではない。むしろ、ペニスを示す記号にはなんの意味も与えられておらず、逆説的な言いかたをすれば、ペニスを象徴する事物は空虚な記号だ。〈クリー族の長I〉と同じように、この絵ではこれまでペニスに割りあてられてきた役割をアヌスが果たしているのである。

モンクマンの絵では、アヌスはいずれも快楽を求め、また与えるものとして描かれている。批評家は挿入される側を権力を持たない肉体、快楽を得られない肉体と不躾《ぶしつけ》に決めつける。フェミニストたちは象徴としての男根の優位性をずっと批判し続けてきたが（そしてその批判はまっとうだが）、それでも男根の優位性から解放されるにはまだまだなすべき仕事があるといわざるをえない。モンクマンの絵が権力の逆転を表現していること自体が男根中心主義の現状を如実に物語る。上に立って攻める側と、下に置かれて受ける側と、その力関係。その構図に従って性のありかたが計算されている。しかし先述のとおり、この絵は受ける側が攻めていると解釈できないだろうか？

この問いかけは、入植者に重点が置かれ、入植者のほうが肉体の快楽を欲しいままにする前提に立脚しているため、権力を行使する入植者の立場の再認識につながる。その結果、モンクマンの作品に一貫している反植民地主義、植民地解放主義の主張をないものにしてしまう危険をはらんでいる。作品全体に響く反植民地主義の声は保たなければならないが、同時に「北米大陸の初期の植民地域の西部ではさまざまな人種間の接触が頻繁にみられた」という事実も否定できない。そのため、フランシスが指摘したとおり、「先住民のあいだではごく当たり前の性的な習慣に白人男性がどう反応したかという疑問に、あらかじめ用意された答はない」。フランシスはさらに「十九世紀から二十世紀の評論家は、白人の入植者が勇敢で偉大な民族として自分たちも新天地も〝文明化〟ができたのか、あるいは〝野蛮な〟人種といわれる人々の低俗な習慣に染まって堕落してしまったのか、とあからさまに疑問を表明してきた」と述べている。[41] このように植民地支配には二面性があると認識することが重要だ。というのも、植民地全般について、また植民地支配が男らしさに与える影響については、フランシスの考察のように歴史を物語る文献があるにもかかわらず、かつて植民地支配を進めていた西洋諸国の人々は入植者側が影響力を持っていたという意識に凝り固まっているからだ。植民地支配の歴史は二面性を持つ可能性に満ちていて、いつでも〝うしろへ向かって〟進むことのできるつかみどころのないものなのだ。

この読みかたには、植民地批判という主題そのものを消してしまう危険が潜んでいる。しかし、植民地支配の過程が消し去られたと読むのではなく、その過程には植民地ならではの同性愛と「退行」[42]が起こりうると読むべきだ。ただ、先住民と入植者に注目すると、この作品に対するもっと重大な批判をないがしろにしてしまうおそれがある。フランシスによれば「風景画は、実り多く光に満ちた田舎の景色を描くことによって、神がヨーロッパからの入植者にその土地の支配権を授けたというイデオロギーを表現する」ものでなければならないが「モンクマンはその規範をもてあそび、その規範に反して」いる。[43]牧歌的な作品には根底にイデオロギーが隠されていることは本章ですでに述べたが、登場人物に限らず、人物を含めた風景がすでに植民地主義への批判であると認識しておかないと本質を見誤ってしまう。

モンクマンの作品に立ち返ってみると、本章で取りあげたふたつの絵はどちらも快楽を追求していると読める。それは、セジウィックが述べたように「お尻にまつわる性の政治とお尻の穴にまつわる性の政治とはまったく同一ではない。といって、完全に切り離せるものでもない」[44]からだ。ふたつの絵はまさにその点をはっきりと示している。どちらも表面上はお尻を強調しているが、それぞれのお尻が果たしている役割は似ているようで、異なる。類似点は、どちらのお尻も快楽を得る場所として描かれていることだ（乱暴な読みかたをすれば快楽とは無縁の場所と解釈できなくもないが、フランシスが指摘したように、そして本書がこれまで述べてきたことを理解してもらえていれば、その読みかたにはあまり説得力がないことはもうおわかりだろう）。お尻が快楽を感じられる場所だとすると、デヴィッド・ハルプリンが（サドマゾヒスムを引き合いに出して）「性感帯の再分配」と呼んだように、どこが性感帯かを再考する必要がある。それはすなわち「性器によるエロスの独占という伝統」の解体である。[45] モンクマンの絵画が、観る者に「エロスの独占」を批判し、破壊し、地に貶めるように促す役目を果たしているのは明らかだ。その独占状態は、植民地主義によって課されたものか、そうでないとすれば、ヴィクトリア朝の思想と植民地における倫理観から生まれたものにまちがいない。

　アヌスの性愛の歴史はいまにはじまったことではない。本書の目的にもかなうので、コロンブスがアメリカ大陸に到達する以前の歴史について少し触れておきたい。先住民が芸術作品のなかでアヌスをどう描いてきたかを系統立てて詳しく論じはしないが、コロンブスがアメリカにたどり着くまえの作品では、「アヌスで交わる慣習はもっとも頻繁に描かれる性行為[46]」だった。それだけでなく、アメリカ大陸の征服を記録した書物には、セジウィックのいうお尻とお尻の穴の「性の政治」にまつわる記述が多くみられるが、ここでもやはりアヌスを同性愛、とくに男性同士の同性愛から切り離すのは難しい（アナルセックスは同性愛に直結しないとわかっていても、世間ではいまなおその意識が根深く、メディアに蔓延するホモフォビア的な冗談やアヌスのクィア性には目を光らせていかねばならい）。

アヌス、尻、臀部、直腸など呼びかたはいろいろだが、それらを含む肉体の一部分はひとまとまりになって、とくにアメリカ大陸の植民地支配の歴史では、不安定な立場に置かれてきた。たとえば、スペインの探検家、エルナン・コルテス［メキシコ高原にあったアステカ帝国を征服した］が「新世界では誰もがみなソドミーをしている」[47]といい放ったことは周知の事実であり、ベルナル・ディアス・デル・カスティリョ［コルテスに仕えてメキシコ征服に参加した］ものちに同じことをいっている。[48]ソドミーとは「婚姻に伴う生殖のための性行為」ではなく、アナルセックスのほか、フェラチオやマスターベーションや獣姦などもっと広い性行為を指す。[49]入植者は先住民のこうしたソドミーの行為を記録して説明し、非難する一方で、ソドミーから解放されるか、欲望を抑えてソドミーの習慣を捨てた「善良な」先住民についてかならず言及している。[50]

植民地におけるアヌスの性愛の歴史を簡単に紹介したのは、モンクマンの絵をみて性の倫理について衝撃を受け、屈辱を味わう原因が、すくなくとも先住民の文化の本質によるものではないことを示すためである。アヌスが性の快楽の対象からはずされたことは、原始的な文化ではなく、むしろ植民地支配と密接に関連している。『ろくでなしの歌』などのテクストが性的な想像を喚起するのは、〝文明化〟した社会から置き去りにされることによって、元来のセクシュアリティに回帰できるからだ。『ろくでなしの歌』のような小説に倫理的かつ道徳的な問題がないと主張するつもりはない。これまでの読解は植民地時代の記録に散見される男根中心的なイメージを重視しすぎてきたと訴えたいだけだ。モンクマンの絵はお尻が男根より優位に描かれていて、さまざまな示唆に富む。ただしそれは荒野への回帰によってのみ可能になる（これは前章の『ブロークバック・マウンテン』の分析にも通じるテーマである）。

ロマンス小説には、ヴァージンのヒロインと、人あたりはいいが強引で魅力的な先住民の男性が登場するのが昔からお決まりになっていて、おびただしい数の作品がある。そうした作品や『ろくでなしの歌』のように物議を醸しそうなテクストの弁明者を買って出るつもりはない（ロマンス小説そのものの問題ではないが、植民地支配の歴史と読者が受けとる喜びが複雑に絡み合っていることはたしかだ）。ここで提示したいのは、それらのテクストはべつの角度からも解釈でき、その解釈が〈クリー族の長I〉のような絵をみたときにみずからの性的指向や立場を再考する契機になることだ。象徴として描かれる活発な男根のイメージに慣れ親しんできたように、すくなくともモンクマンの絵画を分析する限りにおいては、アヌスも大きな役目を果たしているといえる。

アヌスが性の象徴的な意味に満ちていることは明らかだ。アヌスは挿入されるだけの場所だと仮定してしまうと、これらの絵はなんの意味も持たなくなる。それではモンクマンが絵に込めた政治的な目的は達成されない。むしろ、下から上に向かっても攻められること、下にあるものも使いようがあること、性行為は役者を攻め手と受け手の二者択一で決めてしまえるほど単純な舞台ではないことを覚えておかなければならない。セクシュアリティは二項対立に縛られない新しい方法で理論化されるべきであり、アナル読みを通してそのことが明らかになることを願ってやまない。そのためにも、両極のあいだにある緊張関係を認識して、もっと大局に立った理論を受け入れなければいけない。セクシュアリティは水平な平面上で方向づけられると考えれば、ほかにも軸になるものがあるはずだ。

第六章
デルミラ・アグスティーニ「侵入者」を解錠する

El intruso

Amor, la noche estaba trágica y sollozante
Cuando tu llave de oro cantó en mi cerradura;
Luego, la puerta abierta sobre la sombra helante,
Tu forma fue una mancha de luz y de blancura.

Todo aquí lo alumbraron tus ojos de diamante;
Bebieron en mi copa tus labios de frescura,
Y descansó en mi almohada tu cabeza fragante;
Me encantó tu descaro y adoré tu locura.

Y hoy río si tú ríes, y canto si tú cantas;
Y si tú duermes duermo como un perro a tus plantas!
Hoy llevo hasta en mi sombra tu olor de primavera;
Y tiemblo si tu mano toca la cerradura,

Y bendigo la noche sollozante y oscura
Que floreció en mi vida tu boca tempranera!

侵入者

愛、夜は悲惨で痛みを伴う
あなたの黄金の鍵がわたしの錠のなかで歌うとき
氷のように冷たい影の上でドアが開き
あなたの姿は明るく白く染まる

ダイヤのようなあなたの瞳に照らされてあらゆるものが輝き
あなたのみずみずしい唇がわたしの杯から飲む
あなたの芳《かぐわ》しい頭がわたしの枕にもたれ
あなたはあつかましくもわたしを魅了しわたしはあなたの狂気を崇める

そして今日あなたが笑えばわたしも笑い　あなたが歌えばわたしも歌う
あなたが眠るときにはわたしは犬のようにあなたの脚元で眠る！
今日わたしは自分の影にもあなたの春の香りをまとわせ
あなたの手がわたしの錠に触れてわたしは震える
わたしは悲惨で痛みを伴う夜を祝福する
わたしの人生にあなたの爽やかな口が花開く

本章では詩の分析を試みる。題材には、ラテンアメリカにおける現代詩の最高傑作と称されるデルミラ・アグスティーニの「侵入者」を取りあげる。アグスティーニはラテンアメリカでもっとも優れた現代詩人のひとりとして広く知られていて、その作品は多くの批評家の関心を集め、とくにフェミニスト批評の対象として分析されてきたが、クィア批評の視座からはまだ分析がなされていない。そこで、J・アンドリュー・ブラウンが「ラテンアメリカの女性詩人による、もっとも有名で、数々の選集に収められている」作品[1]と評した「侵入者」をアナル読みし、アグスティーニの作品にクィア批評を持ち込む突破口を開いてみようと思う。

マドレーヌ・シモネは初期の論文の冒頭で、アグスティーニのことを「ラテンアメリカ随一の女性詩人」と称賛し、「人生も作品も短いが、肉体と精神の両方の欲望を満足させうる高い次元の愛のかたちを、神がかっているかのように一貫して追求し続ける熱意に満ちていた」と評している。[2]アグスティーニの詩の研究では、肉体と精神の愛の対立構造が曖昧になっていること、あるいは両者の区別を卓越したなにかを追い求めていることに最大の関心がそそがれてきた。一方で、アグスティーニの詩から性的な要素を一切排除しようとする批評家もすくなくなかったが、わたしにいわせれば、それは作品の本質の意図的な誤読にほかならない。アグスティーニの作品は率直にいって性欲をかきたてるものであり、性愛の否定は、女らしさや女性作家の複雑さを物語る「ほんものの女性」の声の否定につながる。[3]それに、作品から性的な要素を取り除こうとすると、そもそも異性愛を規範とせず、異性愛偏重ではない性愛を讃えた彼女の作品のもっともクィア的な側面を見失いかねない。しかし実際には、快楽としてのセクシュアリティ（つまり生殖を目的としない性欲）、サディズム、マゾヒズムなどの性を主題とした作品がいくつもある。シモネによれば、アグスティーニの遺作となった詩集に対して「モンテビデオ［アグスティーニが生まれ育ったウルグアイの都市］の人々は憤慨《ふんがい》し、彼女の詩はもはや品のある作品とはいえない」と非難したという。[4]アグスティーニの作品を分析するにあたっては、明示的または暗示的に性愛が表現されている点を認識し、その性愛をクィア理論の視座から考察しなければならない。サラ・T・ムーディは「ほかの現代主義の作家は女性を美の象徴、詩という形式の完成形として表現しているが、アグスティーニの描く女性はきわめて変質しやすく多様で、女性の受動性の描写を完全に退け、奇怪で乱暴な姿が強調されている」と論じている。[5]そうすることで〝女性の受動性〟という支配的な概念と理想に真っ向から反発し、その概念と理想を根本から捉えなおそうとしている。

一読した限り、「侵入者」にはごくありふれた性愛と愛と欲望がうたわれている。ブラウンの解説によれば、アグスティーニは「侵入者である恋人との関係がはじまるある夜の出会いを描いて」おり、性愛をうたった詩にありがちな「奴隷と主人の関係を想起させる」。[6]また、イグナシオ・ルイス・ペレスは「このウルグアイの詩人は、ありきたりな他者のありかたを覆し、ねじ曲げて」いて、「作中で他者をみつめる行為は、〝自分〟と〝相手〟との断絶に気づいていることを暗示している」と分析する。[7]ブラウンとルイス・ペレスの解釈は理にかなっていて、もっともだと思うが、本章ではもっとクィアな観点から彼女の作品に切り込む。とくにこの詩の多様な解釈に影響している異性愛規範を取り除き、性愛の論理を再考する。アナル読みによって従来の批評では解釈できなかったこの詩のもっと複雑で曖昧な面を明らかにしたい。

議論を進めるまえに、異性愛規範とは何かを示しておかねばならない。本書は全体を通していろいろな意味で異性愛に基づく肛門愛の理解から脱却することを目指しているわけだが、ひとまず本章の論点に限って異性愛規範とは何かを確認しておこう。本書が目指すのは、ミシェル・フーコーが「有用かつ生産的な」両親の寝室[8]という絶妙な言い回しで表現した場所から離れることだ。つまり、子をもうけるという生殖の価値によって規定される異性愛規範は重視しない。異性愛規範から解放されれば、セクシュアリティはかならずしも生殖に関わる必要がなくなる。ローレン・バラントとマイケル・ワーナーは「公的なセックス」(Sex in Public)のなかで、いわゆる規範がいかに複雑かを指摘している。そして若い異性愛者《ストレート》の夫婦を分析し、「彼らは、生活も願望も金銭や財産との関わりもすべて、子どもをつくることに支配され、その一点によってあらゆる人や物との関係が成立している」と論じている。[9]生殖への要求は異性愛規範と隣り合わせにあり、異性愛規範からの逸脱《いつだつ》は必然的に生殖という営みから対極に置かれる。この夫婦は「子づくりとは無関係の性愛」について考えるにあたって、バラントとワーナー以外にそんな話はできないと気づいたが、それは「ほかの人にこんなもの［バイブレーター］の話をしたら、性倒錯者だと思われてしまう[10]」からだ。このように異性愛規範は、唯一ではないにしても主要な目的としての生殖を前提として、セクシュアリティのありかたを縛りつける。

テクストをクィア的に読むには、この異性愛規範と異性愛偏重に疑問を投げかけることが不可欠である。そうすれば、これまでおもに異性愛を規範として読まれてきたテクストをクィア流に解釈できる余地が生まれる（その逆もありえる）。デヴィッド・M・ハルプリンは著書『ゲイになるには』（How to Be Gay）のなかで、「わたしたち［ゲイの男性］にはまだ《ゴールデン・ガールズ》［一九八五年から一九九二年に放送されたアメリカの大人気コメディドラマ。四人の中高齢で独り身の女性が同居している］がいるのに、どうしてエドマンド・ホワイト［自身も同性愛者で、自叙伝的な代表作『ある少年の物語』などで知られる作家］を求めるのか」と問いかける。[11] この問いはとても重要な点をいくつか示唆している。ひとつめは、クィア研究はクィアを扱ったテクスト（エドマンドなど同性愛者の作家が著した作品や同性愛を題材にした作品）にしか関心を示さないという前提を覆し、異性愛に基づくテクスト（《ゴールデン・ガールズ》のようにセクシュアリティの扱いがもっぱら異性愛偏重の作品[12]）も対象としたこと。ふたつめは、異性愛偏重のテクスト（一見、異性愛を扱っているかにみえるテクスト）にも、クィアの、とくにハルプリンにとってはゲイの要素がありえると指摘したこと。三つめは、クィア理論は、いかにもクィアな体験ではないにもかかわらずクィアの文化に消耗される現象にまで範疇を広げられると主張したことだ。クィアを扱ったテクストがかならずしもクィアの人々を魅了するとは限らず、規範を超越した先をみているにせよ、クィアの目的を叶えるために規範（つまり《ゴールデン・ガールズ》）を受け入れるにせよ、クィアの喜びは異性愛偏重のテクストのなかにも見られる。ハルプリンのこの批評はとても簡潔だが、きわめて優れている。逆説的にいえば、異性愛偏重の文化がいわゆるクィアなテクストを生み、消費している現状については、当然ながらまだ解明すべき点がたくさんある。

ハルプリンの批評は〝ゲイのアイデンティティ〟に疑いの眼を向け、解体させた点で意義深いが、それ以上に重要な功績は、一般にストレートのテクストと呼ばれる対象にまっさきに取り組んだことだろう。ハルプリン自身も、批評家とヴァージニア・ウルフが「一般読者」と呼ぶであろう人々が《ゴールデン・ガールズ》のような「ゲイを扱っていない題材にクィアな魅力」を見出すことがある（実際、たびたび見出している）と述べている。[13] ハルプリンによれば、「クィアな魅力」は〝ゲイ〟がどのように描写されているかではなく、文化を反映したテクストそのものに内在している。[14] クイアな魅力とは、クィアな視点を持った読者が異性愛に基づくテクストのなかに見つける喜びといえるだろう。本章で考察する「侵入者」は、まさにそうしたクィアな魅力に満ちたテクストであり、その魅力は表に出すことができるし、むしろ出すべきだ。

以下ではハルプリンが提示したクィアな魅力の認識に従って、クィアな視点からの読みかた、あるいはフランソワ・キュセのことばを借りるなら、どうやって「視点を転換」するかを明らかにしたい。キュセは「あらゆるテクストは曖昧である」とし、批評家の役目は「そのテクストを手にとってひっくり返し、内部へ入り込み、テクストの性と戯れ、自身の性も滑り込ませ、テクストが抱える葛藤にとことんまで付き合って、立場を決めさせること」だと論じている。[15] 本章はもとより、本書全体が相当な労力を費やして男根の優位性を批判しようとしているが、(きわめて男根優位的ではあるものの)キュセが視点の転換を求めた点はとても重要だ。ハルプリンのいうクィアな魅力は、キュセが暴こうとした曖昧さのなかにある。キュセは「われわれはこれまで無視されてきた細部を求めている」と述べているが、その無視されてきた細部にあたるものが、ホモフォビアの文化が距離を置こうとしてきたクィアな魅力であることが多い。[16] そこでアグスティーニの詩の「無視されてきた」クィアな魅力を論じてみようと思う。

「侵入者」をわたしなりに分析することは、この詩のクィアな読みかたを提示するとともに、異性愛規範の論理に頼った従来の解釈を考察し、批判することでもある。ブラウンはこの詩が「奴隷と主人の関係を想起させる」と指摘したが、それはサドマゾヒズムに基づいた読みかたであり、とりわけ権力の力学がはたらいていると考えるときに顕著にみられる解釈である。この詩の「そして今日あなたが笑えばわたしも笑い　あなたが歌えばわたしも歌う／あなたが眠るときにはわたしは犬のようにあなたの脚元で眠る」[17]という一節は、たしかに奴隷と主人の関係を思わせる。よってブラウンの指摘は理にかなっていて、的を射ているといえる。サドマゾヒズムが異性愛偏重の文化の外にあると主張するつもりはないが、クィア理論とサドマゾヒズムは互いに影響しあっている。

わたしが考えるサドマゾヒズムは、クィア理論と同じように、おもに「有用で生産的な」両親の寝室から引き離してセクシュアリティの概念を捉え直すことである。[18]フーコーはサドマゾヒズムについて「快楽の新しい可能性を現実に生み出す」と述べている。[19]つまりサドマゾヒズムの目的は生殖ではなく、快楽を得ることだ。ハルプリンの解説によれば、フーコーはサドマゾヒズムを「身体のエロスの地図の書き直し」と考えていて、「性器によるエロスの独占という伝統」を解体すべきだと促している。[20]ブラウンが論じたように、この詩が奴隷と主人の関係を示唆するなら、その関係性がどのように作用し、どうすれば異性愛に基づく批評から脱却できるのか考えなければならない。

この詩の解釈は冒頭の一節「愛、夜は悲惨で痛みを伴う／あなたの黄金の鍵がわたしの錠のなかで歌うとき」[21]によって決まってしまうことが多い。奴隷と主人の関係におなじみの、痛みと折り合いをつける様子が描写され、黄金の鍵が歌うという表現も異性愛偏重をいっそう強調していると読める（加えて、錠と鍵という喩えも奴隷と主人の関係を強調している）。アナ・ペルッフォも「女性の肉体が〝錠〟に置き換えられ、恋人の〝黄金の鍵〟を受け入れる」と述べている。[22] では、なぜ錠はかならず女性に見立てられ、女らしさを表していなければならないのか？　いうまでもないが、黄金の鍵と錠を性器に見立てた表現はありきたりで、もはや廃れた比喩である。だとしたら、アグスティーニの詩が異性愛に基づく解釈しかできない理由はほかにあるだろうか？

アグスティーニが詩の語り手の性別を特定していないことを考慮すると、この疑問はますます厄介になる。この詩には性別を示唆する形容詞は一切使われていない。それなのに批評家はみな異性愛を前提に詩を読み解こうとする。しかし、彼らが見落としている点がひとつだけある。「あなたが眠るときにはわたしは犬のようにあなたの脚元で眠る」という行に出てくる犬（原語のスペイン語では男性形の perro）はまちがいなく雄であり、この詩で語り手の性別を推察できるのはこの箇所だけだ。細心の注意を払って読めば、この詩で表現されている願望や性欲や愛が、男性同士で交わされるものだといっても、それを否定できる理由は一切ない。この詩に登場する侵入者はいかにも男性的だが、語り手が「わたしは犬のように眠る」というとき、「わたし」（スペイン語では yo）の性別は明示されておらず、犬が男性形であることを除けば、語り手が男性か女性かを断定できる手がかりは何もない。この詩を読み解くうえで、このジェンダーの問題が、新しい読みかた、つまりアナル読みを可能にする〝鍵〟にちがいない。

この詩にはヴァギナへの挿入だけに限定する記号や象徴は何ひとつなく、鍵は錠に似た穴のなかであればどこでも歌えるはずである。それならば、その穴をアヌスと解釈してもいいわけで、そう読んだとしても詩の構成や性的な含意はそのまま保たれ、この詩の性的な象徴の秩序が崩れることはない。鍵ではなく錠に焦点をあてても、性愛の要素は失われないのである。それどころか、男根中心的な読みかたで鍵に注目するのではなく錠に意識を向ければ、「性器によるエロスの独占という伝統」を解体できる。その結果、ルイス・ロペスが指摘したように、この詩の持つ他者のありかたを覆す性質を認識し、その性質に基づいてクィアな観点から詩を解釈できるようになる。「侵入者」はクィアな読みかたの進歩によって読み解くことができ、読み解かれるべき作品なのだ。

まず悦びとは何かを考えてみよう。享楽（jouissance）と呼んでもいい。性愛を扱った詩に総じて求められるのは、悦びの追求にほかならない。ロラン・バルトは享楽を「すべてが失われる」瞬間と定義した。[23] アグスティーニの詩のアナル読みも、いろいろな意味で標準的な解釈やありきたりな読みかたから「すべてが失われる」ことを必要としているのかもしれない。アナル読みによって、この詩の新たな解釈が可能になる。その解釈が行き着く先に「地平線上の新しい場所、理想的な場所、地図に載っていない場所があり、その場所の意味が構造の分析を可能にする。享楽という事実によってすべてがつまびらかになる[24]」。ジャック・ラカンは肛門愛について論じてはいないが、享楽が〝構造の分析〟にとって重要と指摘しており、享楽を通じてどのように意味が明らかになるのかは一考に値する。「分析はそこからはじまる。享楽という手段で手に入れた知識によって、曖昧な意味を持つ分析が生まれる。その曖昧な意味こそが、ほんとうの意味である[25]」。ラカンの主張を誤解していると誹《そし》られるかもしれないが、ラカンの考えは異性愛に基づいた詩の解釈と類似している。もちろん、その解釈にもそれなりの意義はあるが、もっと「曖昧な意味」について考えるとどうなるだろう？　心理分析から得られた教訓があるとするなら、煙草がほんとうに煙草を指すのはごく稀だということだろう。

異性愛規範に依拠した読解が失敗に終わる理由は、オーガズムには性器でしか到達できないとする決めつけにある。それはオーガズムを男根中心的なみかたで理解しようとするからである。ラカン派の思想は男根を根本とする立場をとっていて「分析の経験が、すべては男根を中心とした享楽の周囲にあるというまぎれもない事実を証明している[26]」というが、本書は男根を優位とする読みかたではほんとうの意味を理解できないと考える。フロイトはクリトリスで得られるオーガズムは未熟であり（この場合、錠は一切関係ない）、ヴァギナでオーガズムに達することが理想だと主張しているが、それに対してアン・コートが「ヴァギナのオーガズム神話[27]」と反論して、精神分析に基づいた女性のオーガズムの理解を批判した意義は大きい。

代表作でもある著名な論文で、コートは「ヴァギナのオーガズムとクリトリスでのオーガズム」を明確に区別し、「ヴァギナはそれほど感度のよい場所ではなく、オーガズムに達するようにはできていない」と主張している。[28] 性的興奮を刺激する比喩である鍵と錠にこだわって「侵入者」を読み解くとき、快感を得る場所はヴァギナだと想定する限り、「絶頂に達する場所はひとつしかなく、それはクリトリスである[29]」とするコートの見解とは真っ向から対立していて、結局は不十分な解釈に終わる。アグスティーニの詩に対する初期の批評が無意味だといいたいのではない。ただ、鍵と錠の比喩にはべつの解釈もありうると訴えたいだけだ。実際、コートが指摘しているように、歴史を振り返ってみても、十九世紀には女性の〝ヒステリー症〟の治療はクリトリスに刺激を与える方法が主流であり、「男性はこれまでも現在もクリトリスこそが自慰行為のための場所だと知っていた[30]」。では、この詩の解釈を多様にしうる性愛の論理をどう考えればいいのか？ オーガズムが錠のなかではなくその周囲で得られるものだとすると、この詩の批評において重要な役割を果たしてきた錠をどう扱えばいいのだろう？

ここまでの考察から、錠が女性にとってのペニスのはたらきをする必要はないのは十分すぎるほど明らかだ。錠は男根による支配を捨てて、異性愛規範の論理を真っ向から否定する。そうすることで、錠はアヌスの象徴として機能しうる。この読みかたは、「侵入者」全篇についてゲイのかたちをとらないクィアな魅力を発見し、アヌスの性愛が示唆されている可能性を考慮する。この詩にはもともとクィアな魅力があり、レズビアン批評やゲイ批評によく用いられる伝記的批評を持ち込む必要はない。アグスティーニの詩の批評の大半は、詩を読み解くための道しるべとして作者の人生にかなり依存してきた。だが、本章の目的に照らせば、バルトの「読者の誕生は、「作者」の死によってあがなわれなければならないのだ[31]」とする主張を受け入れるほうがいい。アグスティーニを〝除外〟するのではない。それでは本章の目指すものがすっかり色褪せてしまう。そうではなく、これまでとはちがう性的・詩的な論理に注目し、「侵入者」のクィアな魅力を読み解こうというのが、本章の目的である。

ギィー・オッカンガムはその鋭い洞察力で「この社会はファルス的で、ファルスとの関係によってこそ、可能な享楽の量は決定される」と述べている。[32]「侵入者」を読むにあたって、この指摘が支配的な象徴である男根に異を唱えていることは考察に値する。「侵入者」はこれまで男根を中心に読み解かれ、錠を通ることで男根は歌えるのであり、錠そのものが歌うのではないと解釈されてきた。このファルス・ロゴス中心主義〔ファルス（男根）中心主義とロゴス中心主義を合わせたデリダによる造語〕の読みかたでは、男根だけが悦びを得られる唯一の場所で、男根によってのみ錠は悦びをみいだせる。だが、その錠はコートが的確にも「ヴァギナのオーガズム神話」と呼んだ場所であり、オッカンガムも「ペニスへの中心化は、他の欲望機会を排除し、それらを服従させる」と述べている[33]。ファルス・ロゴス中心主義の読みかたをしていると、ほかの読みかたができることも、ほかに悦びを得られる場所があることも放棄されてしまう。フーコーはサドマゾヒズムが「性器によるエロスの独占[34]」を打破するといっているが、男根中心の解釈ではこの詩のサドマゾヒズム的な面を否定することにもなる。ジェフリー・R・ガスも同様に「男根中心主義の社会では、男根を中心としてものごとが組み立てられる。男根のない社会には何もない[35]」と論じている。また、マイケル・ムーンはオッカンガムの説について「社会の構成要素として男根を過剰に評価し、資本主義の文化において男根を崇拝するのは、アヌスとアヌスの欲望や悦びの閉め出しと表裏一体である[36]」と解説している。男根だけに注目すると、この詩に潜む性愛や悦びについてちがう解釈ができる可能性が閉め出されてしまう。では、出口であるアヌスからこの詩を解釈できないだろうか？　つまり、ほんとうは錠（cerradura）こそがアグスティーニの詩を解錠する黄金の鍵（llave de oro）の象徴ではありえないだろうか？

アヌスの性愛に焦点をあてて「侵入者」を読めば、男根の支配性や優位性が排除されて、よりクィアな視点からの解釈が可能になる。この試みの先駆といえるのが、イヴ・コゾフスキー・セジウィックの論文「直腸はストレートか？」(Is the Rectum Straight?) である。この論文でセジウィックはヘンリー・ジェイムズの小説『鳩の翼』(The Wings of the Dove) を分析し、文学のテクストにはアヌスの性愛が潜んでいる可能性を何度も指摘し、考察を重ねている。セジウィックは性愛を象徴する主要な記号としての立場から男根を追い出し、「ジェイムズ自身もそうだが、どこまでも深く感情的なアヌスとの結びつきは、男根の周りではなく、手の周囲に群がっている」と述べている。[37] アヌスを象徴とみなすことは、男根を中心とする従来の考えかたを書き換えることであり、アヌスと二項対立をなすのは男根ではなく手になる。アグスティーニの詩では、はじめこそ鍵が男根を指しているように読めるが、読み進めると「あなたの手がわたしの錠に触れてわたしは震える」[38] とあり、錠と対になっているのは男根ではなく手だとわかる。詩のなかで錠ということばは二回使われているが、そのあいだにある「あなたのみずみずしい唇がわたしの杯から飲む」[39] という一行からも、性的な刺激をもたらすのは男根ではないとわかる。詩の一行目が男根の挿入を示唆している点は否定できないが、後半になると男根は姿を消し、錠は侵入者の手で触れられただけで震える。この行で快楽を与えているのは男根ではなく手にかわる。

しかし、この詩の最初の行には男根中心の論理を越えた何かがあり、詩全体には冒頭の二行以上に批評に影響する何かがある。この詩はセジウィックの「エクリチュール［デリダによって確立された概念で、パロール（話し言葉）に対して書かれたもの、書き言葉を指す］としてのフィストファック[40]［膣や肛門に拳を挿入する行為］」という概念に照らして批評すべきだ。もしアヌスを目覚めさせるために手を触れなければならないなら――実際そうなのだが――フィストファックと関わりがあるにちがいない。セジウィックの「エクリチュールとしてのフィストファック」という概念では「性的な幻想としてのフィストファックはさまざまなイメージを喚起させ、異性愛と同性愛だけでなく、対他愛と自体愛（中略）さらには男根中心主義の社会によって決めつけられた攻め手と受け手との転換点になる[41]」。フィストファックという行為もまた、男根中心主義の社会を崩壊させ、「侵入者」のクィアな視座からの読解を可能にする。この読みかたは、サドマゾヒズムを主題としたブラウンの解釈とも関連しているが、「性器によるエロスの独占」に挑むという点でおもにフーコー的である。

さらによく注意して読むと、この詩のなかで繰り返し使われる数少ない語が錠（cerradura）であること、錠ということばがこの詩の成立を支えていることに気づき、より広い眼でアナル読みができるようになる。錠ということばと、それに伴う悦びははじめから終わりまで変わらず存在していて、この詩の重点が男根の享楽ではなく錠（cerradura）の悦びに置かれているのがわかる。アヌスから上に向かって読むと、その意味はますます曖昧になり、この詩は男根によるエロスの独占という論理の外にあることがいっそうはっきりする。

フーコー、オッカンガム、ハルプリン、セジウィックなどさまざまな批評家が性器によるエロスの独占の再考を目指し、すくなくともその必要性を検討してきたが、それでもまだ悦びを得られる可能性について残っている疑問がひとつある。多くの批評家にとって、悦びの原理とは自明の理であって説明を必要としないが、ここでの疑問は性をうたった詩と性愛と享楽の論理に関わるものだ。アグスティーニの詩は従来の理論とは異なる方法で悦びを表現していると解釈できる。すくなくとも読者に「ヴァギナのオーガズム神話」に対して、もっと大きく捉えれば、性器のオーガズムの優位性について考え直すように促していることはまちがいない。この詩にサドマゾヒズム的な要素が潜んでいる時点で、どこに悦びをみつけるかという問題を再考する必要があるのは明らかだが、黄金の鍵（llave de oro）ではなく、錠（cerradura）に注目して読むこともまた、悦びを得るのはどこかという問いかけになっている。鍵が歌えるのは錠のなかにあるときにだけだ。一方で、錠のなかと周りにはまだまだいろいろな作用があることを忘れてはならない。

サドマゾヒズムは性器を中心とした性の秩序の再考を促すとするフーコーの見解に従えば、オーガズムについても考え直さなければならない。バリー・R・コミサリュックとビバリー・ウィップルは論文「性器によらないオーガズム」(Non-Genital Orgasms)でアヌスのオーガズムに関する研究を精査しており、その対象は〝逸話の記録〟から、前章でも触れた、コロンブス以前の芸術に描かれているもっともありふれた性行為としてのアナルセックス[42]にいたるまで多岐にわたっている。ここではアヌスの性愛の歴史を系統立てて論じることはしないが、ごく一部のサブカルチャーのなかだけに限定されてきたのではなく、コロンブス以前の芸術に限っても一般的にみられる主題だったことは確かである。また、ある調査によれば、二十六パーセントの男性が「ペニスでもアヌスでもオーガズムに達する」と答えた。[43]

アヌスの性愛を認めることとは、性器によるエロスの独占という伝統を書き換えるためにも重要だ。たとえば、ジェフリー・R・ガスは次のように述べている。「アヌスのセクシュアリティは、ジェンダーが規定される過程を脅かす危険な場所としてなんども喚起される。男性のジェンダーを具現化する複合的な役割は、ペニスとアヌスのあいだに描かれる弧と、性を守るために定義され、構造化される文化的な過程に埋め込まれる」[44]。ここで注意しておきたいのは、クィアな読みかたをするからといって、アヌスを男性同士の喜びに限定するわけではない点だ。ガスならそういう読みかたをするかもしれないし、実際、その読みかたでも十分筋は通る。アグスティーニが詩のなかで侵入者にあえて性別を与えていないことを考えればなおさらだ。セジウィックはガスの断定的な読みかたへの警告として「男性が女性のアヌスに挿入したいとしたら、それはアヌスへの欲望なのか？」[45]と問いかける。これは、アヌスに性欲を覚える男性について考えるとき、つねに問い続けなければならない問題だ。アヌスの欲望というと、どうしても男性がべつの男性のアヌスを求めると思いがちだが、かならずしもそうとは限らないのだと力説しておく。「侵入者」のアナル読みによって、総じて優位を占めてきた男根という記号の威力が削がれ、位置づけが変わり、べつの読みかたが可能になる。男根の位置づけが変われば、これまで詩の読解に中心的な役割を果たしてきた記号と象徴のつながりも書き換えられることになる。

アグスティーニの詩をアヌスの性愛という観点から考察するもうひとつの理由は、より多様な解釈の扉を開くためだ。セジウィックが論じたように「（ヘンリー・）ジェイムズがアヌスを描いた詩を解釈するとき、挿入のイメージをすべて男根の挿入だと安直に読み替えてしまうと、レズビアンの行為を含むあらゆる行為の可能性を見落としてしまう」[46]。性的な力がはたらくときに、その力関係の決定権を男根だけに委ねるのはあまりに閉ざされた読みかたであり、これまでの批評家がそうであったように、アグスティーニの詩に潜むアヌスの性愛を見落としかねない。アグスティーニの詩は男根の論理からの脱却を可能にする作品であり、そう読むことが不可欠なのだ。この解釈は、クィア研究だけでなく、かねてから男根中心主義を批判してきたフェミニズム批評にとっても意味がある。セジウィックは「わたしは男根を出発点にはしない。わたし個人の判断で男根を選ぶことも、置き去りにすることもできる」と述べているが、[47] わたしたちの読みかたもそうであるべきだ。男根中心の解釈への固執が、この詩の複雑さをないがしろにしてきたことを忘れないでもらいたい。

アヌスは悦びを得られる場所であり、この詩を読み解く鍵になると認識すれば、描かれている出来事の性的な解釈の可能性も再考できる。その結果、この詩は単純になるどころか、より深みを増す。次の引用はその点を論じた一節だ。

> 尻は柔らかく敏感で、ヴァギナと同じように穢れや恥と結びつく。誰もがひとつ持っているという意味では、性器とちがって性差がなく、なんら特別なものではない。これまでは女性だけが体内に傷つきやすい場所を抱えていると思われてきたが、アヌスは誰の体内へも入り込むことを可能にする。アヌスの性愛は、男根だけに許されてき

た境界を破壊し、消滅させる説得力のある場所になる。[48]

この主張は男根中心主義を排する必要性を後押しするだけでなく、アグスティーニの詩に新たな見解、それもおそらくはより理想に近い見解をもたらした重要な理論といえる。男根を排除してアヌスの位置づけを改めることで、一方の性に限定されなくなり、どんな指向にも邪魔されない新しい性愛のありかたを手にすることができる。このような性愛の捉えかたはフーコーの解釈にも通じる。ベルサーニの解説によれば、「フーコーはわりとおおっぴらにサドマゾヒズム的な行為を称賛することで、（異性愛者と同じように〝性行為の最中にほかの男の下に置かれる〟ために威厳が失われると恐れている）同性愛者の男性が〝受け身であるために名誉を傷つけられる〟という〝問題〟を〝緩和〟できるように手を差し伸べている[49]」。ブラウンもアグスティーニの詩にサドマゾヒズムを見出していたが、本書がブラウンとちがうのは、性器によるエロスの独占という伝統を捉え直そうとしている点だ。また、すくなくともフーコーの理解では、服従する側も多少は権力を持っているので、サドマゾヒズム的な関係性とそれが力関係とどう関わるかについての理解も変えてきたといえる。そう考えると、〝侵入者〟を描いているアグスティーニの詩には実はふたりの登場人物がいて、ふたりとも悦びを味わえるが、その悦びは錠のなかにあり、そのなかでこそ得られると解釈できる。

本章では、焦点を男根からアヌスに移して批評することで、これまでの解釈に蔓延していた性器によるエロスの独占という伝統を積極的に捉え直してきた。そして、最重要課題である、男根中心主義の衝動からも家父長制の制約からも離れた解釈を可能にしてきた。焦点を変えれば、「侵入者」の冒頭の二行は、セジウィックのいうエクリチュールとしてのフィストファックと解釈できるようになる。この詩が悦びを得る場所と想定しているのはそもそも男根ではなくアヌスなのだ。この詩はどんなセクシュアリティも除外しないため対他愛も自体愛も叶えることができ、これまでの批評よりもずっと破壊的で慣習を超越している点で本質的にクィアな詩といえる。規範としての文化と異性愛を規範とする文化の頑なな異性愛偏重に真っ向から抗《あらが》っているという意味では、クリスティナ・サントスとアドリアナ・スパールのことばを借りれば、挑発的な逸脱[50]の詩といえるだろう。

このように鍵に注目し、男根を完全に排除しても、詩としての論理性は失われない。以下では、フーコーのサドマゾヒズムの解釈に連なるこの読みかたが、バルトのいう「テクストの快楽」、とくにバルト自身がセクシュアリティについて論じた説にも通じることを示す。「侵入者」は、登場人物がどちらも男である〝ゲイ〟の同性愛の詩とも読めるし、描かれている性が両親の寝室という限られた場所とは一切関わりのない反異性愛規範に基づいた詩とも読める。本章ではこれまで、どちらの立場をとるかわざと曖昧にしてきたが、それはどちらにも与《くみ》しないことを示すためだ。なぜなら、どちらも従来の解釈に異論を提示し、男根を中心とする詩の体系を書き換える読みかただからだ。

バルトにとって著作は書く行為と密接に関わっており、そのためにセクシュアリティの理論にも興味深く生産的な観点から介入している。最晩年にコレージュ・ド・フランスで行なった〈小説の準備〉という講義では、小説への幻想をセクシュアリティ、とくにはじめての経験と結びつけて語っている。バルトによれば、小説への幻想、つまり小説を書くことへの幻想は「いくつかの小説からはじまり、その範囲において（読むことの）初体験と同じように（出発点とする）なにかにとどまる」[51]。自分で小説を書くには、動機となるいくつかの小説を意識することが求められ、それは「性の悦びについてわれわれが知っていることと同じように、生涯におよぶ初体験の威力を認識することである」[52]。はじめての小説と（性的な）初体験は互いに関連し合い、著者であり恋人である人物の人生に影響する。書く行為とセクシュアリティが密接に関わるという見解は無視できないが、この相関関係をこれほど明確に述べているのは、バルトの『テクストの快楽』（The Pleasure of the Text）をおいてほかにない。

奇抜な解釈で知られるジェーン・ギャロップは「『テクストの快楽』を文学理論として

ではなくセクシュアリティの理論として教えることを夢見てきた」とみずから明かしているが、とりわけ「クィアな理論の誕生以降」にこの講義がどんな広がりをみせるかは想像にかたくない。[53] キャロル・メイヴァーも、ごく「最近」になって「バルトの微妙なクィアな感性がこれまでよりもわかるようになった」と認めている。[54] メイヴァーは、「クィアな理論の誕生以後」の学者ではなく、いつもクィア理論とともにある人物として、バルトにクィアな何かを感じていた。そう思わせるのは、バルトの母親との近親相姦[55]や、「ときにはコレージュ・ド・フランスの学生に tante（フランス語では「おば」だけでなく「男色の男」を指す）と呼ばれてからかわれていた[56]」からだけではなく、『テクストの快楽』で快楽主義を称賛し、『恋愛のディスクール』（A Lover's Discourse）では愛について（メイヴァーの表現を借りれば）〝少年らしい〟書きかたをしていることに加え、あるときにはのちに『彼自身によるロラン・バルト』（Roland Barthes by Roland Barthes）を出版するためだけに本人は死んだと宣言したことなどによる。[57]

バルトにとっての享楽（jouissance）は悦びとはべつもので、いわばオーガズムとも解釈できるが、「バルトはつねづね享楽は倒錯にも結びつくと考えていた[58]」。アグスティーニの詩をみても、そこにあるのは「心地よく、自己保証的で、認知されていて、文化の規範に従っている」悦び（plaisir）だけではなく、「衝撃的で、自己破壊的で、文化の規範に反した」享楽（jouissance）である。[59]「侵入者」をクィアな視点から読むことは、テクストに潜む悦びを認識するだけにとどまらず、何層にも重なった悦びを取り戻し、最終的には享楽に行き着くことだ。

ただし、テクストに秘められた享楽は「時期を待たない」[60]。「侵入者」を読めば一目瞭然だが、この詩の意味は冒頭の行では明かされず、最後に——いわば出口で——錠に戻ったときに明らかになる。ギャロップは『テクストの快楽』について優れた解釈をしていて、そのなかで「翻訳では次の文は〝すべてが一度に興奪する〟」とあるが、わたしなら「すべてが一度に（あるいは一気に）消える（または爆発してなくなる）」と訳すだろうと述べている。[61] これはまさに錠が二度目に登場して「すべては消える」ときに起こることだ。あるいは、性的な見方をすればはじめて読んだときのように、すべてがわかるときといってもいい。テクストの悦びは歌う鍵から読み取れるかもしれないが、享楽（jouissance）はいま解き放たれた錠のなかにある。

最後に、バルトのセクシュアリティの理論において、どんな〝幻想〟にも含まれるべき見解について述べておく。バルトは「性体験を制限する自己矛盾と二項対立の原理を〝実現させない〟新たな価値として中性という概念の確立を望んでいた」[62]。この「新しい価値」こそが、アグスティーニの詩を読むにあたって、わたしがひとつの読みかただけを特別視したくないと考えた理由なのだが、その点についてはおいおい明らかにしていく。はっきりいえるのは、「バルトの性愛は、あらゆる制約や特権的な位置づけを排除したという意味で、複合的で拡張的である」[63]という点だ。本書では「侵入者」を読む〝鍵〟としてアヌスに注目してきたが、この詩の読みかたはひとつではなく、ほかにもある。ピエール・サンタマンのことばを信じれば、バルトは、性愛とセクシュアリティはなにかに従属するものであってはならず、性能力［異性との性行為でオーガズムに達する能力］に限定されるべきではないと考えていた。とくに「見せかけの性の意味を脅かす」ことに関心を寄せていた[64]。バルトの教訓に従って「侵入者」を注意深く読めば、「見せかけの性」の持つ多くの意味がどのように脅かされているのか読み解ける。批評家は「表面上の意味を複合的で拡張的」なものとして読むことが求められている[65]。

「侵入者」には登場人物のジェンダーを示す文法上の手がかりがない。「男性でも女性でもないもの」に関心を向けるがゆえにバルトのいう中性として「文法の重荷（影）を負っている」[66]と読める。この「文法の重荷」は、「言語で示すのはとうてい不可能」[67]であると同時に望ましい構造であるという意味でとても重要な概念といえる。バルトは、バルザックの小説『サラジーヌ』（Sarrasine）と作中に登場するカストラート［少年期の声を保つために去勢した歌手］の姿について、次のように考察している。

〔中性〕であることがもし可能なら、これ以上に危険をまき散らすものはない。というのもカストラートの正体を明かすのが早すぎるか（つまり、男でも女でもないということだが、わたしたちは神話によって、中性とは〝生を奪う〟のではなく性差をなくすことだと知っている）、ふたつの性のどちらも選ばないという意思を示している（すでにその時点で言いすぎだが）かのどちらかだ。[68]

先述したように、「侵入者」のなかで唯一性別を示している話は男性形の犬（perro）だけだ。しかし、バルザックの『サラジーヌ』とバルトが『サラジーヌ』をどう読んだかということからもわかるように、ジェンダーの曖昧さがこの詩の解釈を支えている。テクストの喜びが現れるのは早すぎることもなければ（先に見てきたように、多くの読者にとって詩の意味がわかるのはむしろ遅すぎる）、多すぎることもない。つまり、この詩は中性的であり、バルトのいうようにほのかな光なのである。バルトは「中性的であるとは、ほのかな光であることだ。様相も意味も見る者の主観的な視点によって巧みに変更されうる」と述べている。[69] これこそまさに本書が「侵入者」を読むにあたって実践してきた解釈にほかならない。わたしは読者の視点を変えただけでなく、文字どおりアヌスから読むように読者の立場も変えてきた。「このイメージに異論をはさむ必要はなく」、むしろアグスティーニの詩のように中性的なものが「剃刀の刃をあてるように人の感情を刺激する」手法を受け入れればいい。[70]

アナル読みによって「侵入者」はべつの読みかたが可能になる。それはブラウンが考察したサドマゾヒズムに基づく読みかたであり、ルイス・ペレスが主張する破壊的な側面に注目したより精密な読みかたであり、最終的にはこれまで男根中心の体系がどれだけ批評に影響を与えてきたかをしっかり理解するための読みかたである。この詩を読むにあたって、本章ではフロイトの喜びについての理論を積極的に採用し、性器によるエロスの独占という伝統を解体し、バルトの示した享楽と性愛の深みのある複雑さを堪能してきた。このような読みかたをしても、詩を傷つけることにはならないし、〝ゲイ〟の詩だと決めつけることにもならないとわたしは信じている。むしろ、多様な読みかたを示すことで、なぜこの詩がアグスティーニのもっとも有名な作品として選集にいちばん多く掲載されているのかが説明できる。その理由は「あなたの黄金の鍵がわたしの錠のなかで歌う」という単純な状況にあるのではない。鍵は錠があるからこそ歌えるのであり、この錠が、歌う鍵に対してだけではなく、詩全体に意味をもたらしているという新しい読みかたを可能にしている。本章を読んで、理解してもらえたなら幸いである。

第七章
恥ずべき母親愛好症《マトロフィリア》

——《エルリンダ夫人と息子》

前章ではデルミラ・アグスティーニの代表作「侵入者」を題材にアヌスの性愛について検討し、とくにこの詩において悲劇的で痛みを伴う夜に繰り広げられる性の営みの描かれかたを再認識する読みかたを提唱した。本章では、ハイメ・ウンベルト・エルモシージョ監督のメキシコ映画《エルリンダ夫人と息子》(Doña Herlinda y su hijo)（一九八五年公開、日本未公開）を題材として、この映画を理解する鍵となる詩についてもあわせて考察する。小児科医のロドルフォは音楽学校の学生ラモンと同性愛関係にあるが、ロドルフォの母親エルリンダ夫人は世間体を考えてアムネスティ・インターナショナル「国際人権NGO」の職員オルガと息子ロドルフォを結婚させる。一方で、家を改増築してロドルフォとラモンが一緒に生活できるようにする。こうして同性愛者のカップルとその妻が母親の家に同居するという一風変わった家族が構成される。本章では、クィアな解釈の可能性に満ちた同映画が、母親に病的な愛情を抱くロドルフォの姿を通して、どのように女性化恐怖《エフェミノフォビア》を表現し、また影響しているかを探る。ロラン・バルトの論説をあてはめると、ロドルフォは「母性と性能力を欲している」[1]といえる。映画のなかで、ロドルフォは母親のために詩を暗唱したいと思いつつ、なかなか暗記できずに苦労する。恋人のラモンは難なく暗記できたのに、ロドルフォがこの詩と格闘する様子は、ロドルフォの抱く愛が複雑に絡み合い、羞恥の原因の説明と解釈できる。そして、その羞恥はアヌスの性愛をめぐってふらふらと揺れ動いている。そこで本章では、恥ずべきものとみなされるエフェミノフォビアと母親愛好症《マトロフィリア》が互いにどのように影響しあってロドルフォのアヌスの性愛を構築しているか解き明かしてみようと思う。

《エルリンダ夫人と息子》がクィアな作品なのは、たんにゲイの男性が登場するからではなく、クィアな感覚を醸し出しているからだ。この映画を観ているとどうもしっくりこない感じがする（むしろそのクィアらしさのほうがしっくりくる）。ロドルフォはラモンという同性の恋人がいながら、母親の勧めに従ってオルガという女性と結婚し、最後には奇跡的に全員がエルリンダ夫人の家で一緒に（それも幸せに）暮らすようになる。批評家で映画史研究の草分け的存在でもあるヴィト・ルッソは「母親は賢い人物で、（ロドルフォとラモンを）別れさせてしまったら息子に恨まれるとわかっていたので、誰もが幸せになれる方策を考え出した」と解説している。[2] そして、エルリンダ夫人は〝幸せ〟という概念を保ちつつ、家族をクィアなかたちで再定義する役割を担う重要人物であると指摘する。

批評家たちはこぞって、この映画の反異性愛規範に基づく特徴――現在では一般にクィア性と呼ばれる要素――に注目した。たとえば、ダニエル・バルダーストンは「阻害された中年」、つまり主人公のバイセクシュアリティを疑問視し、[3] デヴィッド・ウィリアム・フォスターはバイセクシュアリティではなく、家父長制からの逸脱を重視した。[4] また、ルッソは男らしさや男らしい逞しさを誇示しようとする男性の描かれかたを論じている。どれも優れた解釈であり、重要な疑問を提示しているのはたしかだが、主人公のセクシュアリティを超えた先にあるクィア性までは論じていない。この映画は登場人物のクィアな関係性と主観性を描いていて、メキシコでもっとも関心を集め、物議を醸したことは疑いの余地がない。[5]公開されてから三十年以上経つが、いま観ても、まだ定義されていない〝新たなふつう〟を扱った映画なのではないかと思える作品だ。

作中でエルリンダ夫人が重要な役割を果たしていると指摘したのは、もちろんルッソだけではない。フォスターもエルリンダ夫人を「決定軸」[6]であり、「中心的存在」[7]とみなしている。また、スペイン出身の映画監督ネストール・アルメンドロスはエルリンダ夫人をこう評している。「エルリンダ夫人は物語という芸術の新しい原型である。ドン・ファンやドンキホーテやハムレットやセレスティナ［スペインの小説に登場する、人を誘惑することに長けた老婆］などのように、人物像の典型になっている。同性愛者が曖昧な存在であること、エルリンダ夫人が同性愛者について知っていることや知りたくないと思っていること、愛と包容力。それらすべてを持つエルリンダ夫人は全同性愛者の母である」[8]。このように批評家たちが一様にエルリンダ夫人を重要人物とみなしている点を踏まえつつ、以下では、この母親がストーリーを進めるうえでの中心人物であるだけでなく、作品にクィア性がみられる理由が——つまり観客がクィアだと感じる理由が、この母親の存在にあることを示す。みかたによっては、この母親こそが作品のクィア性をいちばんよく表す符丁《ふちょう》になっているのかもしれない。

デヴィッド・M・ハルプリンは「ゲイの文化の大きな特徴のひとつ」として「母親に取り憑かれている」ことを指摘したが、それは同時に「もっとも蔑まれ、忌み嫌われる特徴」でもある。[9] とりわけゲイ文化の文脈でみると、高圧的でありながら愛すべき母親という典型的なイメージがどうしてもつきまとう。その母親像の真偽はともかく、《エルリンダ夫人と息子》は、タイトルからもわかるように、まさしく母と息子の関係を描いている。息子がほんとうに同性愛者なのかを確かめようと、まるで診療所のようにそれらしい徴候を躍起になって探すのではなく、ここでは母とその息子、息子とその母という複雑で愛に満ちた関係に関心を向けたい。誰かにとってゲイの証拠と思える特徴も、他の人からみればそうではない場合もある。〝カミングアウト〟を診断し、セクシュアリティの問題のせいにするのではなく、イヴ・コゾフスキー・セジウィックが思い出させてくれたように「人々は互いに異なっている」[10]という見地から検証するが、ここでは性的指向の問題には深入りせず、母と息子の関係に注目し、なぜその関係がクィア的なのかを明らかにする。

《エルリンダ夫人と息子》は、「世の母親たち、息子たち、少年たち、男性たちを振り回す」。キャロル・メイヴァーは（母親目線の）著書『少年らしい読みかた』（Reading Boyishly）でそう述べている。[11] メイヴァーと同じく、わたしの関心も少年らしく読むことにある。それはつまり「失われたものであり、かつ決して失われることのない家として母親の肉体を欲し、たったひとりの息子として、すなわち母に焦がれることのできる唯一の肉体でありながら、決して母そのものになることのない息子だからこそできるように母を求める」[12]ことである。この映画はまちがいなくゲイの息子と母親という家族間の恋愛、とくにエディプス・コンプレックスを土台にしている。使い古されたテーマではあるが、いまなお興奮をかきたてる手法だ。ただ、この映画にはエディプス・コンプレックスの筋書きとちがって殺すべき父親が登場しない。作中ではエルリンダ夫人は最初からずっと未亡人で、ロドルフォにしてみればエディプス・コンプレックスはすでに満たされていて、誰にも邪魔されずに「失われたものであり、かつ決して失われることのない家として母親の肉体」を欲することができる。

イギリスの精神分析学者D・W・ウィニコットがいみじくも指摘しているとおり「エディプス・コンプレックスの筋書きが現実生活でそっくり実現されることは滅多にない」。つまり「息子が母親に恋愛感情を抱いて、結婚したい、できれば子どもを産ませたいとあからさまに言葉にしてたびたび表明することはあっても（中略）行動には移さない」[13]。ロドルフォもそういう息子のひとりで、母親に対する思いを口にする。ただ、映画のストーリーではエディプス・コンプレックスが逆転しているように解釈できるので、クィア性を帯びたエディプス・コンプレックスによってロドルフォの抱く愛情は複雑になっている。母親のほうが極端なまでに息子を溺愛していて、みずから夫を殺し、夫に邪魔されずに思い切り息子に愛情をそそげる環境をつくった、と読めなくもない。もっとも、さすがにこの解釈は批評家の裁量の範囲を大きく越えている。テクストにはその可能性も垣間見えるかもしれないが、実行した証拠はどこにもない。そこで、ウィニコットが指摘した感情をロドルフォがどのように探求し、母親の肉体をどのように欲するかを論じてみようと思う。

映画の終盤でロドルフォは人前で詩の暗唱を披露する。「夜」（Nocturno）はメキシコの詩人マヌエル・アクーニャが、思いを寄せていたロサリオ・デ・ラ・ペニャ・イ・ジェレナに捧げた恋愛の詩だ。バルダーストンによれば、この詩は「作者が一八七三年に自殺した事実と合わせて有名で、詩を捧げたロサリオ・デ・ラ・ペニャに拒絶されたために死を選んだのではないかという説が根強く囁かれている」[14]。彼はさらにこの詩について「作者が愛するロサリオとともに暮らす世界に憧れると同時に聖人のような愛しい母親とも一緒にいたいという思いを歌っているのがいちばん不快だ」とも述べている。[15] バルダーストンが母親への恋愛感情に不快感を覚えたことは想像にかたくない。一方、バルトは「作家は母の肉体と戯れる者だ。それを讃えるために、美化するために[16]」と論じる。本章ではまさにバルトが指摘したとおりの母親との関係が詩のなかに、そして（なによりも）映画の終盤にみられることを明らかにする。ロドルフォは、恋人と母親とともに人生を歩みたいというアクーニャの望みを叶えた。バルトのことばを借りれば、「母親との密接な関係を熱烈に求める息子の典型[17]」を見事に叶えているのだ。

従来の批評はこの映画のゲイまたはバイセクシュアルな面に注目してきたが、先ほど指摘した母親との恋愛関係もさらなる考察に値する。ロドルフォがゲイなのはまちがいないが、寝室以外にもクィア性がみられる場面はいくつもある。とくに終盤は、ロドルフォが暗唱した詩についてバルダーストンが指摘した不快感、アクーニャの詩そのもののクィアらしさ、ロドルフォが母親の隣で詩を暗唱する最後の場面、この映画がアクーニャの詩に与えるクィアな影響など、クィア性が何層にも重なって現れる。さらに、詩の構成が映画全体のストーリーと重複するためにロドルフォのセクシュアリティに疑問が生じる。いわば、アクーニャの詩は、バルトのいうプンクトゥム［写真を見るときに、文化や一般的なみかたに従って共感や反感を覚えるストゥディウムに対して、胸を突き刺され、締めつけられるような経験］のようにイメージの「刺し傷、小さな穴、小さな斑点、小さな裂け目」[18]となっている。本章ではアクーニャの詩に関心を向けるが、この詩は《エルリンダ夫人と息子》の「細部」であり、バルトのいう「私の読み取りを完全に覆してしまう」ものだ。[19]

アクーニャの詩はロサリオへの愛をまっすぐに歌った恋愛詩だが、作中で唐突に母親が登場するため読者は不快になる。詩の冒頭はこのようにはじまる。

いわずにはいられない
あなたを深く想っている
あなたを愛している
心の底から[20]

yo necesito
decirte que te adoro
decirte que te quiero
con todo el corazón

一見すると、まるで少年のように率直に繰り返し愛を語っていて、なんの変哲もない詩である。感情をストレートに表現しすぎていて、陳腐《ちんぷ》にさえ思える。バルトは愛を語ることについて、こう述べている。「愛について書こうとすると、過剰であると同時に不足しているということばの汚い部分に直面する。ことばは（感情に覆い隠されてエゴが際限なく拡張するために）語りすぎであり、（ことばにすることで愛が損なわれ、均質化されるという意味で）ことば足らずである」[21]。アダム・フィリップスも、恋に落ちることは「昔から重すぎて押しつぶされるような経験」だと述べている[22]。文学の批評家は過剰な愛に対して慎重になるが、それと同じくらい愛をことばにしようとする行為も、バルトがいうように「過剰であると同時に不足している」という奇妙な緊張感に陥るものなのだ。《エルリンダ夫人と息子》を観ていると、とくに母親を通じて、この行きすぎた愛に気づく。「母親を息子に縛りつける愛を前にしたら、それ以外の〝人間の関係〟などみえすいたまがいもののように破裂する」[23]。ジュリア・クリステヴァはかつてそういったが、まさにそのとおりだ。

アクーニャの「夜」の第三節で、読者は「ことばの汚い部分」とそこにもともと備わっている不快な複雑さに向き合わなければならなくなる。

De noche, cuando pongo
mis sienes en la almohada
y hacia otro mundo quiero
mi espíritu volver,
camino mucho, mucho,

夜、枕のうえに
疲れ切った頭をのせ
心の赴《おもむ》くままに
別世界へと帰り
ただただ歩き続ける

y al fin de la jornada
las formas de mi madre
se pierden en la nada
y tú de nuevo vuelves
en mi alma a aparecer.

その旅が終わると
母の姿は消え
そこにはなにもない
そしてわたしの魂のなかにふたたび
愛しいあなたの姿が広がる

この詩では母親はあやふやな立場にいる。日中はたしかにそこにいるが、「旅」(jornada)が終わるのと同じように「なにもない」(nada)ものになる。母の姿は闇にまぎれて夜の夢に現れるロサリオと並べられる。夜になると母親は姿を消し、バルトの母のように「ほっとして〔中略〕夜が明けた[24]」のを讃える。

母親と恋人をこのように並べるのは、両者の肉体のあいだに距離をもたせるためというより、一緒に折りたたむようなもので、いわば二面性の愛である。ここでもやはりバルトのことばを引くと、「わたしは母性と性能力の両方を求める二面性のある主体[25]」ということになる。ウェイン・コステンバウムは、「同性愛者である事実だけでなく」、母への愛の宣言が「バルトを慣習的な行動から切り離している」と解説する。[26]バルトが同性愛者であることと、母親に愛情を抱いていること、つまりマトロフィリアとのあいだには密接な関わりがあるという。「バルトを慣習的な行動から切り離している」とのコステンバウムの見解はもっともだが、だとしたら、その分離はアクーニャの詩にとって、ひいては《エルリンダ夫人と息子》にとってどんな意味があるのだろうか?

アクーニャは同性愛者だったと言いたいのではなく、ここで大事なのは、エルモシージョ監督がこの映画でそうしたように、ある程度のクィア性と戯れることだ。戯れは「不安定さを生み、同時にその不安定さを制御しようとする」とフィリップスは述べる。[27] この映画はアクーニャのセクシュアリティをはっきりと示してはいないが、観客を困惑させ、疑問を抱かせている。つまりわたしたちは、その可能性と戯れているのだ。アクーニャの詩からは〝確たる証拠〟をみつけられないが、クィアな何かが展開しているのはまちがいない。その何かは、おそらく性能力について語るだけでなく、母性についても語る。母性と性能力の両方を求める二面性のある主体こそが〝いちばん不快になる〟要因ではないだろうか。母親への愛は、近親相姦というタブーと戯れることであり、夢中になっている息子と恋い慕われる母という、ゲイの主体にとって「もっとも蔑まれ、忌み嫌われる特徴[28]」と戯れることである。

こうした戯れを念頭において、「夜」にうたわれているクィアな瞬間に注目し、この詩をクィアな視点からどう読み解くかを考える。詩の第四節では、アクーニャの愛の恥ずべき面ともいえる特徴が提示される。ここでもまた、とくに気づきと相互関係という観点から、愛の複雑さに直面する。しかも作者は愛する相手にこれ以上ないくらいはっきり気づかれていて、彼自身も気づきすぎている。

Comprendo que en tus ojos
no me he de ver jamás,
y te amo y en mis locos
y ardientes desvaríos
bendigo tus desdenes,
adoro tus desvíos,
y en vez de amarte menos
te quiero mucho más.

わかっている　もう二度と
あなたの瞳にわたしが映ることはないと
それでも狂気のような痛みを伴って
あなたへの愛はいまなお燃え盛る
あなたから受けた蔑みを讃え
あなたの逃げるような仕打ちを崇める
それでもあなたへの愛は薄れない
わたしの熱い想いは新たな空へと舞いあがる

この節は気づくことからはじまる。愛する人の眼が「狂気のような痛みを伴っていまなお燃え盛る」詩人をみている。それにしても「あなたからの蔑みを讃え」る狂気とはいったいなんなのか？　そして「あなたの逃げるような仕打ちを崇める」とはどういう意味なのか？　ここでわたしたちは、クィア理論において一貫して論じられてきた感情、すなわち「恥」を目のあたりにしている。マイケル・スネディカー[29]などの理論家は読者やほかのクィア理論家に対して、シルヴァン・トムキンズが「否定的な感情」と呼んだ感情にこだわりすぎないよう警告してきたが、この詩の一節がとくにクィアな恥を知り、その恥について考えるように求めていることは疑いようがない。ダグラス・クリンプの論文「マリオ・モンテス、恥のために」(Mario Moutez, for Shame) にはこうある。「恥はクィアとしてのアイデンティティを生むと同時にそのアイデンティティを消耗させる。舞台にあがったときの気おくれが貫禄に変わり、その他大勢から主役に変わる転換点である。それと同時に尊厳と価値をクィアな観点から再評価することでもある[30]」。セジウィックのことばを借りれば、第四節からは「内向性と外向性とのせめぎ合い」が読みとれる[31]。作者は「狂気のような痛みを伴っていまなお燃え盛る」と自覚していると同時に、恋人の不興を買っていることにも気づいている。それを恥ずかしく思いながらも、羞恥心を抱えたまま愛し続ける。この愛情と恥ずかしさという二重の感情の高まりが、恋人だけでなく母親にも向けられる。作者はいったい誰から「逃げるような仕打ち」をされたいと願っているのか？この恥ずかしさが、映画の終盤でロドルフォが母親を隣に坐らせて詩を暗唱する場面にも現れている。

映画と詩のさらなる検証を進めるまえに、恥とは何かという問題について考えておきたい。ここではとくにヒスパニックやラテン研究における恥についてみていく。すくなくとも一部の研究者にとっての重大な問題は、クリンプが恥を論じる際に人種を一切考慮していない点だ。たとえば、ローレンス・ラ・ファウンテン・ストークスは論文「ゲイの恥、ラテンアメリカの女性と男性の場合——白人のクィア遂行性批判」(Gay Shame, Latina-and Latino-Style : A Critique of White Queer Performativity) のなかで「クリンプは、モンテスがプエルトリコ人であることも、民族の差異も、植民地だったという背景もほとんど取りあげていない。まるでモンテスがプエルトリコ人かどうかは一切関係ないといわんばかりだ。唯一言及しているのは、モンテスが熱心なカトリック教徒であり、男性優位の文化に属していることだけだ」と鋭く洞察している。[32] クリンプだけでなく、彼の論文が収録されている論文集『ゲイの恥』(Gay Shame) が議論を呼んでいる現実を踏まえると、恥を論じるにあたっては慎重を期さねばならない。[33] わたしがここで主張したいのは、アクーニャの詩から読み取れる恥ずかしさがバルトをはじめとする読者を不快にさせることだ。ここでの恥とは母親を愛する少年の恥である。メイヴァーはウィニコットの事例研究を要約し、ウィニコットが「いかにして母親との甘い遊戯を恥と不安を感じる場所に変えたか」[34] を指摘している。いま論じている恥は、アクーニャの「民族・人種間の差異や植民地だったという背景」に関わるものではなく、「母親との甘い遊戯」から生まれるものだ。この恥は「女らしい少年の心に渦巻く恐怖心[35]」、いわゆるエフェミノフォビアと密接に関係している。メイヴァーはさらにこう続ける。「このような恥は、イヴ・コゾフスキー・セジウィックが〝エフェミノフォビア〟と呼んだ文化において母親を愛する少年や〝少年のような男たち〟の誰もが抱えている[36]」。ここでは、母親を愛する少年が感じる恥ずかしさ、あるいは本人の代わりに読者が負わされる恥に注目する。

アクーニャの「夜」は全十節からなるが、《エルリンダ夫人と息子》では途中の五、六、七節しか引用されていない。理想化された母親と恋人をいちばんわかりやすくうたっているのがこの三節で、詩全体のなかでももっともクィアな部分である。観客はこの三節だけを聴くわけだが、映画ではこの部分のクィア性を否定するどころか、むしろ強調しているといってもいい。バルダーストンは詩を暗唱するシーンについて「メロドラマのような詩はボレロ［スペインの民族舞踏およびその舞曲。二十世紀後半にプエルトリコで感傷的なボレロが流行した］になってもいい価値がある」と論じる[37]。博識な批評家は知っていると思うが、ここでいうボレロとはホセ・キロガがクィア理論の用語として用いたものを指している。キロガいわく「ボレロはゲイの男性がこのジャンルの暗黙の境界を広げ、あやふやにすることを許し、彼らの願いや望みに従って意欲を起こさせる[38]」。もしアクーニャの詩が「ボレロになってもいい」のなら、「彼らの願いや望み」のためにゲイの男性がこうした詩を利用できるクィアなジャンルの一部をなす作品でもありうる。それそこまさにエルモシージョ監督が《エルリンダ夫人と息子》で実践しようとしたことだ。

映画ではロドルフォは詩をなかなか暗記できず苦労する。ロドルフォが「サウナのなかで、記憶力がよくて先に覚えてしまったラモンの助けを借りて詩を暗記する」場面で、観客は詩の一部を耳にする。[39] ロドルフォが詩を暗唱する最後のシーンで、わたしたちの頭のなかにはこのサウナの場面がよみがえり、人前で披露するまえにロドルフォとラモンのあいだだけで暗唱されていたのを思い出す。ラモンはきわめて私的な状況と公の場の両方でこの詩を聴いたことになる。サウナの場面で観客が聴くのは次の一節だ。

A veces pienso en darte
mi eterna despedida,
borrarte de mi recuerdos
y hundirte en mi pasión
mas si es en vano todo
y el alma no te olvida,

ときどきあなたに伝えるべきなのではと思う
さいごの永遠のさようならを
記憶からあなたをすべて消し去り
情熱の波のしたにあなたを沈めてしまおうと
けれどそんなことをしても無駄だったら
もしあなたの存在をわたしの魂が追い払えなかったら

¿Qué quieres tú que yo haga,　あなたはわたしに何を望むのか
pedazo de mi vida?　わが人生の愛よ　どうか教えてほしい
¿Qué quieres tú que yo haga,　あなたはわたしに何を望むのか
con este corazón?　まだあなたを慕い求めるこの心に

詩のなかの問いかけはサウナの場面で重要な役割を果たしている。ロドルフォは、妻のオルガも、エルリンダ夫人も、そしてもちろんラモンも愛していて、いくつもの愛と葛藤している。ラモンはどうしてロドルフォより先に詩を暗記できたのか？　もしかしたらもともと知っていたのではないだろうか？　ラモンがこの詩を予言のように捉えていたことは容易に想像できる。サウナの場面では、詩はもはや独白ではなく、ロドルフォとラモンの対話になっている。この映画は、恋愛映画におきまりの〝いつまでも幸せに暮らしましたとさ〟という結末にならない可能性もあった。実際、この時点でラモンは自分だけの居場所を探そうと考えていて、ロドルフォが恋人を失う悲劇も暗示されている。ロドルフォはラモンが離れていくかもしれないと気づいて、自分にどうしてほしいか訊ねる。ロドルフォにはラモンが自分のほんの一部でしかないとわかっているのだ。

ロドルフォが詩を覚えられないのは、詩の暗唱によっていくつもの愛と折り合いをつけ

なければならないだけでなく、クリステヴァが述べたように「母親を息子に縛りつける愛を前にしたら、それ以外の〝人間の関係〟など見えすいたまがいもののように破裂する」ことを認めざるをえないとわかっているからだろう。母親、オルガ、そしてラモンとの関係に困惑していること、詩というつてつけのことばを与えられていながら、彼らへの愛をことばにできずにいること。まやかしの愛と欲望から生まれる恥が詩の前面に浮かびあがってきて、その瞬間にロドルフォは多くの過ちを釈明しなければならなくなる。ご存知のとおり、吃音は「肛門サディズム期の反抗心のあらわれ」であり、精神分析学者は「子供との融合を求める母親から離れたいという健全な欲求を伴い、融合している状況と攻撃性との葛藤に幼児が苦しむ、それ以前の発達段階」に眼を向ける[40]。吃音のせいではないのに詩を覚えられないとしたら、それは記憶力になんらかの障害があるからであり、エディプス・コンプレックスを完全に脱しきれていない証拠だ。アーネスト・ジョーンズによれば、フロイトはかつてフィレンツィ・シャーンドールに、吃音の原因は「排泄機能をめぐる葛藤が体の上部に移動してきたからではないか[41]」と訊ねたという。詩を暗記できないのは、母親とアヌスに関わる精神分析学上のなんらかの暗示であることはたしかだ。もっと明確に診断すれば、ロドルフォは失感情症に苛まれ、自分や周りの人の感情を意識できない機能不全に陥っているかもしれない。ただし、失感情症は精神分析学がまだ解決できていない課題を必然的に多く含んでいるのも事実である。
映画のなかでアクーニャの詩はかたちを変え、聞き手を変えて何度も登場する。観客は最後のシーンではじめて詩の第七節を聴くことになるのだが、この節には映画の愛と欲望の葛藤がすべて現れているので、いちばん不快に——あるいは不快感が積もり積もったように——感じる。

どんなに素敵だったろうか
ひとつ屋根の下で暮らしていたら
永遠にひとつに結ばれ
同じ家、同じ屋根の下、同じ芝生にいられたら
あなたはいつも愛に満ち
わたしは満ち足りて　安らかでいる
ふたりはひとつの魂になり
ふたりはひとつの胸になる
そしてふたりのあいだに抱きかかえる
神のようなわが母を！

¡Qué hermoso hubiera sido
vivir bajo aquel techo,
los dos unidos siempre
y amándonos los dos;
tú siempre enamorada,
yo siempre satisfecho,
los dos una sola alma,
los dos un solo pecho,
y en medio de nosotros
mi madre como un Dios!

この節では、作者もロドルフォと同じように母性と性能力の両方を求めて葛藤している。この節はロドルフォのラブストーリーそのものであり、もっといえば、この節からロドルフォはアクーニャが成しえなかったことを達成したとわかる。バルダーストンの解説によれば、「一八七三年のメキシコでは、情熱的な愛と中産階級の家族の共存は不可能で、愛するロサリオと愛する母親と同じ家に暮らすなど夢のまた夢だったが、映画のなかではそれが現実になった」[42]。バルダーストンの見解はまちがっていないが、この映画はさらにその先まで進んでいる。ロドルフォは、オルガと「神のような母」に加えて、詩では語られることのない（ただし当人にはすでに語られている）ラモンと「ひとつ屋根の下で暮らす」ことを成し遂げ、アクーニャが詩でうたったよりもっと多くの夢を叶えている。ここで前節で投げかけられた「あなたはわたしに何を望むのか／わが人生の愛よ　どうか教えてほしい」という問いかけが最高潮に達する。ロドルフォが愛する人に向かって詩を暗唱しているなら、「わが人生の愛」とはいったい誰のことなのか？　映画を観た人にはわかると思うが、ロドルフォの愛にはさまざまな要素が絡んでいる。

ここまででもすでに十分複雑だが、この映画ではさらにべつの現象も起きている。《エルリンダ夫人と息子》はおそらくマトロフィリアのもっともわかりやすいかたちを示す例といえる。メイヴァーが論じたように、少年らしい読みかたとは「失われたものであり、かつ決して失われることのない家として母親の肉体を欲する」[43]ことである。もちろんロドルフォが母親の体内に戻ることはないが、換喩としてみると家は母の肉体の一部であり、比喩的な妊娠によっていつでも拡張しうる。「ロドルフォとオルガがハネムーンから帰ってくると、エルリンダ夫人は最高の結婚祝いを提案する。（中略）家の設計図にはたくさんの部屋が増築されていて、最上階の部屋ではラモンがフレンチホルンを練習できるようになっている」とバルダーストンは説明する。[44]この家は、まるで妊娠して、体内で子が育っている母親のように、家族が暮らすためにいつでも拡張できる。ただ、ほんものの妊婦とちがって、エルリンダ夫人はロドルフォを産んで体外に出す必要がない。ロドルフォは文字どおりつねに母なる家の一部であり、永遠にそのなかに居続ける。精神分析学の観点からみると、この状況には問題がある。クリスティナ・ウィーラントは「母親からの分離はエディプス・コンプレックスを克服する過程の一部である」と指摘するが、[45]この映画ではエルリンダ夫人の肉体はつねに拡張し続け、家族を住まわせ、ロドルフォがいなくなることがないので、コンプレックスはいつまでたっても「克服」されない。

ロドルフォはいろいろな意味で、いつまでたっても母なる家のなかにいる少年なのだ。映画ではずっと家のなかにおもちゃが散乱していて、たとえばおもちゃの車は男性の体の輪郭をなぞっていると解釈できる。ロドルフォのこのような「少年ぽさが彼自身を母親のエプロンのひもに縛りつけている。オックスフォード英語辞典を引くと、〝(母親の)エプロンのひもに縛りつけられる〟という表現には、完全に母親の影響下に置かれるという意味がある」[46]。ロドルフォは文字どおり、母親の体に縛りつけられているのだ。その体は肉体であり、家という建造物でもあるが、いずれにしても息子の「少年ぽさ」を絶えず受け入れ続けられるように、いつでも喜んで変化し、成長し、拡張する。メイヴァーはこのように完全に母親の影響下にある息子という解釈をしたが、アクーニャの詩の「神のようなわが母」という表現が、メイヴァーの見解をいっそう後押しする。ロドルフォという少年のような男は、小児科医という仕事柄いつも大勢の子供に囲まれているが、いつでも母親がそばにいる贅沢を享受している。彼は母親がそこにいることを望んでいるのだ。

メイヴァーはさらにこう続ける。「幼児は初期段階では自分は母親と一体であると理解する。敏《さと》い母親はそれに気づき、よろこんでその状況に流される」[47]。メイヴァーが想定しているのはウィニコットが提示した母親像だが、エルリンダ夫人がある意味でこの「幼児の初期段階の」母親のようであることは誰の眼にも明らかだ。もちろんロドルフォはとうてい幼児とはいえないし、映画の最後ではこの少年ぽい男も子どもをもうけて父親になるのだが、それでもエルリンダ夫人が幼児の母親のようであることは否定できない。

批評家や観客が映画を観て不快になるのは、この女らしい男が母親に恋愛感情を抱いているからにほかならない。批評家がエフェミノフォビアにおかされているといっているのではなく、一般に女らしい少年や男性は受け入れられにくいものだからだ。セジウィックも述べているように「ゲイ解放運動でさえも、女らしい少年という問題に関心を向けるのが早かったとは言えない」[48]。《エルリンダ夫人と息子》やアクーニャの「夜」が立ち向かおうとしているのは、エディプス・コンプレックスに伴う不快感だけでなく、むしろ女らしい少年が抱く恐怖といえるだろう。

ロドルフォのセクシュアリティを考慮に入れると、エフェミノフォビアの問題はいっそうはっきりする。彼の少年ぽさは母親との関係だけにとどまらない。映画ではロドルフォは典型的な〝男らしい〟人物として描かれている。妻のオルガがラモンにそう話す場面もある。ところが、ひとたび私的な場所に入ると、観客は徐々にではあるが確実にロドルフォの男らしさに疑問を抱きはじめる。そして最上階の部屋でその疑問が最高潮に達する。フォスターもバルダーストンもルッソも一様にこの最上階での場面をとくに重要視している。なぜなら、この場面はジェンダーとセクシュアリティに対する一般的な期待を裏切り、問題を提起するからだ。フォスターの解説によれば、「ふつうはラモンのほうが挿入される女役だと誰もが思う。けれども、実際はロドルフォが（中略）悠々としてラモンを受け入れる」[49]。フォスター同様、わたしもこの場面をとても重要だと考えている。それは、この場面を観ることによって、アクーニャの詩のふたつの読みかたにもそれとなく後押しされながら、《エルリンダ夫人と息子》の恥ずべき面がさらに表に出てくるからだ。

この場面ではさまざまな〝意味〟が生まれるが、そのほとんどはどうやら見過ごされている。フォスターがこの場面に注目したのも偶然などではないし、男らしい男が受け役だからといって、わたしの批評家魂が燃えあがっただけでもない。この場面ではロドルフォが折り合いをつけなければならない多様な愛、それも恥ずべき愛が一箇所に集められている。この作品のセクシュアリティにおいてなによりも顕著なのは、男根の象徴性が失われていることだ。

アニー・ポッツは「男性とペニスには提喩の関係が成り立つ。ペニスというだけで男性を表す」と述べている[50]。この関係は自明の理といえるので（事実といっても差し支えないだろう）、あえてその正当性を説明するまでもない。《エルリンダ夫人と息子》がクィアな映画なのは、ゲイの物語だからではなく、ペニスが男性を表す〝提喩の関係〟を壊しているからだ。ピーター・レーマンは「ペニスが隠されて見えないときに、象徴としての男根は威厳と神秘性を手に入れる」と論じたが[51]、エルメンシージョ監督はどうにかしてペニスを隠そうと工夫を凝らしたりはしていない。そもそも男根に一切関心がないようにすら思える。結論をいえば、この映画で人々の関心を集め、興味をそそり、魅惑するのはアヌスである。ロドルフォのアヌスこそ、意味を見出せる場所であり、たくさんの恥の糸が一本にまとまる場所なのだ。結局、彼のセクシュアリティの位置づけは、マトロフィリアと、そこから生じるエフェミノフォビアに深く結びつく。観る者が不快になり、クィアな映画だと感じる原因はそこにある。

バルダーストンはラモンがフレンチホルンを吹いている様子に言及しているが、ひとつはこの楽器が口からペニスにかけてを象徴するような形状をしていること、もうひとつはラモンの私的な場所と関わっていることから重要な指摘といえる。[52] 引用している写真はどちらもそうだが、とくに一枚目をよく見ると（図7―1を参照）、ラモンの拳がホルンの大きく開いた口に差し込まれているのがわかる。

拳を楽器の口に突っ込んで音の高さを調節するのはフレンチホルンの一般的な奏法だが、この拳がきっかけになって、ラモンは思っていたほど女々しい男ではないのではないかとの疑念を観る者に抱かせる。この場面では、口とペニスを模したような楽器の構造ではなく、楽器のなかに突っ込まれている拳に映像の焦点が置かれている。エルメンシージョ監督が観る者の眼を拳に向けさせようとしているのは明らかだ。実際、一度そのことに気づいてしまうと、頭から離れなくなる。「私の読み取りを完全に覆してしまう」ような

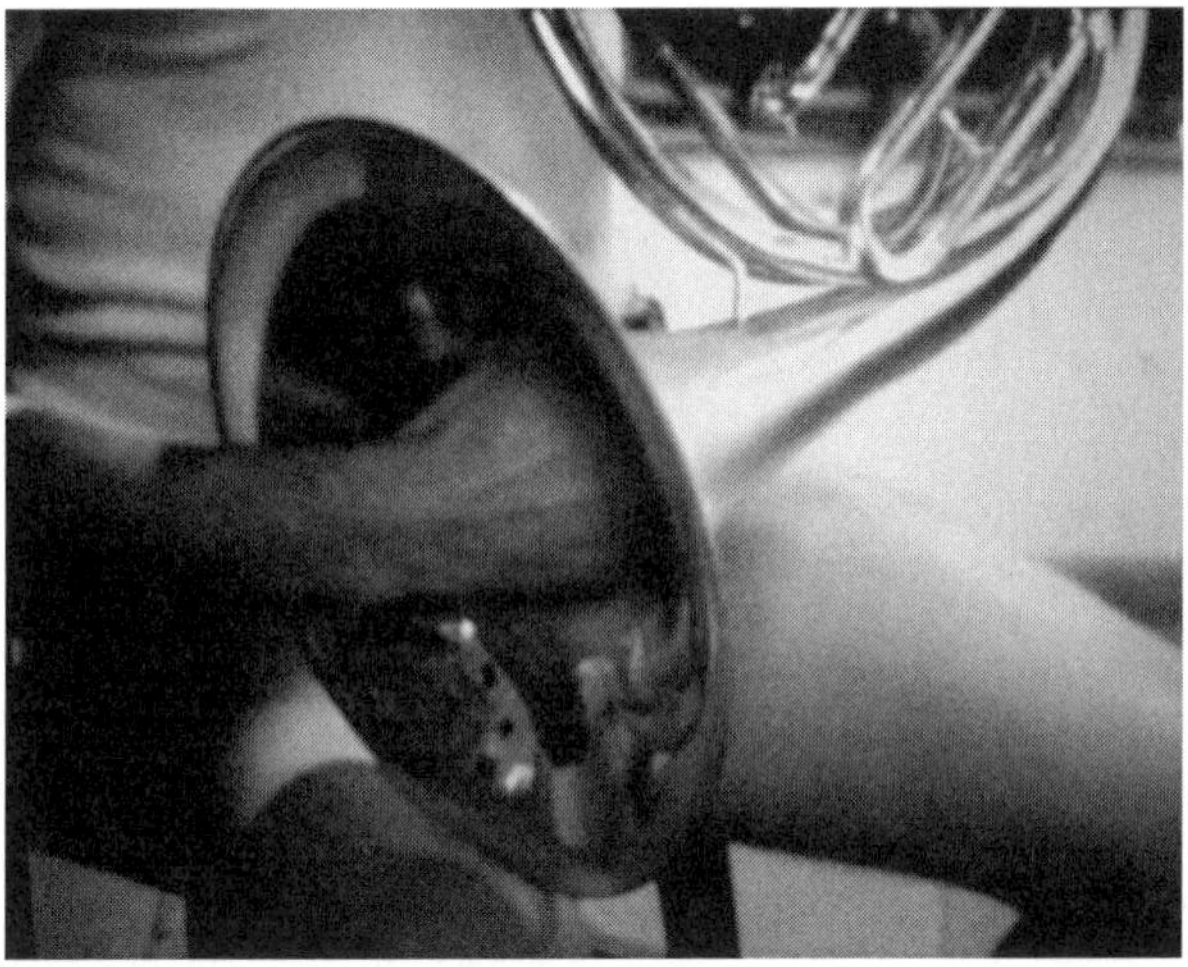

図7–1　映画《エルリンダ夫人と息子》より。ラモンがフレンチホルンを吹いている冒頭のシーン。ホルンの口に差し込まれているラモンの拳のクローズアップ。

アクーニャの詩と同じように、映画の最初からこの拳のイメージに圧倒される。
バルトは著書『明るい部屋——写真についての覚書』(Camera Lucida)で、イメージの「刺し傷、小さな穴、小さな斑点、小さな裂け目」としてプンクトゥムという概念を提唱した。ラモンがフレンチホルンにがっつり拳を差し入れている映像を観たら、バルトの「小さな穴」が何を指すのか誤解することはまずないだろう。アヌスとアヌスに付随するセクシュアリティは「同性愛の本質、ゲイの出発点」[53]になっており、《エルリンダ夫人と息子》という作品を通して、その点が認識されなければならない。冒頭で映し出される、胸を刺すようなこの場面はなにかを暗示していて、映画を最後まで観た者にだけその意味がわかる。

この映画は、アヌスの性愛のように、「ジェンダーと権力という安定を求める分類をひっくり返し、その概念を複雑にする」[54]作品だと断言できる。ラテンアメリカのセクシュアリティのなかでも、とくに男性の同性愛の研究では、以前からオクタビオ・パスの古典的名作として知られる『孤独の迷宮――メキシコの文化と歴史』（El laberinto de la soledad）が取りあげられてきたが、エルメンシージョ監督はパスのセクシュアリティ論にけんかを売り、批判しているのではないかと思う。パスによれば、chingar〔スペイン語で「女を犯す」の意〕という動詞は「男性形の能動態で、残酷な意味を持つ。人々の心を刺し、傷つけ、裂き、染みをつける。そして怒りを伴った苦い満足感を生む」ことばだという[55]。また、パスは「chingón〔chingarから派生したスラングで「素晴らしい」という意味。現代の日本語のいい意味での「ヤバい」に近い〕は逞しい男を指し、chingada〔同じくchingarに由来するスラングで「くそったれ」のような意味。英語のfuckに近い〕を裂いて開く。対照的にchingadaは純粋な受け身で、無防備な（そして開かれた）女のことである」[56]ともいっている。とくにラテンアメリカ社会では、この言説を男性の同性愛に結びつけたとしても、想像の産物とは言い切れない。たとえばトマス・アルマゲラは、パスの見解について「攻撃的で、主体的で、性行為においては挿入する側であることが、メキシコ人の薄っぺらい男らしさを示すしるしになる」

と論じる。[57]「薄っぺらい男らしさ」は最近の男性の同性愛に関する研究でも論点になっている。「受け役（pasivo）が女らしさと結びついて、挿入される側の男は男らしくないとみなされる。一方、アナルセックスで攻め役（activo）の男はそのような烙印を押されることはなく、むしろ行為を遂行する者として社会での立場が向上する」[58]。こうした意識が背景としてあるので、《エルリンダ夫人と息子》は人々にとって大きな衝撃（であり、不快な作品）だった。なぜなら、ロドルフォが「開く男」だと信じこんで観ていたのに、最後になって「逞しい男」はラモンのほうだったと思い知るからだ。[59]

ところが、この映画をじっくり読み解いてみると、ロドルフォはわたしたちが信じ込まされていたほど男らしい男ではないのかもしれないと思わせる手がかりやヒントが随所に散りばめられているのがわかる。前述のとおり、とくに冒頭でラモンがフレンチホルンを吹いている場面はとても示唆に富んでいて、バルトのプンクトゥムが「刺し傷、小さな穴、小さな斑点、小さな裂け目」になるのと同じように、観る者の心を「刺し、傷つけ、裂き、染みをつける」[60]。ただし、プンクトゥムは「事後にはじめて明らかになる」[61]ことも忘れてはならない。実際、《エルリンダ夫人と息子》を読み解くときには、まさにそのとおりである。最初に観たときには冒頭の場面のプンクトゥムの意味はわからず、物語が進むにつれてだんだん意識するようになる。それと同じように「誕生日プレゼントの潤滑油」のプンクトゥムもはじめは見過ごされるとヴィト・ルッソは指摘する。[62] この映画は、ロドルフォがアクーニャの詩を暗唱する最後の場面で、ようやくその複雑さが表面化する。そこに至ってはじめて、ロドルフォがマトロフィリアで、さらにエフェミノフォビアと密接に関係していることがわかり、彼の女々しい態度に観る者は最大の不快感を覚える。

さて、先に進むまえに、ここでロドルフォとラモンが最上階の部屋に入っていく場面について確認しておこう。この部屋は、ロドルフォとオルガの結婚祝いとして、エルリンダ夫人がラモンのために増築した部屋だ。この場面ではロドルフォが行為の受け手になる。フォスターとバルダーストンは、ロドルフォが受け役を果たしていることで、ジェンダーの規範と人々の期待が徹底的に覆えされると論じている。しかし、ラモンがフレンチホルンを吹いている冒頭の場面と合わせて考えると（図7－2を参照）、この場面のみかたも変わってくる。ロドルフォが受けているのはどんな行為なのだろう？　ふたりが室内で性行為におよんでいる場面という点ではフォスターもバルダーストンもまちがっていないが、それはいったいどんなセックスだったのか？　あくまでも可能性の域を出ないかもしれないが、これはフィストファックの場面とも解釈できる（おそらくそう読むべきだ）。すると行為がおこなわれているあいだ、ラモンの手（腕）は片方しか映っていない。すると自然

図7―2　映画《エルリンダ夫人と息子》より。ラモンがフレンチホルンを吹くショット。

とこんな疑問が浮かんでくる。もう一方の手はどこにあって、何をしているのか？

ジェイムズ・ミラーはフィストファックを「時間のかかる凝った儀式」と呼び、「最初はゆっくりと指から入れていき、続いて手を入れ、腕を突っ込み、クリスコオイル［アナルセックスの潤滑油として使われるサラダオイル］をたっぷり使って擦る」ものだと説明する。[63] 映画では、ロドルフォとラモンの姿より先に、床に脱ぎ捨てられた衣服と、手のひら一杯分のクリームがごっそりなくなっている蓋《ふた》が開いたままのニベアクリームの瓶が映し出される。実際に何がおこなわれているのかは想像するしかないが、パスのことばを借りれば、ロドルフォが「純粋に受け身で、無防備な（そして開かれた）」立場であることは間違いない。ラモンは最初に登場する場面でフレンチホルンに拳を突っ込んで演奏していて、その映像から読みとれる彼のアイデンティティが観る者の意識に入り込んでいる。口からペニスまでを象徴するようなホルンの特徴はほとんど脇に追いやられ、かわりにアヌスを思わせる側面に意識が引き込まれる。

フロイトは『性理論のための3篇』で「ある特定の身体の部位は——口腔の粘膜、肛門の粘膜など——［中略］性器であると見なされることを、性器のように扱われることを要求しているのである」と述べている。[64] フレンチホルン（やほかの楽器の多く）が口や男根を象徴しているようなつくりになっているのはたしかだが、フロイトの見解に従えば、アヌスの象徴であるベル［ラッパ状に口が開いている部分］も手で愛撫されることを求めているといえる。とりわけ興味深いのは、エルメンシージョ監督がこの楽器の口にあたる部分ではなく、アヌスにあたる場所に焦点をあてるために使った手段だ。繰り返し述べてきたとおり、男根はたしかに象徴としての役割を果たしているが、本書の目的はその役割を具体化することではない。

そこで、男根をひとまず脇に追いやるという難題が生じる。「セックスが挿入することと同義であり、それがペニスの挿入を意味するのだとしたら、ペニス不在のセックスはありえない」[65] という考えに、わたしたちはすっかり慣れきっている。けれども、いま話題にしている場面でペニス不在のセックスがおこなわれていることは疑う余地がない。セックスはかならずしもペニスがなければ成立しないものではないのだ。《エルリンダ夫人と息子》をよく注意しながら観ていると、その証拠となる手がかりが数多くある。フレンチホルンの開いた部分に手を入れているラモンの姿は、その最たる例である。また、レーマンが述べたように「ペニスが隠されて見えないときに、象徴としての男根は威厳と神秘性を手に入れる」のだとしたら、エルメンシージョ監督はペニスをはっきり映して、ペニスから威厳を奪っていただろう。一方で、映画ではアヌスはほとんどずっと隠され、ほとんどずっと私的な場所であり続けている。《エルリンダ夫人と息子》における「威厳と神秘性」とは、アヌスの性愛から生まれる恥であり、それはとりわけロドルフォが受け手だという理由による。

受け手とアヌスの快楽との複雑な関係は、とくにラテンアメリカのセクシュアリティ研究でずいぶん前から理論化が進められてきた。受け手は「純粋に受け身で、無防備な（そして開かれた）」立場だが、パスはこの言説を〝中性〟のことばを使って表現し、名詞も中性化させている。ハルプリンもまた次のように述べている。

特権を与えられたジェンダーとしての立場と、そのジェンダーに求められる役割を捨て、みずから女々しく、なよなよして、意気地がなく、淫らな同性愛者という惨めで屈辱的な地位に身を落とすことで、ストレートの世界でもゲイの世界でも、安易な嘲笑と軽はずみな侮蔑の対象になる。そのうえ、あろうことか、自分の愛する恋人にさえ軽蔑されるおそれがある。[66]

くどいようだが、《エルリンダ夫人と息子》は、この「ジェンダーに求められる役割」を捨てるという恥ずべき行為によって批評家を不快にさせてきた。その恥の根本には、ロドルフォが極度のマザー・コンプレックスであり、みずからを「惨めで屈辱的な地位」に貶めているという二重の問題があるのはまちがいない。

フーコーが『性の歴史』で確立した枠組みだけでも「挿入されることは権力を放棄することだ[67]」と思い出すには十分だが、本書ではさらにラテンアメリカのセクシュアリティについて書かれた言説も数多くみてきた。ただ、《エルリンダ夫人と息子》では権力の放棄がもっと大きな意味を持っている。ベルサーニは「現実か幻想の女性のセクシュアリティの快楽にあずかる男性ほど文化が強制する男女の境界線を脅かすものはない」と論じている。[68]ジェフリー・R・ガスは「アヌスはどうにかして認知されたいと必死に欲する器官として、快楽の源になることで能動的になる[69]」と論じ、男根的なアヌスという概念を確立しようと試みた。快楽を精神分析学の観点から解釈するなら、ガスが提起したこの概念を予見し、認めない限り、ロドルフォは絶対に男根による快楽を得られない。ただ、この映画ではアヌスは押さえ込まれ、隠されているので、ガスの論理があてはまるとは思えない。むしろ、男根の権力と「本物にしろ幻想にしろ女性のセクシュアリティの快楽」を放棄していることのほうがはっきりしている。ベルサーニは「直腸は誇り高き主体性をもった男らしさの理想像が埋められる墓場」と述べている。[70] ベルサーニの論を曲解し、ロドルフォの肉体がエイズの危険にさらされていることとさらに強調したいわけではない（ただし、これまでの経緯を踏まえると、現在ではその危険を予測せずにはいられない）。わたしが主張したいのは、ロドルフォの直腸は男らしさの理想、すなわち逞しい男性像という概念が否応なく埋められている場所だということだ。アクーニャの詩によって明らかになったように、ロドルフォはいつも、そしていつまでたってもエルリンダ夫人の息子のままでいる。だから、彼が夢みる男らしさの理想や逞しい男としてのアイデンティティは、決して叶えられず、埋められているしかないのだ。

　男が女らしくふるまうことへの嫌悪、つまりエフェミノフォビアは、男根に与えられた権力の放棄と結びついていて、そのために観る者を不快にさせるので、慎重にかつ批判の眼を持って読み解かなければならない。たとえ女らしい男にははっきりと意識された嫌悪を抱いていないとしても、不快感はエフェミノフォビアから生じている。セジウィックは「ゲイ解放運動でさえも、女らしい少年という問題に関心を向けるのが早かったとは言えない」と指摘したが、[71]ハルプリンはその先まで論じている。「性差を超えた主体性、つまり文化のなかで女らしいとみなされる習慣をあからさまに取り入れるのは、社会的にも、性的にもゲイの男性にとってきわめて危険である」[72]。《エルリンダ夫人と息子》が生む不快感は、エフェミノフォビアに起因するものであり、男根と男性に与えられた権力の放棄を伴っている。要するに、観る者からすれば、ロドルフォは受け手であってはならない。いたるところにロドルフォのセクシュアリティを暗示する手がかりが散りばめられているのに、わたしたちは、意図的かどうかにかかわらず、その手がかりを無視するほうを選んでいるのだ。

最初に述べたように《エルリンダ夫人と息子》はクィアな映画だが、そのクィア性が生まれるのはゲイの男性の物語であるからだけでなく、ロドルフォのマトロフィリアとエフェミノフォビアがひとつにまとまって不快感をもたらすからである。この映画に限っていえば、問題はマトロフィリアとエフェミノフォビアがそれぞれ単独では存在しえないことだ。ラカンをはじめとする先人たちなら「女らしい快楽」と呼ぶであろうアヌスの快楽を得るために、男根の権力を捨てるという行為をなんども繰り返すことで、この映画はエフエミノフォビアに基づく解釈の可能性——実際には必要性といってもいい——を保証している。クィア性に満ちた数々の場面を観ればわかるように、この映画は観る者の期待を裏切り、破壊し続けているのだ。

第八章
復讐に燃えるヴィダル

ヘテロセクシュアリティとホモセクシュアリティは、自らの名を知らない一つの欲望の不確かな仮の出口に過ぎない。

——ギィー・オッカンガム『ホモセクシュアルな欲望』

最後の章では、ふたたびアメリカ文学を題材とする。ゴア・ヴィダルの『マイラ』(一九六八年、邦訳は一九六九年)はきわめて過激な小説で、とりわけ二十世紀の文学のもっとも有名なレイプシーンで知られている。ただ、衝撃的な描写にばかり眼がいきがちなこの場面で、ヴィダルはアヌスにまつわる欲望やセクシュアリティや位置づけの固定観念を覆そうとしており、もっと腰を据え、秩序立てて考察する価値があるように思う。端的に言えば、この小説は各章で論じてきた要素がぜんぶ詰まっていて、アヌスの欲望や、アヌスのセクシュアリティ(指、ディルドー、ペニスの挿入のどれを好むかなど)や、位置づけの不可能性について論じる格好の題材である。

ジョン・カールヴェイルは『マイラ』をこう概説する。「主人公はデンマークのコペンハーゲンで性転換手術を受けてマイラ・ブレッキンリッジになった。それ以前はマイロン・ブレッキンリッジという男性の識者、映画評論家としてニューヨークで活動していたが、性的にほかの男性に屈することで彼らを支配しようとするもののうまくいかず、しだいに女性になって充足感を得たいと願うようになった」[1]。同書はマイラ自身が日々の出来事や欲望や夢を語るかたちで女性になったマイラの人生が綴られる。いわば日記あるいは物語療法《ナラティブセラピー》のようであり、読者は、彼女のセラピストであるランドルフ・モンタークが読むのを想定して書かれていると気づく。マイラは「いかなる男もわたしを所有することはできない」[2]複雑な性格の持ち主で「空想の産物であり、男根崇拝の風習を持つドーリア人［古代ギリシアの一支族］が西方を隷属させ、不敬にも女神を追放して男神を後釜に据えた青銅時代に失われてしまった優位を、ふたたび取り戻そうとする女性原理の要求をさらけだす白日夢」であると説明されている。[3]そういう意味で同小説は男根中心主義に対する長篇の批評であり、本書の目的にかなった、うってつけの題材といえる。

『マイラ』は「因襲を破壊し、ジェンダーの枠組みをねじ曲げると同時に、伝統的なジャンルの概念を巧みに利用して破裂させる」[4]ため、批評家にとっては複雑で難解な小説である。たとえば、パーヴィス・E・ボエットは「『トリストラム・シャンディ』（Tristram Shandy）［イギリスの作家ローレンス・スターンの未完の小説で、奇抜で荒唐無稽な作品として知られる］が小説でないのと同じ意味で、『マイラ』も小説ではない」[5]と述べている。性的指向の問題に取り組むにあたって、ここでもやはり総称的な位置づけをしなければならないようだ。ボエットは、同小説を風刺と結論づけた。なかでも、ノースロップ・フライがメニッポス風刺と呼んだジャンルで、「哲学への攻撃、奇怪な誇張、戯画、人間を動物や機械に退化させること、慣習的な考えかたを根本から覆すこと」などを特徴とする。[6] フライによれば、「登場人物は様式化され、典型になり、理論を具現化したものとして提示される」。[7] これは、文学作品の原型としてフィードラーが提唱した「罪のない同性愛」とはちがう。典型はそれ自体が様式化されていて、理論そのものとして示される。フライはさらにこう続ける。「メニッポス風刺に特有の幻想は寓話でもラブストーリーでも滑稽な戯画でもなく、ありきたりの意味から故意に逸脱することであり、感覚が経験しうることを多様な解釈の分類のどれかひとつに限定し、一時的にではあっても、あたかも思考の土台であるかのように見せる」。[8] フライを引き合いに出したのは、フライの理論に立脚した読解を後押ししたいからではなく（擁護しておけば、ほかの批評家の研究に役立つかもしれないが）、批評家は作品を寓話として解釈しがちだが、その読みかたをヴィダルのテクストにあてはめないようにするためだ。この作品をメニッポス風刺と評したボエットでさえ、結局はその誘惑に負けて、アメリカ文化の終焉についての寓話と位置づけるに至った（アラン・ブルームをはじめとする人々が文化戦争のもうひとつの戦いの最中に同じ誤ちをおかすよりもずっと前のことだ)。

時代がくだって、近年ではカールヴェイルが一九六〇年代の同小説を「ディオニュソス的な作品の復興」と評し、「当時のもっとも完璧なディオニュソス的な預言者である」と論じている。[9] デュオニュソスはギリシャ神話の「酩酊《めいてい》と狂気と恍惚と変身」の神である。[10] 課された境界や限界をつねにもてあそび、最後にはその境界や限界を超える詩の形式であるという点で、ボエットがメニッポス風刺と考えているものに近い。すくなくとも、そうした詩の形式を用いて、社会を支配する境界や限界に疑問を投げかけているのはまちがいない。

発売直後、同小説には道徳上問題があるとの批判が巻き起こった。ボエットは評論の冒頭で、この非難の嵐を確固たるものにした。

> 当初はこの論文の題名を「マイラは変態である、あるいは冠詞の省略」(*Myra Breckinridge* Is Queer : or the Omission of an Article)にしようと考えていた。この題名にはふたつの意味を込めるつもりだった。ひとつはある同性愛者の物語ではないこと、もうひとつはヴィダルのおかしなことば遣いに用心しながら読まなければいけないことだ。いい換えるなら、わたしは『マイラ』を作品として、それも芸術作品と

して真面目に論じようとしている。学術界には〝全国的なベストセラー〟をいかにも軽蔑しているかのように装う風潮があり、わたしもはじめは、新聞に書評を寄せるジョシュ・グリーンフィールドらが大衆小説は「真面目に批評するに値しない」として切り捨てたことに思わず賛辞を送りそうになった。けれども、もし『マイラ』がポルノ作家の書庫から救出されるべき作品であるなら、色欲だけでこの本を手にするあまたの読者とちがって、真面目に読まねばならない。[11]

ボエットが同性愛に言及している点は重要であり、いずれそのことも考察するが、ここでは「真面目な」批評家が〝全国的なベストセラー〟を扱う手段として「いかにも軽蔑しているかのように装う」理由に注目したい。真面目な批評とそうでない批評のちがいは、後者には「いかにも軽蔑しているかのように装う」必要がないことだろう。たとえば〈タイム〉誌に掲載された書評はこんな出だしではじまる。「文学の品位はここまで落ちたのか――もしくは派手なキャンプがここまでのしあがってきたのか？[12]」。『マイラ』という作品そのもの、世間の評判と受容、どれをとっても文学として論じる価値のある疑問に絡んでいるが、そのうちいくつかは、文学の研究者や批評家が取り組むには退屈極まりない疑問でもある。とくに扱う作品がいわゆる天才作家の作品と同列に読まれることを想定していない場合はなおさらだ。

それでも、ハロルド・ブルームは「何度読んでも『マイラ』は悪意のある喜びを与えてくれ、もっとも進化した美しい新手のポルノ作品でなければ超えられない限界としていまだ君臨している」と論じる。[13]『西洋文学の正典——当世の本と学派』(The Western Canon：The Books and School of the Age)(一九九四年)でもその見解は変わらず、『マイラ』は「このうえなく邪悪」[14]な小説だと断じている。ブルームは「多文化主義」の名のもとに古典を破壊しようとする憤慨学派［ブルームが提唱した概念で、作品の美的な面ではなく、政治的な面に重きをおく批評］の台頭を嘆いているときでさえ、同小説に対する評価を捨てきれずにいた。ブルームが多文化主義を嘲《あざけ》り、ひねくれた意見を述べるときにはいつも、彼のいう正典に流れる一筋のクィア性、とくにゲイのクィア性がみてとれるといっても過言ではない。それにしても、『マイラ』はブルームが嘆く要素をあますところなく表現しているにもかかわらず、彼がこの作品を評価し続けている点は興味深い。ただ、本人も認めているとおり、この小説は読むべきであり、読むべきでない作品である。

このように世間を騒がせた『マイラ』だが、これまでほとんど研究されてこなかった。同じくヴィダルの小説で、いまではアメリカ文学に貢献した代表作とされる『都市と柱』(一九四八年、邦訳は一九九八年)に比べると、その扱いの差は歴然だ。もちろん、『マイラ』に関心を示す研究者が皆無だったわけではなく、ある程度は批評もされている。初期の例を挙げると、論文「『マイラ』――アイデンティティの研究」(*Myra Breckinridge*: A Study in Identity) でジョン・F・ウィルヘルムとメアリー・アン・ウィルヘルムの両者は、『マイラ』を「ハリウッドを世界の縮図にみたてた」[15]ナサニエル・ウェストの『いなごの日』(The Day of the Locust) とF・スコット・フィッツジェラルドの『ラスト・タイクーン』(The Last Tycoon) に並ぶ作品と評している。ただ、残念ながら、彼らの批評は小説と作者がいかにして「人生の病的・破壊的な面を示すか」[16]という点に終始している。ここではヴィダルの小説は複雑に絡み合っていて、それゆえに評価も複雑だということを強調しておきたい。

チャールズ・ベリーマンは一九八〇年の時点で「『バースの女房の話』(Wife of Bath)[チョーサーの『カンタベリー物語』のなかのひとつ]と『マイラ』の比較分析をテーマに博士論文を書いている大学院生はわずかしかいない」と予想していた。[17]ネヴィル・ホードによれば、マイケル・ワーナーは『クィアな惑星の恐怖』(The Fear of a Queer Planet) のなかで「マイラ・ブレッキンリッジは世界のクィアの救世主」と位置づけている。[18]また、デニス・アルトマンはヴィダルへの追悼文で「くだらなすぎて大学院の必読書リストには入らない作品だとしても、『マイラ』は「クィア理論の土台となるテクストとして読まれるべきだ」と述べている。[19] 同小説はクィア理論の範疇にあるとする見解には、そう主張する本人の問題が絡んでいる。この点をジョアン・マイエロヴィッツは「ヴィダルは（男性から女性に性転換したことを）告白する自伝のかたちをとって、この作品を社会風刺と性的な征服に関する長大な物語に書き換えた」と論じ、「男性として生きることに居心地の悪さを感じていた人が女性になって新しい人生を歩みはじめるときに経験する困難と関連づけていない。むしろ、はじめにみずから女性をでっちあげておきながら、小説の最後では嬉々として男性に戻る」とヴィダルを糾弾している。[20] マイエロヴィッツが想定しているように男性に戻ったマイラが「いつまでも幸せに暮らした」とはとうてい思えないが、この小説が性転換をした歴史家や理論家や活動家の感情を逆なでしたのはたしかだろう。マイエロヴィッツによれば、実際に「多くの性転換者が（中略）この小説を自分たちへの侮辱だと受け止めた。男性から女性になった人は〝性転換の理由について考えうる限り最悪の宣伝〟だと憤慨し、またある人は〝できるだけ買い占めてぜんぶ燃やした〟という[21]」。小説の描写の信憑性にも疑問が持たれている。クリスティーン・ジョーゲンセン［世界ではじめて性別適合手術を受けて男性から女性になった人物］は「彼（ヴィダル）が性転換者の自伝を読んだことがあるのかどうか、はなはだ疑問」であり、[22]「小説のテーマについての科学的な知識を持ち合わせていない」と述べている。[23] ただ、これらの批判はいずれも、ヴィダルが性転換者に関する客観的な研究のつもりで同書を執筆したとの前提に立っている。もしそうだとしたら、ヴィダルの試みは失敗だった。ヴィダルを庇《かば》って弁解する気はないが、『マイラ』は散文小説というかたちの文学作品以上のものではないと断言しておきたい（いうまでもないが、読者がテクストに向き合い、さまざまに反応することを考えると、散文小説というかたちの文学作品でしかないものはない）。

これほど議論を巻き起こしていながら、先述したとおり、この作品についての研究はきわめて少ない。文学作品のクィア批評からきわめて多くの知見を得ている現代ですら、ほとんど研究が進んでいない状況に驚きを禁じえない。そこで、クィア批評の精神をもって『マイラ』のアナル読みを実践し、とくにこの作品が性的指向とセクシュアリティをどう扱っているか考察してみようと思う。繰り返すが、アヌスへの欲望と性的指向は一直線につながると考えられがちだが、かならずしも相関関係にあるものではないというのが本書の主張である。アヌスへの欲求にはどんな意味があるのか。その欲求は、〝ノーマル〟の概念に大きく依拠するセクシュアリティの理論とどう関わり、どんな影響を与えるのか。もし『マイラ』を単なる風刺とみなせば、現実に即したテクストだと恐れずに作品の世界に入り込める。それでこのテクストを研究できるなら、その論理を受け入れるのもやぶさかではない。しかし『マイラ』をアヌスから読む意味はほかにもある。それは、アヌスの詩情について深く追求することであり、まさに本書の目的である。アヌスにはどんな意味があり、どんな機能を果たしているのか？　そして、複雑に入り組み、混乱し、散らばった筋書きのなかで描かれるアヌスをどう考えればいいのか？　本書で取りあげてきた題材はどれも解釈が難しい作品ばかりだが、ヴィダルの小説は二重の意味で読み解くのが難しい。理由のひとつは、イヴ・コゾフスキー・セジウィックがマルセル・プルーストの『失われた時を求めて』について論じたのと同じく、「めまいがしそうなほど手に負えない」こと。[24]もうひとつは読者を動揺させ、不快にさせる『マイラ』のような作品を読むときには、メタ批評的・自己言及的な読解の実践が求められることだ。

本書のおもな課題は読者の不快感にどう取り組むかであり、『マイラ』を読み解けるかどうかもその点にかかっている。読者は不快感を通じて深層にある恐怖や不安や偏執や、それにおそらく希望とも向き合うため、不快感に価値があり、その影響が響き合うという認識が重要だ。ボエットは、同小説を考察するにあたり、とりわけ気分を害した人物のひとりのようだ（それほど嫌ならどうして論文を書いたのかと誰もが不思議に思うだろう）。

ヴィダルはどこかで生殖を伴わずに一生を過ごすこともできると書いているが（これはまっとうな見解である）、マイラを性転換者に仕立てて人生の土台に攻撃をしかけた。どんなに通俗的な心理学をもってしても、ペニスを切られてもいいと思わせられるはずはなく、そう思っているとしたら、どんなに正気に見えても自暴自棄《じぼうじき》であり、狂気の沙汰としかいいようがない。つまり、性転換者であるマイラは文化の重要性と不毛な精神を体現した根本の姿であり、品位を失い堕落した文化を具現化した性倒錯者の原型である。[25]

どうやらボエットの論点はすこしずれているようだが、彼がこの文章を一九七一年に書いたことを考えるとしかたないかもしれない。現在なら「ペニスを切られてもいい」と考える人がいることは容易に理解できる。ではなぜここでボエットの言説を引用したかというと、読者が『マイラ』に示す反応は「狂気の沙汰」のなせる業《わざ》と思われるからである。今にして思えば、ボエットが唱えた異議は行きすぎだったのかもしれない。彼にとって小説とは、オズワルド・シュペングラーなら「西洋の没落」と呼び、アラン・ブルームであれば「アメリカン・マインドの終焉」と呼ぶであろう寓話だったのだ。[26]

ヴィダルの小説を論じるときに批評家は皮肉ということばを好んで使う（ちなみに彼らの好きなもうひとつのことばは失敗である）。たとえばボエットの解説はとても皮肉が利いている。ボエットは「優れた小説をそれなりにたくさん読み込んでいる人なら、ヴィダルが伝統的な文学の形式に正面から攻撃をしかけているのではないかと訝しむ」と述べているが、[27]ヴィダルからすれば、ボエットはあまりに男根中心主義的な読者といえるだろう。作中では一度たりとも〝正面突破〟に相当する攻撃、すなわち去勢を支持してはいないが、「偉大なペニス」[28]に対して徹して懐疑的な小説であることを忘れてはならない。ヴィダルは〝男色〟について十分すぎるほど書いてきた。性の革命［おもに一九六〇年代に社会の性的抑圧からの解放を目指した運動］が起こった時代にアメリカではフィリップ・ロスの『ポートノイの不満』（Portnoy's Complaint）やジョン・アップダイクの『カップルズ』（Couples）をはじめ、性をテーマにした小説が数多く生まれた。それらの小説と同様に、ヴィダルの描くセクシュアリティはかなり複雑だ。ヴィダルは正面から攻め込んでいるのではなく、文学の形式やいわゆる優れた小説やセクシュアリティにアヌスから攻撃をしかけている。ボエットのような批評家は、「ディルドーを装着した女性（マイラ）に甘んじて犯される」ラスティ・ゴドフスキーに似すぎているといってもいい。[29]

『マイラ』はレイプシーンがもっとも有名で、その場面が描かれた章がいちばん長い。どの批評家も、話のついでだけだとしても、この場面に言及している。先に引用した初期の批評でウィルヘルムらはこの場面を「健康診断と偽った辱めを受け、恐怖におののく青年ラスティが、そのあと乱暴に犯される大きな皮肉」と論じている。[30]また、キャサリン・

R・スティンプソンは、このレイプシーンにもっと踏み込んで「マイラがラスティを犯す場面は(いま観ても)やはりひどいものだが、読者の反感を買うのはマイラがディルドーを着けていることではなく、〝汗みどろの種馬に激しく鞭をくれて禁断の国へ乗り入れ〟、サディスティックな奇声をあげるマイラの姿である」と分析する。[31] ダグラス・アイズナーもこのシーンについて次のように論じている。

ラスティをレイプする場面を滑稽とみなせば、クィアな描写の暴力とジェンダーへの服従という暴力を証明することになる。ラスティの男らしさは「最後の砦」並みに鉄壁な守りのなかにあるため、奪うには暴力的な行為に訴えるほかない。それよりも、この暴力がユーモアと結びついて、暴力そのものの衝撃が弱まっていることのほうが重要だ。わたしたちは嫌な気持ちになればいいのか、それとも面白がればいいのか。この場面に拒否反応を示すべきなのか、はたまた興奮してもいいのか?[32]

小説全体もそうだが、この場面はふたつの軸のあいだを行ったり来たりしており、アイズナーの疑問ももっともだといえる。このレイプシーンを読むととても不快になる一方で、性的な興奮を覚えることも否定できない。思いあたる人もいるかもしれないが、たとえばスペインの映画監督ペドロ・アルモドバルはレイプ行為を使って感情的な反応を引き出した。[33] それと同じように、『マイラ』の映画化にあたって、デヴィッド・スコット・デイフリエントはレイプシーンの描きかたは「とても悩ましいと同時にきわめておもしろい」問題だといっている。[34] ある批評家は映画版《マイラ》のＤＶＤ発売時に大手の媒体に寄せた批評で「ストレートの男を犯すことは最大の復讐だ」と記した。[35] このレイプシーンは複雑で難解だが、その理由は暴力的な行為がなされているためだけでなく、同じくらい複雑で難解なわたしたちとアヌスとの関係を十二分に説明しているからだ。

男根を象徴とみなしてきた結果得られたものはたくさんあるが、同小説は男根の神話から注意深く力を削ぎ、ほかにも象徴になりうるものがあると読者に考えさせようとしている。マイラがラスティの「一度も使われたことのない入口」[36] を犯す場面では、アメリカ文化においてアヌスがいかに象徴的であるかを示している。キャサリン・ウォルビーやブライアン・プロンガーといった批評理論の専門家は「過度な男根崇拝に凝り固まった主体を脅かすものは、去勢の不安よりも、むしろアヌスで相手を受け入れる行為だ」と仮定し、「アヌスで受け入れることに対する精神的な抵抗がミソジニーとホモフォビアを背景とする暴力の原動力になっている。それとあわせて、異性愛者の男性のアヌスを大っぴらに讃え、また讃えるように大きく開いて男根の象徴性を貶めようとする試みにはフェミニズムとクィアの政治の思惑がある」と述べている。[37] レイプと「異性愛者の男性のアヌスを大っぴらに讃え、また讃えるように大きく開く」のとはまったく別物だと留意しておかなければいけないが、ミソジニーとホモフォビアの文化とアヌスは相関関係があるという指摘は的を射ている。『マイラ』の真髄もまさに、男性優位の文化に根ざすホモフォビアと「一度も使われたことのない入口」との関係を暴いている点であり、その入口であるアヌスが逆にホモフォビアの文化を形作っている。ブロンガーいわく「肛門とは（中略）男根をもって征服する者にとっては固く閉じられた穴であり、男根によって征服される者にとっては（おそらく）嫌々ながら開かれた穴である。男らしくありたいという欲求は、穴という穴を閉じることによって生まれた男根中心主義の遵守である」[38]。この精神性に従えば、閉じられているべき穴のどれかひとつを開くだけで、男らしさの定義に根本から背くことになる。挿入されることは、すなわち征服されることであり、挿入する者こそが征服者になる。先にも紹介したが、レオ・ベルサーニがかの有名な論文で述べたように、直腸は「誇り高い主体性をもった男らしさの理想像が埋められる墓場」[39]なのだ。『マイラ』はＨＩＶ／エイズが猛威をふるうよりもずっとまえに、いずれ理論的な考察が必要になるさまざまな問題を予測していた。ともあれ、『マイラ』でアヌスがどんなふうに描写されているかをひもとくことによって、「誇り高い主体性」の恥と屈辱が露呈するのはたしかだ。

こうした状況からアヌスとアヌスの快楽への興味が増大していて、実際に「大っぴらに讃え、また讃えるように大きく開く」可能性について多くの批評家が考えはじめている。おそらく本書で実践しているアナル読みは並々ならぬ情熱をこの議論にそそいでいる研究といえるが、象徴としての可能性を多分に秘めたアヌスを論じるにあたってはゆっくり丹念に考察を進めなければいけない。ウォルビーなら「フェミニズムの理論がいま必要としているのはディルドーだ[40]」とでも主張するかもしれないが、わたしは男性による支配構造やホモフォビアを脱構築するために実際に挿入する行為が必須だとは思わない。『マイラ』を読んだ批評家の多くがレイプの場面にかなり衝撃を受け、恐れをなした事実を考えると、アヌスへの挿入行為そのものよりも、それが文学や文化を背景としたテクストにとってどんな意味を持つのかが重要だ。プロンガーがいうように「ひざまずく」ことをせずにアヌスの性愛を語ることはできる（この喩えはややわかりにくいが[41]）。『マイラ』はアヌスや男らしさやホモフォビアが学問として議論されはじめるまえから、その可能性を予想していたのだ。

ここからは『マイラ』を熟読しながら、ゆっくりと丹念に分析し、ヴィダルがどうやってアヌスについて読者が考えるように仕向けたのか、そしてこの小説がアナル読みの理論をいかに内包しているかを示す。ウェイン・コステンバウムが『マイラ』を分析した際に

「文学の創造という行為は（中略）ゆっくりなのかもしれない」と述べており、わたしもそれにならうことにした。[42] いっておくが、文学のテクストは理論が生まれる場所であって、テクストに理論を押しつけてはいけない。理論とテクストの分析とは互いを照らし合う繊細な共同作業である。

小説を読みはじめると、マイラが教師をしている演劇学校の生徒ラスティの姿勢が不自然なことに読者は気づく。実はラスティはかつてアメフト選手だったときに肋骨を何本か骨折していて、そのせいでわずかに左に傾《かし》いでいるのだとあとからわかる。そんな理由もあって、ラスティは当然ながらマイラが担当する姿勢《ポスチャー》の授業に参加している。ある日の授業のあと、ラスティはマイラのオフィスに呼び出される。そのときの様子をマイラはこう語る。「ラスティがわたしの部屋へやってきて、脚を大きく拡げ、一方に体を傾けて、机のそばのまっすぐな椅子に坐った。びくびくしているようすは全然なかった。それどころかいかにもふてぶてしく構えて、わたしをばかにするような態度さえ示した。それほど自分の男性としての優位性に自信を持っていた」。[43] マイラとラスティのあいだの空気がぴりぴりと張り詰めているのが手に取るようにわかる場面だ。心理分析の観点からみれば、この場面は感情転移［感情が本来の対象から他の対象に置き換えられること］がたくさん起きていて、マイラのセラピストであるモンターグも手記を読んですぐにそのことに気づいただろう。

マイラの理屈では「今では昔風の男性は何もすることがなくなってしまった。社会への仲間入りとか体力を競い合うことによって自分の男らしさを試す儀式もないし、生き残るためや女を手に入れるための腕力による争いもない[44]」。ところが、マイラが意識していないだけで、ラスティの男らしさを試す儀式は存在していた。それがホモフォビアだ。少年ラスティは大人の男になるために自分が男であることを証明しなければならない。それには自分がクィアや同性愛者や性転換者ではないとはっきり示す必要がある。もっともマイラにしてみれば、そうやって男らしくあろうとすること自体がいつも疑問だった。マイラ自身が男らしさに疑問を抱き、心身ともに男であることを拒絶するだけにとどまらず、『マイラ』という小説自体が男らしさを熟考する場になっているのだ。

ラスティとはじめてふたりきりになったマイラは、カイロプラクティックの心得があると偽ってラスティの背中を調べる。ところがマイラに命じられてラスティが踊ってみせると「その効果はたまらないほどエロチック[45]」だった。「力強く肉の厚い臀部がゆっくり回転するのを眺めているうちに、わたしは欲望の波をかぶって目がくらんでしまった[46]」と作中でマイラは述べている。小説全体もそうだが、この場面は男根ではなく、マイラに見つめられ、欲望をかきたてる「力強く肉の厚い臀部」に焦点が置かれているのはまちがいない。マイラに背中を診ると言われて、ラスティはTシャツを脱ぐ。「シャツがさらに上まで引きあげられた。臍《へそ》の上二インチのところから、また毛が見えはじめた[47]」。マイラは一心にラスティの肉体を観察していて、ラスティのほうもそれに気づいていた。「わたしの物珍しそうな視線に気がついて、彼はぱっと赤くなった。太い首の付け根からはじまって、目のあたりまでみるみるほんのり赤く染まった。たいていの男性のナルシストがそうであるように、逆説的だが彼もまた内気である。自分を見せびらかすのは好きだが、それはあくまでも自分の意志でなければならない[48]」。この場面は性愛と屈辱との緊張感に満ちている。ラスティはマイラになんども辱めを受ける。それはマイラにとって「これこそ待ちに待った喜びの瞬間、命とひきかえにしても惜しくない瞬間だった」。マイラが背中を調べているあいだ「彼の困惑ぶりは手に取るようにわかり」、ラスティは立ったまま壁に両手をついていた[49]。この場面ではラスティのペニスは隠れていて、ほとんど見えない。マイラはそのときの様子をこう説明する。「さっと膝までパンツを引きさげた。彼は首を締められたような叫びを発したかと思うと、顔を真赤にし、口をぽかんとあけて肩ごしにわたしのほうをふり向いたが、言葉は出てこなかった。彼はわたしから逃げだそうとしたが、事実上裸も同然なことに気がついて思いとどまった[50]」

裸にされてラスティはますます屈辱を感じている。このときマイラが何をしていたか、わたしたちは注意深く考えなければならない。マイラは若い男の「ナルシストがそうであるように、逆説的だが彼もまた内気である」ことを際立たせたが、彼の肉体のすべてを暴いてはいない。ジョルジョ・アガンベンは「裸であることは、実は状態というより出来事である」と考え、「裸であることは、何も身につけずむき出しになる体験であり、かたちあるものでも持ち主が決まっているものでもない」と論じたが[51]、この場面についていえばそのとおりだろう。裸であることは生物の本質や状態ではなく出来事だというアガンベンの指摘はもっともであり、わたしたち読者はやがて肉体があらわになるのを待ち望んでいる。さらにマイラはラスティの体をなぞり読者の眼を引きつけた。

そして脊椎の下端、今やわたしの目に見事な全貌をあらわした二つの丸い小山のあいだの突起した骨に手を触れた……まさに見事と形容するほかはない！　すべすべと真白で、濃い褐色の毛が密生しはじめる尾骶骨《びていこつ》のすぐ下のほかはどこにも毛がない。その密生した毛も、かなてこを使ってもこじあけられないほどきつくしめつけられた深いお臀の割れ目に隠れて、まもなく見えなくなってしまう。[52]

きつくしめつけられたお臀の割れ目がラスティの不安や恐怖や屈辱を物語る。このとき読者は、ラスティが「事実上裸も同然」になっている出来事の真っ只中にいる。ところが、この場面ではまだ「秘密の半分」しか明かされておらず、「残りの半分はもっと都合のよい時がくるまでとっておかなければならない」[53]。この場面で描かれていることはどれもアガンベンのいう裸であることと一直線に並んでいるように思う。わたしたちは文字のうえでストリップショーを目撃するわけだが、「その出来事が完璧なかたちになることはない」[54]。現実生活では、私的な場所で裸になったところでイデオロギーの問題が絡むことはほとんどない。ところが、マイラとラスティがはじめてふたりになるこの場面のような出来事になると、興奮し、性欲を刺激され、問題が生じる。読者は二度めも同じように焦らされるのはごめんだと思い、まるで映画《フルモンティ》〔金欠でさまざま問題を抱えた中年の男たちがストリップショーに出演するイギリス映画〕のような場面を見たくなる。

何日も前から、マイラはいずれラスティの純潔を奪うときがくるとずっと想像していた。そして「まもなくわたしはそのモザイクを粉々に叩き割り、もっと別の有意義な形でラスティを作りなおすことができる」[55]と考えていた。マイラが作中でこのように空想する場面はそれ自体が破壊的であり、ベルサーニがセクシュアリティの理論の中心に据えた破壊の概念に通じる。もっとも、ベルサーニらによってセクシュアリティの理論が発展するのは、『マイラ』の刊行から二十年ほどたってからだ。いわばマイラは、ベルサーニの破壊ということばを先取りして真似ていたともいえる。それよりも驚くべきは、ベルサーニのこう表現とマイラが同じことばを使っている点を関連づけて論じる批評家がほとんど（仮にいたとしてもごくわずかしか）いないことだ（そもそも『マイラ』はベルサーニに影響を与えたのかと問いただしたくなる人もいるかもしれない）。

ベルサーニいわく「自己崩壊とは「エゴの一貫性を混乱に陥れ、その境界線を分断する」こと」である。[56] そう考えると、マイラの空想シーンにおける多様な性的指向を解き明かそうとして困難に直面する批評家が多いのも頷ける。それは（クィアなまでに）、W・B・イェイツの詩「再臨」（The Second Coming）そのものだ。

すべてが解体し、中心は自らを保つことができず、
まったくの無秩序が解き放たれて世界を襲う。
血に混濁《こんだく》した潮《うしお》が解き放たれ、いたるところで
無垢《むく》の典礼が水に呑まれる。
最良の者たちがあらゆる信念を見失い、最悪の者らは
強烈な情熱に満ち満ちている。[57]

自己破壊とは「すべてが解体し、中心は自らを保つことができ」ないとき、つまり、す

べてが失われて「自己分解の喜び[58]」を経験するときである。ラスティの名前に言及する批評家はこれまでにもいたが、その論点は的を射ていなかった。大事なのは〝ラスティ〟がポーランド人の名前でもカトリックの名前でもないことではなく[59]、名前が彼の主体性を表していることだ。性の対象としてのラスティは錆《ラスティ》びついていて、錆のように崩れ落ちてしまう。この名前は自己の崩壊を暗示しているのだ。セクシュアリティの自覚は「権力の打破であり、それまで大げさな自己肯定と男根中心主義によって構築されていた自己の放棄である[60]」。本質として認識しなければならないのは、「フーコーが軽蔑をこめて呼んだ誇らしげな射精の男性中心主義から解放された身体とは、たぶん力の限界を初めて体験して冷静になり心躍らせた状態から解放された身体でもある[61]」という点だ。自己破壊はわたしたちの眼を「性器によるエロスの独占[62]」から、ラスティの例でいえば「(マイラに)触られて震えていた「男性そのもの」の無防備のお臀[63]」に向ける。

　マイラとラスティが二度めにふたりきりになる場面では、ラスティのほうから身体検査をしてほしいと求めるように仕組まれている。どういうわけか検査役はマイラになっている(すくなくともラスティはころっと騙されて、そういうものだと信じ込んでいる)。この場面では終盤にマイラがつけるディルドーが注目されがちだが、実は二種類のアヌスへの挿入があり、文学批評ではその観点から解説すべきだと思う。ラスティの靴下には穴があいていて、「片方の大きな穴から太い親指がのぞいて」おり、ラスティは「穴だらけなんです」とおどおどする。[64] 実際に「穴だらけ」なのはラスティではなく靴下なのだが、なんとも面白い。この発言には、本来の用途とはちがう方法で穴が使われ、表に出るべきではない穴が姿を現していることへの不快感が滲み出ている。ほかにも、たとえばラスティのパンツの「ゴムの下の、目玉のような二つの丸い穴から、白い肌がのぞいて」いて、マイラは「意地悪くその穴のひとつに指を突っこんだ[65]」など、いろいろな穴が登場し、調べられたり指を突っ込まれたりする。

この場面でマイラは終始ラスティに屈辱を与え続ける。たとえば、ラスティがくすぐったがりなのは「性的な恐怖心のあらわれ[66]」だと言ったりする。その屈辱が最高潮に達するのは——実はそういう場面が多々ある——、ラスティの体が火照《ほて》っているのを感じたマイラが「体温を計ってみるほうがよさそうよ[67]」と言ったときだ。その様子をマイラは淡々と語る。「お臀のヴェールを剥ぎとる作業は、絶対的な、ほとんど敬虔といってもよい沈黙のうちにおこなわれた。それはすばらしいの一語に尽きた」。ところがラスティはパンツの前のほうを「器用におさえていたため、彼自身名誉は半分しか傷つけられていないと考えて」いたらしい。[68] このあとさらに大きな屈辱が待っていることを、マイラはことばを使わずに読者に語っている。その屈辱とはいうまでもなく、熱を計る瞬間だ。

診察机に戻って体温計の用意をするわたしを、ラスティは罠にかかったけもののような目でぼんやりと見守った。やがてわたしは獲物のそばに戻り、太腿からお臀にかかるあたりのふくらみに片一方ずつ手を当てて、「さあ、力を抜いて」と命令した。彼は腕を突っぱって上体をおこすと、急に警戒の目を光らせてわたしの方をふり向いた。「えっ？」

「体温を計る必要があるのよ、ラスティ」

「でも……そこで？」声が十代の少年のようにうわずっていた。[69]

マイラはラスティを子供扱いし、その若さをなんどもからかった。そして「ゆっくりと、注意深くふくらみを押し拡げると、やがてあらゆるものが――隠れた括約筋をはじめ何もかもが姿を現した」[70]。いまやラスティのお尻はふたつに割れ、マイラはその割れ目に体温計を差し込もうとしている。だが、彼のお尻が一度も使われたことがないというのはほんとうだろうか？　実はラスティは前にもお尻で熱を計られたことがあるはずで、この場面でわたしたちはまちがいなくアヌスの性愛を思い浮かべる。

わたしはしだいに大胆になった。きつくしまった熱い入口に、入るところまで指を押しこんでみた。指が前立腺にさわったらしく、彼は突然うめき声を発したが、それっきり何もいわなかった。やがて、故意にやったのか意のままにならぬ反射作用なのか、若々しい筋肉の力がすべて括約筋に集中し、一瞬指を食いちぎられてしまうのではないかと感じた。

わたしは遊んでいる手で右のお臀を強く叩いて、「力をゆるめなさい!」と命令した。彼は何やらぶつぶついいながら括約筋をゆるめた。そこで指を引き抜いて、まず意地悪く、純潔な穴のまわりを軽く突いて身もだえさせてから、おもむろに体温計を挿入した。[71]

この場面がアヌスの性愛に満ちていることは疑いようもない。性愛がかならずしもただ喜びを得るだけのものではないように、ここでもやはり性の営みにつきものの痛みと喜びのせめぎ合いが繰り広げられている。それだけでなく、一瞬ではあるがラスティが括約筋に力を込めたとき、ラスティのアヌスは男らしく、力強く、男根のように主導権を握り、それまで男根の立場を担っていたマイラの指が力を奪われた。「アヌスを社会的に使用すると、同一性喪失の危険に晒される」[72]との見解に異論はないだろうが、「若々しい筋肉の力がすべて括約筋に集中」したとき、ラスティは「権力の所有を達成」した。[73] それは、その状況を支配する責任ではなく、彼自身を一種の自己破壊であるアイデンティティの喪失から守る責任である。

力を込めた瞬間、彼の括約筋は〝歯のあるヴァギナ〟の神話に描かれる女性に相当する力を持っていたと考えられる。〝歯のあるヴァギナ〟は「女性の力と男性の恐怖を恐ろしいほど的確に表現」していて、「中に入ったはいいが出られない男もおり、比喩的な意味ではどのヴァギナにも隠された歯がある」[74]。さらにいえば「女と性行為をする男は誰もが心身共に去勢される危険がある」[75]。ところが、ヴィダルはアヌスを持ち込むことによって、この神話を書き換えた。男性のセクシュアリティに関する理論は、アイデンティティの喪失、自己破壊、あるいは去勢によって構築される。どんなかたちであれ、去勢はかならず自己崩壊につながり、アイデンティティの喪失を伴うものだといっても過言ではないかもしれない。ラスティの身に起こった出来事には誰もが恐怖を抱くが、現実には男性はみな、はじめより終わったあとのほうが、男らしくなくなっているのではないかという恐怖をどことなく感じている。カミール・パーリアは「セックスはアイデンティティを守るための戦いだ」と述べているが[76]、『マイラ』ではまさにそのとおりの戦いが繰り広げられている。ラスティの括約筋がマイラの指の動きを封じたとき、双方の力関係が天秤にかけられ、どちらのアイデンティティにも否応なく疑いの眼が向けられる。このときラスティは権力を自分のほうへ取り戻そうとしていたのだ。

もっとも、ふたりの力関係が逆転したのは一瞬で、マイラは権力を取り返すと、そのあとずっと主導権を握り続ける。マイラ自身も「わたしは注意深く彼の身分を男から少年へ、そして少年から幼児へと引きずりおろしつつあった――そして行きつくところは、征服の喜び！」と認めている。それはマイラにとって「圧倒的な支配感」だった。[77]それからマイラはラスティにヘルニアの検査をすると告げ、物語の軸であるエロティックなストリップショーは終盤に向かう。下着を脱ぐのを拒むラスティに、マイラは「パンツの中に手を入れて、検査表の要求通り睾丸を片方ずつ押してみますからね」といって「こういうのを政治家的妥協というんじゃないかしら」と脅しをかける。[78]もちろんこのまま終わるはずもなく、マイラはラスティの「パンツのゴムひもにゆっくり手をかけ」、やがて読者のまえにラスティの「男性がついに全貌をあらわした」[79]。マイラが手記に記したように、このときラスティはまたべつの理由で恥ずかしい思いをすることになる。「ペニスのほうは期待したほどでもなく、あまりにも短いのでラスティがわたしに見せたがらなかったことがわかった」[80]。この一連の流れは、ラスティの肉体をさらけ出すだけでなく、恥ずかしい思いをさせるためでもあったのだ。ラスティは困惑しきってマイラに訊ねる。「ぼくに……

してもらいたいんじゃないの？」。その問いをマイラはぴしゃりとはねつける。「ラスティ！　だれに向かってそんな口をきいてるつもりなの！」[81]。そして場面はふたたびクライマックスに向かう。「そのかわり、お手本として、わたしのほうからしてあげるわ」[82]。立場は完全に逆転し、マイラがラスティを犯すのだ。

この章を読んでいるあいだ、際限なく続く屈辱と恥に満ちたシーンに読者は翻弄され続ける。マイラはこの先もひたすらラスティに屈辱を与え続ける。「あなたが男として振舞うとき、女の子はどんな気持ちか今からわからせてあげるわ」。そういってマイラがスカートをたくしあげると、隠れていたディルドーが姿を現す。それを見てラスティは悲鳴をあげる。「いやだ、お尻が裂けてしまう！」[83]。アヌスがヴァギナの代用品になると誤解されるかもしれないが（実際そういう理屈もある）、ここで大事なのは女性化された役割があることだ。マイラはラスティのアヌスに挿入して女性がどんなふうに感じるかを体験させようとしている。ベルサーニもこう述べる。「女とゲイは破壊への欲求が抑えきれずに脚を開く。これは巨大な権力を伴った想像である。（中略）とどまるところを知らない性欲と大人の男の争いがたい想像である。脚を宙に投げ出し女であることに我を忘れ、恍惚とならずにはいられない」[84]。ラスティは「裂けてしまう」と叫んで「女であることに我を忘れて恍惚となる」こと、すなわち女のような存在になることに抵抗している。

プリアポス神［ギリシャ神話の生殖の神］の化身のような張形《ディルドー》を前につけて、わたしが近づいてゆくと、彼は身をよじっていましめを解こうとしたが無駄だった。すると今度は次善の策として、両膝を固く閉じてわたしの侵入を防ごうとした。しかしそれも効果はなかった。わたしは彼を広々と押し拡げて、破城槌を城門に据えた。

一瞬、お尻が裂けてしまうという彼の言葉は本当かもしれないと思った。入口は十セント銀貨くらいの大きさ［二センチメートル弱］なのに、ディルドーは頭部の直径が二インチ［約五センチメートル］以上、長さが一フィート［約三十センチメートル］近くもあったからである。[85]

ここでプリアポス神に言及している点に注目してほしい。マイラは頑なに男根中心主義に固執しているようにみえるが、「永遠の女性の化身」[86]となるには、男根に過剰なまでの力を与えるしかなかったのだ。ひとまずは、ラスティにとって明らかに大きすぎるペニスを使って、歯のあるヴァギナの伝説を書き換えられそうだ。マイラですら「お尻が裂けてしまうという彼の言葉は本当かもしれない」と考えている。そうだとすれば、結果的に破壊されるのは、歯のあるヴァギナではなく、男根が入り込んだ穴ということになる。実際にヴァギナとアヌスの描写は「ピンク色の層が開いた[87]」のようにどちらともとれる場合が多い。マイラは最後に勝利を宣言する。「わたしは勝利の味を噛みしめた。〔中略〕ラスティの肉体を通じて、勝利の女神であるわたしは、人々の崇める破壊者を破壊することができた[88]」。ベルサーニ流にいえば、破壊はすべて完了したといえるだろう。ラスティは女に変えられ、彼のホモフォビアは「メアリ゠アン〔ラスティのガールフレンド〕でさえ犯すことはおろか見たこともない神秘[89]」に巨大なディルドーを挿入するという行為を通して十分に説明された。こうしてマイラは「女性のために偉大な勝利のひとつを手中におさめ」、「全能の女神になるとはどういうことかを知った[90]」。

男性の肉体にとってアヌスに挿入されることは絶対的なタブーだが、マイラも指摘しているとおり、お尻で熱を計るには、どうしてもアヌスに体温計を挿し込まなければならないので、そういう意味では経験があるともいえる。それよりも、アヌスへの挿入が性的指向やセクシュアリティにとってどんな意味があるかが重要だ。読み進めるうちにわかるが、ラスティはセックスでオーガズムを得られるからという理由でレティシアを選んで、メアリー゠アンを捨てるものの、結局レティシアと同じようには満足を得られない。小説の終盤では、彼は「完全なホモセクシュアル」になっていて、マイラはそのことに「かなりの責任があるわけで、いささか気がとがめている[91]」。ラスティに「あなたが男として振舞うとき、女の子はどんな気持ちか」を教えたせいで、マイラは彼をゲイにしてしまったと思っているのだ。もちろん、事実はそうではない。ただ、彼のヴァージンのアヌスに挿入することによって、彼をアヌスの快楽に耽る「完全なホモセクシュアル」にしたのはたしかだ。

終わりに、レイプの文化とヴィダルの小説について簡単に解説しておく。現代の文化では、本章で取りあげたようなレイプシーンは恐ろしいものとみなされるが、同時に隠された夢をいくつもさらけ出すものでもある。女性にはレイプされたい願望があるという「レイプの夢」神話は、フェミニズム理論家の正当な批判を受けたが（そのために神話として知られる結果になったが）、レイプをする者を逆にレイプすること、ミソジニーやホモフォビアの人をレイプすることについては、考察すべき点がある。ヴィダルの小説は、まさにそのことに取り組んでいる。ただし注意しておきたいのは、ヴィダルの小説はレイプを、弁明しているわけでもなければ、「レイプの夢」を立証しているのでもない。仮に「レイプの夢」神話が事実だったとしても、それを理由にレイプしてもいいことにはならない。こうした神話への反発がレイプの文化に影響している。

ヴィダルの作品は、もしかしたら神話はほんとうかもしれないと受け入れ、それをお祭り騒ぎのように茶化して男性の肉体と意識をテーブルごとひっくり返し、結果として神話を書き換えることに成功している。これはある意味で補完的な手法である。ペニス羨望が、ペニスが欲しいという女性の欲望ではなく、もっと大きなペニスを求める男性の欲望であるように、「レイプの夢」はレイプされたいという願望ではない。レイプシーンには、女性が日々の生活で不満に感じている神話がいくつも織り込まれており、男性の肉体を使うことで、その神話が実現する。この作品は、とくにクィア理論やフェミニズム理論の観点から、批評思想にはびこる男根中心主義の性質を根本から覆す可能性に満ちている。

コステンバウムの「ラスティのレイプ」（The Rape of Rusty）はきわめて優れた論文で、彼なりの『マイラ』の読解を綿密に振り返り、考察している。本書ではコステンバウムを「アナル読み」に貢献する主要な人物としては取りあげなかったが、アヌスについてとても興味深い分析をしている理論家だ。彼の『マイラ』の解釈はいまのところもっとも風変わりで、同小説が持つ〝根本から覆す可能性〟を前面に押し出している。そこで、最後に彼がこの小説をどう読んだのか紹介しておきたい。

コステンバウムは「アヌス中心主義」の批評に「熱中していた時期」があり、「生殖能力を持つ性器ではなく、アヌスに注目すれば、抑圧的な構造から逃れられるのではないか」と提案していた。現在は「そうした概念が渦巻く宇宙には暮らしていないものの、罰を受ける人、その罰が与えられる場所——すなわちアヌス——には親近感を感じると自覚している」[92]。彼の著作にはアヌスやお尻を扱ったものが多く、お尻の割れ目に好奇心を向けさせ、男根の存在しない、アヌス中心またはアヌス本位の世界をわたしたちに想像させる。今日でもほんとうはまだアヌス中心主義者なのではないかと思ってしまうほどだ。

ヴィダルは小説のなかで男根を重視し、とくにその大きさに意味を持たせているが、もっと大きな象徴としての威力はアヌスにある。『マイラ』を読むと、アヌスにこれほどの意味があったのかと衝撃を受けずにはいられない。男根はどんな穴にも挿入することができ、そのあとも権力を維持する。それに対して、ラスティがアヌスに挿入されたことによって、アヌスの象徴としての一貫性は揺らぐ。アヌスへの挿入は自己破壊につながるからだ。マイラ・ブレッキンリッジという人物も、『マイラ』という小説も、アヌスがいかに大事な象徴であり、全体を組み立てる主体であるかを教えてくれる。ラスティはたしかにマイラにレイプされたが、そのシーンに込められていたのは、アヌスは重要な象徴だとのメッセージである。それは本書がアナル読みを通して訴えたいことでもある。男性のセクシュアリティを動機づけるものとして考えるとき、ペニスは最大の恐怖である去勢によってのみアイデンティティに影響をおよぼす。一方、アヌスにはアイデンティティを再構築する力が備わっているのだ。

補章
偏執的読解と補完的読解について

アナル読みの理論的背景として、イヴ・コゾフスキー・セジウィックの著作のなかでも、とくに従来の思想に異議を唱えた意欲的な論文「偏執的読解と補完的読解、あるいは偏執に取り憑かれている人は自分のことだと思うであろう論文」(Paranoid Reading and Reparative Reading, or, You're So Paranoid, You Probably Think This Essay Is about You) について最後に解説しておく。この論文でセジウィックは懐疑の解釈学をひたすら排除した読解に挑戦した。精神分析学者のメラニー・クラインのことばを借りて懐疑の解釈学を偏執的立場と呼び、その姿勢が「批評そのものと同義になっている」[1]と糾弾するとともに、偏執的読解に代わる補完的読解を提唱した。そして、「無知の特権」[2]を享受する手法を批評理論に取り入れれば、いつも——場合によっては読むまえから——結論ありきではないテクストの解釈方法を理論家や読者や研究者にもたらし、どんな解釈がありえるかを予想しない、あるいはそもそも予想を必要としない読みかたが可能になると主張した。

　補完的読解では何とおりもの読みかたが可能になる。想定内の読みかたもあれば、あっと驚くような読みかたもあるだろう。当然ながら誰が読むかもテクストの解釈に影響する。特定の政治思想に傾倒している読者ならテクストに政治的な意味を、詩に思い入れのある読者が読めば詩的な意味を見出すだろう。本書ではどのテクストもアヌスの描かれかたに着目して読むが、ほかの解釈を切り捨てるわけではない。本書の意図は、圧倒的な象徴である男根を中心に据えた王道の読みかたから解放されたとき、どんな解釈が可能になるかを明らかにすることだ。補完的読解とは、偏執的立場の優位性を排除し、「かつては修正と拒絶と怒りに支配されていた批評傾向を、愛着、感謝、連帯感、愛などが織り込まれた批評へと転換し、研究対象の評価を変えうる新しい環境づくりを模索する」読みかたといえる。[3]

重要なのは、アヌスやアヌスが意味するものとその影響に対する偏執から——平たくいえば、思わずお尻の穴をきゅっと締めたくなるような偏見から——解放されること、すくなくともその偏見に固執しなくなることだ。ただしそれだけでは十分とはいえない。そもそも偏執的読解とはどんなものなのか、どうすればセジウィックのいう補完的読解を取り入れられるのかを理解しなければならない。補完的読解はアナル読みと言い換えてもいい。アナル読みがどんな読みかたなのかは本書を読んで理解してもらえたと思う。これまで絶対的権威を誇ってきた偏執的読解（批評）を全面的に否定はしないまでも、アナル読みによってその絶対的な権限を弱めることはできる。ただし、そのためには、アヌスとその役割について人々が共有している虚像を根本から変えなければならない。本書はこれまでの偏執的読解によって背負った重荷を降ろす使命を果たしてきたが、それは簡単な道のりではなかった。

セジウィックの説によれば、補完的立場とは「読者が未知のものに遭遇して恐怖を感じるおそれはないとたかをくくっている、訳知り顔で心配性の偏執による決めつけからの脱却」であり、「読者は補完的に読むことで、現実味を感じ、驚きを味わうように求められる」[4]。ただし、セジウィックも認めているとおり、ひとたび「補完的に読もうと決意すると、偏執的な理論の枠組みにはおさまりきらなくなる。なぜなら、補完的な読みかたは喜び（ただ美しいこと）を求めるからであり、はっきりとした改善意図を持つ（ひたすら改革論者である）からだ」[5]。偏執的読解による意味や知識の模索をやめ、驚きから喜びを得ようとする試みは、ある意味では理論の脱構築である。補完的読解には「ひどい驚きもあるぶん（中略）嬉しい驚きもある」[6]。補完的な読みかたによって、読者は「遭遇するか、みずから創り出した要素や部分的な断片を組み合わせようとする」のであり、それゆえに「未来は現在とはちがうものになると実感できる余裕がある」[7]。補完的読解は偏執的読解より優れているわけでも、劣っているわけでもなく、ただ並列に並んでいるだけだ。読みかたを変えれば同じテクストでもちがう角度からみえるようになる。偏執的読解が部分より全体を理解しようとするのに対し、補完的読解はそれぞれの部分が全体を構成していると考える。ここでは提喩と換喩［隠喩の一種で、あるものごとを関係の深いものや性質で表す。「永田町」

が「国会」を表すなど」のちがいが重要になる。補完的読解は部分から全体を見ようとするが、偏執的読解は全体から部分を理解しようとするため、積み重ねか本質かという議論になる。たとえば、思想家でフランス文学者のフレドリック・ジェイムソンは、『政治的無意識——社会的象徴行為としての物語』（The Political Un-conscious : Narrative as a Socially Symbolic Act）の冒頭で、われわれは「つねに史実に基づいて読むべきだ！」と述べており、偏執的読者であることを宣言している。それに対してセジウィックは「史実に基づく以上に、〝つねに〟という時を超越した、力強い副詞が不釣り合いな立場はあるだろうか？」と反論している。[8] 偏執は決めつけほど悪ではないが、セジウィックにいわせれば、未知であり無知であることに無上の喜びと特権がある。それこそがテクストをアナル読みする醍醐味だ。これまでの批評は男根を中心に据えて解釈してきたが、アナル読みはその解釈から得られた見解を削ぎ落としながら読み進めることといえる。もちろん、批評にあたっては男根中心の読みかたから得られるものもたくさんある。だが、それと引き換えにどれだけのものが犠牲になっているだろうか？　どれだけのものが見過ごされてきただろうか？

ウェイグマンによれば、セジウィックのこの論文は補完的立場の表明の一貫として何度か改定されていて、最終版としてまとめられるまえにも発表されている。はじめて世に出たときは「思いあたる人はあまりいないだろうが（中略）〈小説研究〉（Studies in the Novel）の一九九六年の〝フィクションより奇なり〟（Queerer than Fiction）と題した特集号に掲載された四ページの序文だった」。[9]正直に白状すると、わたしはそのことをまったく知らず、ウェイグマンの指摘を受けてはじめて過去に発表された版に戻って読んだ。もっとも、補完的な立場を推奨するセジウィックの主張の片鱗《へんりん》は、それ以前の論文にもみられた。ウェイグマンは続けてこう説明する。「特集号の序文は、その翌年に刊行された書籍『小説をみつめて――フィクションをクィア理論から読み解く』（Novel Gazing：Queer Readings in Fiction）に序文として収録されたが、その分量は三十七ページに増え、「偏執的読解と補完的読解、あるいは偏執に取り憑かれている人は自分のことをいわれていると思うであろう小文」という挑戦的なタイトルがつけられていた。ウェイグマンによれば、「その後、微小な改変ではあるが、さらに改訂され、二〇〇三年に出版された論文集『心を動かす――情動、教育、遂行性』（Touching Feeling：Affect, Pedagogy, Performativity）に収録された」。[10]これらの改訂版を読み込めば、彼女が概念をたびたび再生させ、再利用し、新たな息吹を吹き込んできたことがわかるだろう。現に、ジョナサン・ゴルドベルクは「セジウィックは自分の執筆したものを一式の可動部品のように扱っていた」と指摘している。[11]「偏執的読解と補完的読解」はまさにそうして生まれた論文といえる。セジウィックの論文のいきさつをここに記したのは、本書が一般に「最終版」と考えられている『心を動かす』に所収されている版に、全面的にではないものの、かなり依拠しているからである。その版を選んだのは、ひとえにそれが最終版だからという理由によるが、ウェイグマンは次のように指摘している。

現在ではセジウィックが提唱した補完的読解について参照するときに二〇〇三年版を利用する研究者が多いが、この版は九・一一同時多発テロ後の偏執的なまでに過敏な思考と並んで語られるために、セジウィックの主張の本来の存在意義が歪んで理解されてしまっている。そもそもセジウィックの主張は、エイズに対する緊急医療に誘発された国をあげてのゲイ排斥風潮への嫌悪と、彼女自身の乳癌との闘病に多大な影響を受けている。[12]

確認しておくと、この二〇〇三版が現在入手できる最新版である。もしセジウィックが今も存命だったなら、さらに改訂されていたかもしれない。「偏執的読解と補完的読解」は「九・一一同時多発テロ後の思考」の影響が強く現れていて、とくに本文で九・一一同時多発テロに言及した以降の版ではその傾向が強い。「恥の演技性、クィアの遂行性――へンリー・ジェイムズ『小説の技法』」(Shame Theatricality, Queer Performativity : Henry James's The Art of the Novel) のように、もっと何度も改訂されている論文もある。[13]

フェミニズム映画理論家のジャッキー・ステイシーは、セジウィックが偏執的読解に否定的な理由をこう分析している。「偏執的読解は、断定的な判断をし、批評としての地位をほしいままにし、テクストに精通した支配政権であるかのような錯覚を抱いているからだ[14]」。セジウィックの主張について確実にいえることがひとつあるとすれば、自身が補完的読者であるあまり、偏執的読解に対して偏執的になっていることだ。つまり、セジウィックにとって偏執的読解は〝悪〟であり、補完的読解が〝善〟という構図になっているのだ。だが、偏執的読解と補完的読解は恋人のように手を取り合って「融合[15]」すべきものであり、対立構造に基づいて批判するとセジウィックの論点を見誤ることになる。[16] いずれにせよ、このふたつの読解方法について、時間をかけてじっくり考えてみる必要がありそうだ。

セジウィックは、偏執的読解が批評理論を代弁する手法の座に君臨できたのは、偏執的ではない手法がどれも「騙されやすく、偽善的で、聞こえのいいことしか言わなくなっている[17]」からだと考えた。偏執的読解では、読者に驚きを与えうるあらゆるものが排除される。たとえば、アヌスに対する性的興奮はゲイに特有のものではないという事実は、同性愛嫌悪的《ホモフォビック》な社会に大きな衝撃を与えるかもしれない（女性のお尻を称賛する社会でさえも、その衝撃の大きさは変わらない）。セジウィックによれば、フランスの思想家ギィー・オッカンガムは「テクストを理解する唯一無二の方法として偏執的な読み方を確立し（中略）それによって同性愛そのものではなく、より正確にいうならば、同性愛を嫌悪し、対抗するかのように異性愛を強要する仕組みを理解していた[18]」という。つまり、もしアヌスが〝ゲイの出発地点〟であることを容認し、その神話に従ってアヌスにまつわる欲求や好奇心や快感を受け入れるなら、アヌスが偏執的読解を促す場所だと認めざるをえなくなる。それは、アヌスについて何も知らないままアヌスのことを知りたいと願うようなものであり、アヌスが関係していれば何もかもがゲイとみなされると知っていながら、あらゆる可能性を模索するのと変わらない。それでは議論は堂々めぐりになり、いつまでたってもむず痒さが残る。

セジウィックは「偏執的読解は否定的な感情を生む理論である[19]」と考えていた。「否定的な感情」、つまり嫌だと思う気持ちは、やがて耐えがたいものになり、心を疲弊させ、横暴になって、全体を支配するようになる。心理学者のシルヴァン・トムキンズの定義によれば、苦痛―苦悩、不安―恐怖、軽蔑―嫌気、怒り―激怒などが〝否定的な感情〟として挙げられている。それぞれ対になっている表現には微妙な差異があるが、すくなくともトムキンズの見解では、いずれも否定的な感情をもたらすとされている。一方、肯定的な感情を生むもののほうが数は少なく、興味―高揚と喜び―歓喜が挙げられている。そして、両者のあいだには、驚き―驚愕という中立の感情がある。アナル読みが目指しているのは、アヌスへの感情的な反応を中立にすることといえるだろう。[20] その目的を成し遂げるには、アヌスにつきまとう否定的な感情にも眼を向けなければならない。

トムキンズは限られた範囲内での否定的な感情について論じているが、もっと開かれた状況で観察すると否定的な感情にはどこかそそられるものがある。クィア理論は否定的な感情を熱心に取り入れている。マイケル・スネディカーのように、うわべだけで否定的な感情を称賛しないように読者に注意喚起する研究者もいるほどだ。[21] 感情の研究では、まず基本感情が定義され、それから微妙な差異や個別の状況に応じて細分化される。細分化された感情には、たとえば「ゲイシェイム[22]［ゲイがゲイであることを恥ずかしく思う気持ち］」「屈辱[23]」、偏執的な執着、苛立ち、不安、妬み[24]、憂鬱[25]、激情などの「不快な感情」、「打ちのめされた気分[26]」、「落ち込んで、鬱々とした気持ち[27]」などがある。楽観主義は「残酷[28]」であり、失敗は「クィアアート[29]［クィアな人々の手になる芸術作品］」になり、性は耐え難いもの[30]になる。否定的な感情がクィア理論を理解するきっかけとして有益であることに異論はないが、それだけに固執するとほかに大事なものを見落としかねない。いずれにせよ、ここで挙げた否定的な感情はどれもアヌスと関連づけられることが多く、アヌスに対する羞恥心、不安、屈辱、苛立ちなどの源になっている。ジャック・モーリンも『アナル全書――健康と快楽の知識』で、性行動についても、心理面においても、痔や腸の不調などについても、「不快」ということばを繰り返し使っている。

クィア理論がいかに否定的な感情に影響を受けているかについて、ホセ・エステバン・ムニョスは次のように述べている。「クィア研究では、反ユートピア主義によって、しばしば反関連性と切り離されたかたちで研究者たちが行き詰まり、人生の未来が見えなくなるところまで追い込まれている」[31]。この分野の議論は進展しておらず、とりわけアヌスの理論、すなわちアヌスと主観性やアヌスと理論化の本質的な関係が論じられていない現状に驚きを禁じえない。批評行為としてのアナル読みの目的のひとつは、否定的な感情の矯正すなわち、きわめて楽観主義の補完的読解によって否定的な感情を肯定的な感情に転換することといえるのかもしれない。ただ、本書にはべつの目的もある。それは、感情が複雑に絡み合って考えかたに及ぼす作用を通して、それらの感情と折り合いをつけられるようになることである。感情自体を矯正するのではなく、その感情が必然的にもたらす考えかたを事実として受け入れれば、不快に感じる緊張状態をうまく利用できるようになる。つまり、本書が目指しているのは、不快感の排除ではなく、アヌスに対して感じる不快な感情の緩和である。アヌスについて語ると、多くの人々が不快になり、ときには恥ずかしい思いをする。セジウィックは、すくなくともこうした感情のいくつかは「人から人へと感染するのがつきもの」であるために「新しい表現法」になるといっているが、まさにそのとおりだ。たとえば、恥ずかしさは「まず感じるものであり（中略）その後もずっとつきまとってアイデンティティの土台となりうる」もので、どれほど拒んでも「執拗に湧き起こってくる」感情といえる。[32]

クィア理論の研究において、これまで幾度となくわたしたちの行く手を遮ってきたのは、頑として揺らぐことのない偏執、すなわち「恐怖や不安や苦悩だけをかきたてる否定的な感情[33]」の存在だ。これらの感情は人に感染し、複製され、増幅し、決して消えないために、繰り返し心を蝕み、やがて「自己破壊[34]」に至るといっても過言ではない。偏執的読解と補完的読解の「二重構造」について、アン・クビーショービックは「セジウィックは、イデオロギーに支配された型どおりの読みかたによって文化批評の題材となるテクストを進歩的で受け身なものとして羅列するよりも、固有の特徴を重視した多様性に富む読みかたを好み、これを補完的読解と呼んだ。補完的読解は、テクストに対する興味や、テクストを読むことで得られる喜びから出発する感情に基づいていて、研究対象であるテクストの手触りや味わいを感じようとする読みかたである[35]」と指摘している。偏執的な読みかたから解放され、「補完的な立場から読める」ようになることで「読者が未知のものに遭遇して恐怖を感じるおそれはないとたかをくっている、訳知り顔で心配性の偏執による決めつけからの脱却」ができるようになるだろう。補完的読解では、読者が現実味を感じ、驚きを経験するように求められる。[36] 補完的読解による批評を促し、研究の推進力となるのは興味だけであり、それは偏執的な立場によってあらかじめ規定された理由からではなく、何か新しいことを知りたい、これまでとはちがう経験をしたいという純粋な欲求から生まれる。セジウィックがそうだったように、本書でも、読書という行為は日常生活と同じで、肯定的な感情にしろ否定的な感情にしろ、どんな感情を抱き、共鳴し、心に残るかによって影響され、決定づけられるものだと考える。どうにかして感情を抜きにして文学作品のテクストを読もうとしたり、文学に触れることなく文学で扱われるセクシュアリティについて論じたりするのは、テクストをきちんと読んでいないのと変わらない。文学批評家のノースロップ・フライが指摘するように「文学批評は単純な、底の浅い活動ではありえない」のだ。[37]

補完的な批評を想定している場合でも、過敏になる批評家はいる。その一例として、ラッセンは以下のように述べている。

対照的に、補完的読解はべつの感情を満たそうとしている。政治的でない、意識をなくさせる、神経質すぎるなどと誤解されることも多いが、その目指すところは、やすらぎと心地よさをもたらす心理的資源を取り戻し、補完的な心理的資源やそれ以上のものを思う存分楽しむ術を知っている人、できる限りたくさんの恩恵を引き出す術を知っている人にその資源を授けることだ。[38]

補完的読解の素質に恵まれたキャロル・メイヴァーも、慎重にことばを選びながら次のように弁解している。

「補完的」ということばは、現在は（意味が歪められて）心理分析の現場で、一部の心理分析家によって異常あるいは病的とみなされる症状（ホモセクシュアルやトランスセクシュアルなど）の治療に使われることもあるが、わたしの考える補完的読解とは、セジウィックにならってテクストがどのように織られているかを読むことであり（セジウィック自身はすでに自分で織る作業をしている）、その結果、心理分析家がゲイだと診断した患者の体を治療するのではなく、そもそもそう診断した心理分析家の体を治療して、「補完的」ということばを彼らの手から奪おうとするものだ。[39]

補完的読解という概念そのものに批評家は偏執し、不安になり、苦悩している。まだ補完的読解を実践するまえから、そのような状況に陥っているのが残念でならない。マヴァーだけでなく、ムニョスも偏執的でないもうひとつの読みかたについて「ユートピア的読解はセジウィックのいう補完的解釈と同列にある」と述べている。[40] どちらの言い分も、補完的読解の実態を確かめもしないうちから、この興味深い読解法について弁解しているのだ。理想主義的、補完的、感情的、同情的、[41] あるいは愛に満ちた読解ともいい換えてもいいが、そうした読みかたに（厳密で、知的で、いかにもプロテスタントらしい倫理によって敬虔とされる数々の手がかりの）不足があるわけではない。むしろ、可能性や「悦びを追求し続ける」[42] 点では優れているといえる。悦びは作品と相容れないものではない。ロラン・バルトもテクストの快楽とは、「決して、、、弁解せず、決して、、、釈明せず」であるといっている。[43]

理想主義的、肯定的、補完的な読解を促す推進力は、喜びの存在を頑なに信じることにほかならない。それは、テクストに内在する絶対的で本質的で生産的な喜び、すなわち人生の悦びへの飽くなき信頼によるものである。エリン・マーフィーとJ・キース・ヴィンセントによれば、補完的読解とは「精読によって得られるささやかな悦びへのさらなる傾倒」であり、文学批評の目的は、すくなくともセジウィックの予想が最高のかたちで実現したとするならば、「どうすれば偏執的読解と補完的読解を融合させせられるか」を知ることである。[44] 補完的読解は全能ではなく、全能ではありえない。アナル読みは完全に補完的ではないが、補完的読解という興味深い方法に触発された読みかたであり、何年にもわたる取り組みによって引き出された感情の反応に注目する解釈である。わたしは、本書の執筆が、愉しく、悦びに満ちていて、快適で、つかみどころがなく、心が休まる（あるいは休まらない）活動であるように心がけた。読者の眼を欺きたいからではなく、そういう感情を抱くことで、もっと知りたい、あらためて学びたいと読者が思ってくれると考えたからだ。そうすればきっと、文学批評においても、日々の読書においても、学校の授業でも、読む対象に「なんらかの感情」[45]を抱けるようになるだろう。

ニシャント・シャハニは著書『クィアのレトロセクシュアリティ——補完的回帰の政治学』(Queer Retrosexualities : The Politics of Repara-tive Return) のなかで、補完的な思考や読解を「先を見越して解釈しようとする偏執的読解からの離脱を可能にする融通のきく循環性」と位置づけている。[46] ことばとことばのあいだを行ったり来たりする読みかたから生まれる「融通のきく循環性」によって分析の方法も変わる。ことばの奥底に潜り込むのではなく、おそらくは（その代わりといってもいいかもしれないが）表面を行き来して、好奇心をあおり、興味をそそり、想像をかきたてる。恋人の手が肌を優しくなでるようにテクストを読む姿を想像してみたらどうだろう？　バルトは「ことばは肌である。自分のことばを相手のことばに擦りつける。指のかわりにことばを使うのだ。ことばの先端に指があるといってもいい[47]」と述べている。補完的読解はなんのかたちもないものであり、ある意味では劣っていて、セジウィックに言わせれば「付け足しや付録[48]」である。アナル読みが全体を支配し、とりわけ男性の肉体や男らしさの構築を制限する記号としての男根を規定しなおすうえでの「付け足しや付録」になればと思っている。

本書では、長きにわたって男らしさがどのように遂行され、どのように失われるかの意味づけにおいて、男根こそが価値あるものと信じて疑わなかった男らしさの理論にも介入してきた。しかし、補完的な条件をあてはめて男らしさを解釈すると、男らしさそのものが偏執につながっているのではないかという疑問につながる。男らしさは、男らしさが欠如している可能性、つまり、自分は十分な男らしさを備えておらず、今後も備えることはないと気づいてしまうことへの偏執と恐怖によって規定される。この点について、本書では、ジェンダー研究家のマイケル・キンメルが男らしさをホモフォビアと捉えて議論を呼んだ論文への回帰を提示し、さらにギィー・オッカンガム、レオ・ベルサーニ、ミシェル・フーコーらの著作と合わせて検討した。男らしさを研究するには、男性や男らしさを批判する分野にプロフェミニスト〔フェミニズムを支援する男性〕の規範を持ち込み、依拠する必要がある。つまり、男らしさの研究は女性研究への反発ではなく、男らしさの複雑さの追求から知見を得て、そこから学び、その知見に基づいて論じることなのだ。本書は、クィア理論や感情理論の枠組みを用いて、生きた概念として、また研究対象として、変わりつつある男らしさの意味を理解する試みとして、アナル読みを提唱した。アヌスから読むこと、つまり、男根を根拠とせず、中心に据えない場合に男らしさがどう規定されるのかを問いかけ、男らしさの限界を模索できていたなら幸いである。

謝辞

本書を執筆することになったのは、わたしの論文を読み、出版を勧めてくれた査読者の方々のお陰である。論文を本にまとめるように激励してくれたデヴィッド・ウィリアム・フォスターに感謝する。彼の数々の助言や問いかけやコメントや挑発がなければ、本書が世に出ることはなかっただろう。

原稿を読んでコメントし、一緒に考え、参考文献を集め、なにより激励し続けてくれたブランドン大学の同僚たち——エミリー・ホランド、コニー・メイスン、アリソン・マカロック、ダグ・ラムジー、セリーナ・ペトレラ、デヴィッド・ウィンター、エマ・ヴァーリー——のおかげで最高の環境に恵まれたことに感謝する。また、ともすると奇妙なわたしの研究を支えてくれている研究拠点のブランドン大学、とりわけ研究に必要な図書や論文の取り寄せに尽力してくれた図書館相互貸出センターの故キャロル・スティールをはじめブランドン大学図書館の全スタッフに謝意を表する。情報源を調査し、確認してくれた研究助手のモルガナ・マリヨンにも感謝している。

学外にあっては、ジョー・ヴァン・エブリィが運営する執筆者支援サイト〈ミーティング・ウィズ・ユア・ライティング〉の仲間たちに感謝したい。それから、詩を英訳してくれたジーニー・ピタスをはじめ、ブレンドン・ワーク、フランク・カリオリス、アントニオ・ヴィセッリ、ジェシー・カールソン、リッキー・ヴァーギース、クリスティナ・サントス、レイチェル・ステイプルトン、ルーカス・ヴォジンスキーの各氏のほか、原稿の各部を読んでコメントを寄せてくれた大勢の方々、また親身に、注意深く、興味を持って原稿を読んでくれた匿名の査読者の方々にも感謝している。

さまざまな研究会の場で本書の各章の草稿にあたる発表に意見を寄せてくれた聴衆、最終稿をまとめる段階で招待講演の機会を与えてくれたプリンストン大学英語科、ブランドン大学人文科学講演会の主催者デレク・ブラウンとアリソン・マカロック、カナダ比較文学学会、カナダのスペイン・ポルトガル研究会、セクシュアリティ研究学会、レッドリヴァー女性研究会議、米国男性研究学会など、お世話になった方々に感謝を申し上げる。

本書執筆の契機となった論文は〈チャスキー　ラテンアメリカ文学〉誌（*Chasqui : Revista de literatura latinoamericana* 43 : 2（2014））で発表したものだが、許可を得て改訂し「第六章　デルミラ・アグスティーニ「侵入者」を解錠する」として本書にも収録した。第五章に絵画を掲載することを許諾してくれた画家のケイト・モンクマン、詩を英訳してくれたジーニー・ピタスにも謝意を表する。

なによりレジャイナ大学出版会の支援がなければ本書は完成しなかった。最初のメールに関心を示し、暖かく受け入れてくれた出版責任者のブルース・ウォルシュ、執筆期間中にさまざまな質問に答え助言やアイディアを授けてくれた編集者のカレン・クラーク、原稿を一語一句見逃すことなく丹念に読み、より適切な表現を提案してくれた校正者のダラス・ハリソンに感謝する。

なかなか執筆がはかどらないときも激励し、支えてくれた家族にもお礼を言う。本書の執筆に不安を抱えるわたしにできるかぎりの安らぎをくれたディアナに最大の感謝と愛を送る。

この研究の一部はカナダ・リサーチ・チェア・プログラムの助成により実施した。ここに記して同プログラムを支援してくれているカナダ政府と納税者各位にも謝意を表する。また、ブランドン大学研究委員会からも資金援助を受けたことを併せて記しておく。

訳者あとがき

お尻の穴は老若男女、貴賤を問わず誰もがひとつずつ平等に持っている。誰にとっても身近で、なくてはならないものなのに、排泄のための器官であり、身体の後ろ側かつ下のほうにあることが社会の序列や階層の底辺を連想させるせいもあって、口にするのも憚《はばか》られ、忌み嫌われる存在になっている。一方で、お尻に性的な魅力を感じる人は多く、興味や好奇心をくすぐる存在でもある。本書はそんな不遇の宿命を負ったお尻の穴をテーマに掲げた、新進気鋭の研究者による意欲作である。

異性愛を規範とする社会――ペニスを持つ男性とヴァギナを持つ女性が交わることが〝ノーマル〟とみなされる社会――にあって、挿入する側が攻め手、挿入される側が受け手という暗黙の了解には家父長制の支配構造が投影されている。ペニスを挿入する男性が支配者、ヴァギナでペニスを受け入れる女性が被支配者という構造だ。そこから、ペニスを挿入する行為そのものが男であることの証となり、支配的で強い男性像を理想とする男らしさが定義される。

この家父長制、男根中心主義の社会では、アナルセックスは男性同士の性交渉の代名詞とみなされる。そこには当然、ペニスを挿入する側と挿入される側という二項対立的な役割があり、お尻の穴はヴァギナの代用品になる。ヴァギナの代わりにお尻の穴を差しだすのは、男であることを放棄して女に成りさがることであり、社会での立場を失うことになる。ペニスを挿入する男らしい支配者を頂点に戴《いただ》く社会は、女であることを嫌うミソジニーの社会であり、男が女の役割をする男同士の同性愛を嫌うホモフォビアの社会でもある。

　本書は、男性同士のアナルセックスを描いた文学作品や映画や絵画などを取りあげ、これまでとはまったく違う解釈をしてみせることで、この男根中心主義、ホモフォビアに支配された社会規範に真っ向から挑み、パラダイム・シフトを仕掛ける。その立役者に抜擢されたのが、男も女も平等に持っているお尻の穴である。お尻の穴から読む《アナル・アナリシス》と、挿入する側が攻め手であり、男らしい男という単純な図式が当てはまらない（あるいはその図式以外の読みかたもできる）ケースも多々あることがわかる。たとえば、第三章で紹介する『男子寮生とタチの恋人』のブラッドや第七章で分析する《エルリンダ夫人と息子》のロドルフォは、どう見ても〝攻め〟タイプのマッチョで男らしい男だが、同性の恋人とのセックスでは〝受け〟であり、男らしいほうが攻め役という従来の大前提がひっくり返される。第八章ではゴア・ヴィダルの『マイラ』から、性転換して女になったマイラが逞しい青年を犯すレイプシーンを取りあげ、さらに、第五章では植民地の光景を描いた絵画の分析によって人種問題にも切り込んで、ペニスを挿入する男が支配者という図式をことごとく壊していく。だからといって男性としてのアイデンティティが失われるわけではなく、お尻の穴をとおしてみずからの性的指向、セクシュアリティを自覚し、新たにアイデンティティを構築するのだと著者は主張する。

本書のもうひとつの挑戦は、これまで文学の世界でほとんど論じられてこなかったロマンス小説、それも男性同士の性愛を描いたＢＬ小説を題材にクィア批評を展開していることだ。ロマンス小説は研究者が好む〝高尚な〟文学とちがって、大衆小説のなかでも底辺に位置するとみなされてきた。著者はあえてそうした作品を研究の俎上に乗せて、ＢＬ小説も分析に値する立派な文学作品であると証明してみせた。文学批評の対象から除外されてきた作品を、これまでとはちがうアナル読みという切り口で読み解く。その実践をとおして、「どんな作品もどんな読みかたもあり」という著者の根本的な姿勢が伝わってくる。

本書は大きく分けると理論編と実践編から構成されている。序章、第一章、第二章では、著者がアナル・アナリシス、つまりアナル読みに至る理論的な根拠を解説している。第三章から第八章ではアメリカ、カナダ、ラテンアメリカの作品を具体的にアナル読みする。ただ、著者も序章で述べているように、どの章も独立した小論としても読めるので、具体的な作品分析から読みたいかたは第三章から読んでいただいても差し支えない。なお、補章はアナル読みのバックグラウンドである補完的読解という手法についての解説である。予備知識として事前に読むか、あとから読んで理解を深めるか、お好みに応じて選んでいただければ幸いである。

なお、本書は数多くの文献を引用していて、巻末に膨大な注釈が付されている。そのうち、日本語訳があるものについては、その情報を記したが、すべてを把握しきれていない可能性がある点をお断りしておく。本文では文学作品や頻出する著作、著者を中心に、日本語版が入手可能で、かつ該当箇所を特定できた部分について既刊の日本語訳から引用した場合と、訳者が本書の範囲において独自に訳出した場合があることをご了承いただきたい。第三章以降の分析対象の作品には、日本語版がないものもあるが、実際に作品を読みたい（観たい）という読者もいると思うので簡単にまとめておく。

第三章『男子寮生とタチの恋人』（原題 Flatboy and Toppy）——英語のみ。
第四章『ブロークバック・マウンテン』——集英社文庫から邦訳が刊行されている（二〇〇六年刊）。映画は日本でも公開されており、ＤＶＤ、ストリーミングサーヴィスなどで現在も視聴できる。

第五章『ろくでなしの歌』（原題 Song of the Loon）――英語のみ。ケイト・モンクマンの絵画〈クリー族の長Ⅰ〉と〈これはパイプではない〉は本書に引用されているほか、インターネットで検索すればカラーで観ることができる。

第六章「侵入者」――スペイン語のみ。

第七章《エルリンダ夫人と息子》――日本未公開。アメリカ版のＤＶＤ（スペイン語、英語字幕）があるが、日本では販売されていない。また、アクーニャの詩「夜」もスペイン語のみ。

第八章『マイラ』――一九六九年に早川書房から邦訳が刊行されているが、現在は絶版。映画は日本でも公開されていて、日本語字幕のＤＶＤは現在も入手可能。


末筆ながら、訳稿の完成を辛抱強く待ち、ここぞというところに的確なアドヴァイスをくださった太田出版の落合美砂さんにこの場をお借りして心より御礼申し上げます。

二〇一七年末　北綾子

Notes

＊[ ]は邦訳書。邦訳のある文献から引用した場合については、邦訳書の該当ページ数を記した。

序章

1 Christina Garibaldi, "Jennifer Lopez on the Year of the Booty: 'It's about Time,'" *MTV News*, October 1, 2014, http://www.mtv.com/news/1949743/jennifer-lopez-year-of-booty/.

2 Drishya Nair, "Pippa Middleton Catches Attention of Plastic Surgery Lovers," *International Business Times*, July 30, 2011, http://www.ibtimes.com/pippa-middleton-catches-attention-plastic-surgery-lovers-photos-820119.

3 "The Parking Spot Escalation," episode 9, season 6, of *The Big Bang Theory*. [《ビッグバン★セオリー》シーズン6〈9. 駐車場をめぐる全面戦争の法則〉]

4 Jack Morin, *Anal Pleasure and Health: A Guide for Men, Women, and Couples* (San Francisco: Down There Press, 2010), 11. [ジャック・モーリン『アナル全書——健康と快楽の知識』後藤将之訳, 作品社(2004)]

5 クリントン政権時の1994年に実施された「問うべからず、語るべからず」政策によりLGBTの国民も軍への入隊が可能になったが、軍側が入隊者の性的指向を訊ねてはならず、当人も自分の指向について話してはいけないという原則に則っていたため、LGBTの人が自身の性的指向を「公言」しつつ入隊することは不可能だった。この政策はオバマ政権によって、2010年に撤廃された。

6 Morin, *Anal Pleasure and Health*, 11. [前掲書『アナル全書』]

7 Ibid.

8 Ibid., 12–13.

9 Jeffrey R. Guss, "Men, Anal Sex, and Desire: Who Wants What?," *Psychoanalysis, Culture, and Society* 12 (2007): 39.

10 Jonathan Branfman and Susan Ekberg Stiritz, "Teaching Men's Anal Pleasure: Challenging Gender Norms with 'Prostage' Education," *American Journal of Sexuality Education* 7, 4 (2012): 405.

11 Adam Phillips, *On Flirtation: Psychoanalytic Essays on the Uncommitted Life* (Cambridge, MA: Harvard University Press, 1994), 41.

12 Dan Savage, "Savage Love: No Homo," October 1, 2009, http://www.thestranger.com/seattle/SavageLove?oid = 2358429.

13 Sergio Merino-Salas, Miguel Angel Arrabal-Polo, and Miguel Arrabal-Martin, "Vaginal Vibrator in the Rectum of a Young Man," *Archive of Sexual Behaviour* 38 (2009): 457.

14 Donald Meltzer, "The Relation of Anal Masturbation to Projective Identificaion," *International Journal of Psychoanalysis* 47 (1966): 335. [ドナルド・メルツァー「肛門マスターベーションの投影同一化との関係」E・B・スピリウス編『メラニー・クライン トゥデイ①』松木邦裕監訳, 岩崎学術出版社(1993)]

15 Bruce Fink, *A Clinical Introduction to Lacanian Psychological Theory and Technique* (Cambridge, MA: Harvard University Press, 1997), 122. [ブルース・フィンク『ラカン派精神分析入門——理論と技法』中西之信ほか訳, 誠信書房(2008)]

16 Branfman and Stiritz, "Teaching Men's Anal Pleasure," 417.

17 Ibid., 415.

18 Valerie Rohy, "In the Queer Archive: Fun Home," *GLQ: A Journal of Lesbian and Gay Studies* 16, 3 (2010): 343.

19 Ann Cvetkovich, *An Archive of Feelings: Trauma, Sexuality, and Lesbian Public Cultures* (Durham: Duke University Press, 2003), 254.

第1章

1 Annie Potts, "'The Essence of the Hard On': Hegemonic Masculinity and the Cultural Construction of 'Erectile Dysfunction,'" *Men and Masculinities* 3 (2000): 85.

2 David M. Friedman, *A Mind of Its Own: A Cultural History of the Penis* (New York: Penguin Books, 2001), 6. [デビッド・フリードマン『ペニスの歴史——男の神話の物語』井上廣美訳, 原書房(2004)]

3 Mels van Driel, *Manhood: The Rise and Fall of the Penis* (London: Reaktion Books, 2009), 272.

4 Micha Ramakers, *Dirty Pictures: Tom of Finland, Masculinity, and Homosexuality* (New York: St. Martin's Press, 2000), 100.

5 Ilan Stavans, "The Latin Phallus," in *Muy Macho: Latino Men Confront Their Manhood*, ed. Ray González (New York: Random House, 1996), 145.

6 Sandra M. Gilbert and Susan Gubar, *The Madwoman in the Attic: The Woman Writer and the Nineteenth-Century Literary Imagination* (New Haven: Yale University Press, 2000), 3–4. [サンドラ・ギルバート、スーザン・グーバー『屋根裏の狂女——ブロンテと

共に』山田晴子ほか訳, 朝日出版社(1986)]

7 Sandra M. Gilbert and Susan Gubar, *No Man's Land: The Place of the Woman Writer in the Twentieth Century* (New Haven: Yale University Press, 1988), 3.

8 Elaine Showalter, "Feminist Criticism in the Wilderness," in *The New Feminist Criticism: Essays on Women, Literature, and Theory*, ed. Elaine Showalter (New York: Pantheon, 1985), 250. [エレイン・ショウォールター「荒野のフェミニズム批評」, エレイン・ショウォールター編『新フェミニズム批評——女性・文学・理論』青山誠子訳, 岩波書店(1999)]

9 Judith Butler, *Gender Trouble: Feminism and the Subversion of Identity* (New York: Routledge, 2000), 6. [ジュディス・バトラー『ジェンダー・トラブル——フェミニズムとアイデンティティの攪乱』竹村和子訳, 青土社(1999)]

10 Ann Rosalind Jones, "Writing the Body: Toward an Understanding of l'Écriture féminine," in *The New Feminist Criticism: Essays on Women, Literature, and Theory*, ed. Elaine Showalter (New York: Pantheon, 1985), 365. [アン・ロザリンド・ジョウンズ「肉体を書く エクリチュール・フェミニンの理解に向けて」, エレイン・ショウォールター編『新フェミニズム批評——女性・文学・理論』青山誠子訳, 岩波書店(1999)]

11 Ibid., 364.

12 Hayden White, *Tropics of Discourse: Essays in Cultural Criticism* (Baltimore: Johns Hopkins University Press, 1978), 254.

13 Jeffrey R. Guss, "Men, Anal Sex, and Desire: Who Wants What?," *Psychoanalysis, Culture, and Society* 12 (2007): 39.

14 Leo Bersani, *Homos* (Cambridge, MA: Harvard University Press, 1995), 5. [レオ・ベルサーニ『ホモセクシュアルとは』船倉正憲訳, 法政大学出版局(1996), 6]

15 Eve Kosofsky Sedgwick, *Epistemology of the Closet* (Berkeley: University of California Press, 1990), 25. [イヴ・コゾフスキー・セジウィック『クローゼットの認識論——セクシュアリティの20世紀』外岡尚美訳, 青土社(1999), 38]

16 Eric Anderson, "Adolescent Masculinity in an Age of Decreased Homohysteria," *Thymos: Journal of Boyhood Studies* 7, 1 (2013): 79.

17 R. W. Connell, *Masculinities*, 2nd ed. (Berkeley: University of California Press, 2005), 77–78.

18 Eric Anderson, *Inclusive Masculinity: The Changing Nature of Masculinities* (New York:

Routledge, 2009).

19 Anderson, "Adolescent Masculinity," 82.

20 Ibid., 83, 85.

21 Ibid., 82.

22 David William Foster, "Of Gay Caballeros and Other Noble Heroes," *Bilingual Review* 29, 2–3 (2008): 26.

23 Fink, *A Clinical Introduction to Lacanian Psychological Theory and Technique*, 122. [前掲書『ラカン派精神分析入門』]

24 Mark McCormack, *The Declining Significance of Homophobia: How Teenage Boys Are Redefining Masculinity and Heterosexuality* (Oxford: Oxford University Press, 2012), 44.

25 Guy Hocquenghem, *Homosexual Desire*, trans. Daniella Dangoor (Durham: Duke University Press, 1993), 100. [ギィー・オッカンガム『ホモセクシュアルな欲望』関修訳, 学陽書房(1993), 93]

26 Jeffrey Weeks, introduction to *Homosexual Desire*, by Guy Hocquenghem(Durham: Duke University Press, 1993), 38. [前掲書『ホモセクシュアルな欲望』ジェフリー・リークスの序文]

27 Leonard Shengold, *Halo in the Sky: Observations on Anality and Defense* (New Haven: Yale University Press, 1988), 3.

28 Hilda C. Abraham and Ernst L. Freud, eds., *A Psycho-Analytic Dialogue: The Letters of Sigmund Freud and Karl Abraham, 1907–1926*, trans. Bernard Marsh and Hilda C. Abraham (New York: Basic Books, 1965), 27.

29 Peter Gay, *Freud: A Life for Our Time* (New York: W. W. Norton and Company, 1988), 336. [ピーター・ゲイ『フロイト1』『フロイト2』鈴木晶訳, みすず書房(1は1997、2は2004)]

30 Ibid.

31 Sigmund Freud, *The Standard Edition of the Complete Psychological Works of Sigmund Freud*, ed. and trans. James Strachey (London: Hogarth Press, 1953–74), 9: 169. [フロイト「性格と肛門性愛」『フロイト全集9』道籏泰三ほか訳, 岩波書店(2007), 279]

32 Eve Kosofsky Sedgwick, *Touching Feeling: Affect, Pedagogy, Performativity* (Durham: Duke University Press, 2003), 123.

33 Freud, *The Standard Edition*, 9: 170. [前掲書「性格と肛門性愛」『フロイト全集9』, 280]

34 Ibid.

35 Ibid.

36 Sedgwick, *Touching Feeling*, 130.

37 Freud, *The Standard Edition*, 7: 186. [フロイト「性理論のための3篇」『フロイト全集6』渡邉俊之ほか訳, 岩波書店(2009), 239]

38 Lee Edelman, *No Future: Queer Theory and the Death Drive* (Durham: Duke University Press, 2004), 75.

39 Adam Phillips, *The Beast in the Nursery: On Curiosity and Other Appetites* (New York: Vintage Books, 1998).

40 Freud, *The Standard Edition*, 9: 171n2. [前掲書「性格と肛門性愛」『フロイト全集9』, 282]

41 Ibid., 9: 169. [279–280]

42 Foster, "Gay Caballeros."

43 Owen Berkeley-Hill, " The Psychology of the Anus," *Indian Medical Gazette* 48 (1913): 302.

44 A. A. Brill, "Anal Eroticism and Character," *Journal of Abnormal Psychology* 7, 3 (1912): 199.

45 Ernest Jones, "Anal-Erotic Character Traits," in *Papers on Psycho-Analysis* (London: Maresfeld Reprints, 1977), 413.

46 Ibid.

47 Freud, *The Standard Edition*, 9: 169. [前掲書「性格と肛門性愛」『フロイト全集9』, 279]

48 Jones, "Anal-Erotic Character Traits," 418.

49 Adam Phillips, *On Balance* (New York: Farrar, Straus and Giroux, 2010), 1.

50 Ibid., 4.

51 Ibid., 5.

52 Jones, "Anal-Erotic Character Traits," 423.

53 Ibid., 427.

54 Michel Foucault, *History of Sexuality*, trans. Robert Hurley, 3 vols. (New York: Vintage Books, 1978–86), 3: 29. [ミシェル・フーコー『性の歴史III　自己への配慮』田村俶訳, 新潮社(1987), 40]

55 Ibid., 2: 46. [ミシェル・フーコー『性の歴史II　快楽の活用』田村俶訳, 新潮社

(1986), 60]

56 Leo Bersani, *Is the Rectum a Grave? And Other Essays* (Chicago: University of Chicago Press, 2010), 19.

57 Kathryn Bond Stockton, *Beautiful Bottom, Beautiful Shame: Where "Black" Meets "Queer"* (Durham: Duke University Press, 2006), 2.

58 Ibid., 5.

59 ibid., 7.

60 Hocquenghem, *Homosexual Desire*, 95. [前掲書『ホモセクシュアルな欲望』, 83]

61 Ibid. [82]

62 Ibid. [83]

63 Ibid., 96., [83–84]

64 Ibid., 100., [89–90]

65 Judith Halberstam, *The Queer Art of Failure* (Durham: Duke University Press, 2011), 150.

66 Tim Dean, *Unlimited Intimacy: Reflections on the Subculture of Barebacking* (Chicago: University of Chicago Press, 2009), xi.

67 Michael Warner, *The Trouble with Normal: Sex, Politics, and the Ethics of Queer Life* (Cambridge, MA: Harvard University Press, 1999), 214.

68 Stockton, *Beautiful Bottom, Beautiful Shame*, 68.

69 Dean, *Unlimited Intimacy*, 40–41.

70 Trevor Hoppe, "Loaded Meaning," *Journal of Sex Research* 48, 5 (2011): 506–508; and Octavio R. Gonzalez, review of *Unlimited Intimacy: Reflections on the Subculture of Barebacking*, by Tim Dean, *Cultural Critique* 81 (2012): 125–132.

71 Halberstam, *The Queer Art of Failure*, 150.

72 David M. Halperin, *What Do Gay Men Want? An Essay on Sex, Risk, and Subjectivity* (Ann Arbor: University of Michigan Press, 2007), 23.

73 Tim Dean, "Bareback Time," in *Queer Times, Queer Becomings*, ed. E. L. McCallum and Mikko Tuhkanen (Albany: SUNY Press, 2011), 77.

74 Ibid., 77–78.

75 Dean, *Unlimited Intimacy*, 50–51.

76 Lisa Duggan, *The Twilight of Equality? Neoliberalism, Cultural Politics, and the Attack on Democracy* (Boston: Beacon Press, 2003), 50.

77 Bersani, *Is the Rectum a Grave?*, 10.

78 Dean, *Unlimited Intimacy*, 51.

79 Stephen M. Whitehead, *Men and Masculinities* (London: Polity, 2002), 93.

80 Joon Oluchi Lee, " The Joy of the Castrated Boy," *Social Text* 23, 3–4 (2005): 35–56.

81 David M. Halperin, *How to Be Gay* (Cambridge, MA: Harvard University Press, 2012).

82 Eve Kosofsky Sedgwick, "How to Bring Your Kids Up Gay: The War on Effeminate Boys," in *Tendencies* (Durham: Duke University Press, 1993), 154–164.

83 Carol Mavor, *Reading Boyishly: Roland Barthes, J. M. Barrie, Jacques Henri Lartigue, Marcel Proust, and D. W. Winnicott* (Durham: Duke University Press, 2007).

84 Dean, *Unlimited Intimacy*, 66.

85 Ibid., 51.

86 Ibid., 52.

87 Ibid., 55.

88 Ibid., 56.

89 Jack Halberstam, "Queer Betrayals," in *Queer Futures: Reconsidering Ethics, Activism, and the Political*, ed. Elahe Haschemi Yekani, Eveline Kilian, and Beatrice Michaelis (Burlington: Ashgate, 2013), 184.

90 Richard Fung, "Looking for My Penis: The Eroticized Asian in Gay Video Porn," in *Men's Lives*, 6th ed., ed. Michael Kimmel and Michael A. Messner (Boston: Pearson, 2004), 546.

91 Nguyen Tan Hoang, *A View from the Bottom: Asian American Masculinity and Sexual Representation* (Durham: Duke University Press, 2014), 3–4.

92 Ibid., 6.

93 Hocquenghem, *Homosexual Desire*, 103. [前掲書『ホモセクシュアルな欲望』, 94]

94 Tan Hoang, *A View from the Bottom*, 7.

95 Gabriel García Márquez, *Autumn of the Patriarch*, trans. Gregory Rabassa (New York: Harper Perennial, 1999), 159. [ガブリエル・ガルシア=マルケス『族長の秋』鼓直訳, 集英社(1983), 142]

第2章

1 Hanne Blank, *Virgin: The Untouched History* (New York: Bloomsbury, 2007); Anke

Bernau, *Virgins: A Cultural History* (London: Granta Books, 2007). ［ハンナ・ブランク『ヴァージン　処女の文化史』堤理華ほか訳, 作品社(2011), アンケ・ベルナウ『処女の文化史』夏目幸子訳, 新潮社(2008)］

2　Jonathan A. Allan, Cristina Santos, and Adriana Spahr eds., *Virgin Envy: Beyond the Hymen*, University of Regina Press(2016)は、これまで明らかに研究の対象からはずれていたクィアと男性のヴァージニティに関する論文集であり、「一般的な」異性愛規範の枠を越えてヴァージニティについて深く考察している。

3　Michael Amico, "Gay Youths as 'Whorified Virgins,'" *Gay and Lesbian Review* 12, 4 (2005): 34.

4　Steven G. Underwood, *Gay Men and Anal Eroticism: Tops, Bottoms, and Versatiles* (Binghamton: Harrington Park Press, 2003), 47.

5　Ibid., 145.

6　Ibid., 197.

7　Michael Hattersley, "Men in Exciting Positions," review of *Gay Men and Anal Eroticism: Tops, Bottoms, and Versatiles*, by Steven G. Underwood, *Gay and Lesbian Review* 10, 4 (2003): 44.

8　Kate Monro, *The First Time: True Tales of Virginity Lost and Found (Including My Own)* (London: Icon Books, 2011)も多様な見解と経験に基づくヴァージニティ喪失の体験談をまとめたものである。また、動画サイト(http://www.virginitymovie.com/) *How to Lose Your Virginity*でもヴァージニティの喪失について本人が語る体験談を観ることができる。異性愛の体験談をもとにした社会科学の研究としてはJodi McAlister, "True Tales of the First Time: Sexual Storytelling in the Virginity Loss Confessional Genre", *Sexualities* 20. 1–2(2017): 105–120. を参照。

9　Mario J. Valdés, *World-Making: The Literary Truth-Claim and the Interpretation of Texts* (Toronto: University of Toronto Press, 1992), 3.

10　Melina M. Bersamin et al., "Defining Virginity and Abstinence: Adolescents' Interpretations of Sexual Behaviors," *Journal of Adolescent Health* 41 (2007): 182–188; Laura M. Carpenter, *Virginity Lost: An Intimate Portrait of First Sexual Experiences* (New York: New York University Press, 2005); Hayley DiMarco, *Technical Virgin: How Far Is Too Far?* (Grand Rapids: Revell, Baker Publishing Group, 2006); Stephanie R. Medley-Rath, "'Am I Still a Virgin?' What Counts as Sex in 20 Years of *Seventeen*," *Sexuality and Culture* 11, 2 (2007): 24–38; Jamie Mullaney, "Like a Virgin: Temptation, Resistance,

and the Construction of Identities Based on 'Not Doings,'" *Qualitative Sociology* 24, 1 (2001): 3–24; Mark Regnerus and Jeremy Uecker, *Premarital Sex in America: How Young Americans Meet, Mate, and Think about Marrying* (Oxford: Oxford University Press, 2011); Jeremy E. Uecker, Nicole Angotti, and Mark D. Regnerus, "Going Most of the Way: 'Technical Virginity' among American Adolescents," *Social Science Review* 37 (2008): 1200–1215; Jessica Valenti, *The Purity Myth: How America's Obsession with Virginity Is Hurting Young Women* (Berkeley: Seal Press, 2010).

11 Marie C. Stopes, " The Technique of Contraception: The Principles and Practices of Anti-Conceptional Methods," *Eugenics Review* 21, 2 (1929): 136–138.

12 Edward Sagarin, "Typologies of Sexual Behavior," *Journal of Sex Research* 7, 4 (1971): 282–288.

13 Ulrich Clement, "Surveys of Heterosexual Behaviour," *Annual Review of Sex Research* 1, 1 (1990): 45–74.

14 Carol A. Darling and J. Kenneth Davidson, " The Relationship of Sexual Satisfaction to Coital Involvement: The Concept of Technical Virginity Revisited," *Deviant Behavior* 8, 1 (1987): 27–46. 聖書の研究でも1967年には"テクニカル・ヴァージン"という用語が使われている。George Allan and Merle Allshouse, "Current Issues in Process Theology: Some Reflections," *Christian Scholar* 50, 3 (1967): 167–176を参照。現在ではテクニカル・ヴァージンということばは世俗文化でも宗教の文脈でも使われている。ヴァージニティ、純潔、貞節、テクニカル・ヴァージニティ(とくに純潔であることを主張する内容)についての福音書は非常に多く、ここには記しきれないが、それらの文献は男性と女性の両方に向けて書かれている。

15 David G. Berger and Morton G. Wenger, " The Ideology of Virginity," *Journal of Marriage and Family* 35, 4 (1973): 668.

16 Jonathan A. Allan, " Theorising Male Virginity in Popular Romance," *Journal of Popular Romance Studies* 2, 1 (2011): n. pag., http//jprstudies.org/2011/10/theorising-male-virginity/.

17 Sandra L. Caron and Sarah P. Hinman, "'I Took His V-Card': An Exploratory Analysis of College Student Stories Involving Male Virginity Loss," *Sexuality and Culture* 17, 4 (2012): 538.

18 Irving B. Tebor, "Male Virgins: Conflicts and Group Support in American Culture," *Family Life Coordinator* 9, 3–4 (1961): 42.

19 Laura M. Carpenter, "Virginity Loss in Reel/Real Life: Using Popular Movies to Navigate Sexual Initiation," *Sociological Forum* 24, 2 (2009): 821.

20 Ibid., 805.

21 この原則には例外があり、過去の著作で以下のように論じている。「ロマンス小説におけるヴァージニティはそれほど単純ではない。とくに（中略）主人公の男性が童貞である場合はなおさら単純ではありえない」「ロマンス小説は明らかに家父長制の規範を強調するという理由によって学問の世界から批判され、見捨てられてきた。しかし、男性のヴァージニティに注目してロマンス小説を読むと、作家が家父長制の規範を憂慮し、ジェンダーの問題についても、ロマンス小説というジャンルについても新境地を開拓しようとしていることもある。"女性作家によって女性読者に向けて"書かれる男性同士のロマンス小説は、男性のヴァージニティをもっとも真摯かつ完璧に取り扱っている」（いずれも拙著"Theorising Male Virginity"より）。

22 Sedgwick, *Epistemology of the Closet*, 3. ［前掲書『クローゼットの認識論』, 12］

23 Ibid. ［12］

24 Ibid. ［12］

25 Ibid., 4. ［13］

26 Eve Kosofsky Sedgwick, *Tendencies* (Durham: Duke University Press, 1993).

27 Underwood, *Gay Men and Anal Eroticism*, 5.

28 Leo Bersani, *Is the Rectum a Grave? And Other Essays* (Chicago: University of Chicago Press, 2010), 19.

29 Underwood, *Gay Men and Anal Eroticism*, 9.

30 Sarah S. G. Frantz, "'How We Love Is Our Soul': Joey W. Hill's BDSM Romance Holding the Cards," in *New Approaches to Popular Romance Fiction*, ed. Sarah S. G. Frantz and Eric Murphy Selinger (Jefferson: McFarland Press, 2012), 48. BDSMに関する最近の研究については以下を参照のこと。Elizabeth Freeman, *Time Binds: Queer Temporalities, Queer Histories* (Durham: Duke University Press, 2010); Niklas Nordling et al., "Differences and Similarities between Gay and Straight Individuals Involved in Sadomasochistic Subculture," *Journal of Homosexuality* 50, 2–3 (2006): 41–57; and Margot Weiss, *Techniques of Pleasure: BDSM and the Circuits of Sexuality* (Durham: Duke University Press, 2011).

31 Sedgwick, *Epistemology of the Closet*, 67–68. ［前掲書『クローゼットの認識論』, 97–98］

32 McAlister, "True Tales of the First Time"

33 Ibid.

34 Björn Krondorfer, *Male Confessions: Intimate Revelations and the Religious Imagination* (Stanford: Stanford University Press, 2010), 4.

35 Ibid., 15.

36 Sedgwick, *Epistemology of the Closet*, 79.［前掲書『クローゼットの認識論』, 112］

37 Underwood, *Gay Men and Anal Eroticism*, 3.

38 Eve Kosofsky Sedgwick, "Anality: News from the Front," in *The Weather in Proust*, ed. Jonathan Goldberg (Durham: Duke University Press, 2011), 172.

39 Susan Kippax and Gary Smith, "Anal Intercourse and Power in Sex between Men," *Sexualities* 4, 4 (2001): 413–434; Jeffrey R. Guss, "The Danger of Desire: Anal Sex and the Homo/Masculine Subject," *Studies in Gender and Sexuality* 11, 3 (2010): 124–140; Sedgwick, "Anality."

40 たとえば、挿入がかなり規制されているヒスパニック系、ラテン系、メキシコ系のコミュニティではアヌスのセクシュアリティと性的指向が複雑に絡み合っていることが考えられる（第七章を参照）。また、以下の文献も参照。Tomás Almaguer, "Chicano Men: A Cartography of Homosexual Identity and Behavior," in *The Lesbian and Gay Studies Reader*, ed. Henry Abelove, Michèle Aina Barale, and David M. Halperin (New York: Routledge, 1993), 255–273; Peter M. Beattie, "Measures of Manhood: Honor, Enlisted Army Service, and Slavery's Decline in Brazil, 1850–90," in *Changing Men and Masculinities in Latin America*, ed. Matthew C. Guttman (Durham: Duke University Press, 2003), 233–255; Alex Carballo-Diéguez et al., "Looking for a Tall, Dark, Macho Man . . . Sexual-Role Behavior Variations in Latino Gay and Bisexual Men," *Culture, Health, and Society* 6, 2 (2004): 159–171; and David William Foster, *Sexual Textualities: Essays on Queerling Latin American Writing* (Austin: University of Texas Press, 1997).

41 Merle Miller, *On Being Different: What It Means to Be a Homosexual* (London: Penguin, 2012), 6.

42 Underwood, *Gay Men and Anal Eroticism*, 21.

43 David M. Halperin, *How to Be Gay* (Cambridge, MA: Harvard University Press, 2012), 456.

44 Underwood, *Gay Men and Anal Eroticism*, 22.

45 Ibid.

46 Ibid., 25.

47 Monro, *The First Time*, 86–87.

48 Underwood, *Gay Men and Anal Eroticism*, 27.

49 Ibid.

50 Ibid., 26.

51 Ibid., 56.

52 Ibid., 57, 60.

53 Ibid., 56.

54 Ibid., 57.

55 Ibid., 60.

56 Ibid., 61.

57 Ibid., 71.

58 Ibid., 81–82.

59 Ibid., 60.

第3章

1 Steven G. Underwood, *Gay Men and Anal Eroticism: Tops, Bottoms, and Versatiles* (Binghamton: Harrington Park Press, 2003).

2 Lisa Fletcher, *Historical Romance Fiction: Heterosexuality and Performativity* (Hampshire: Ashgate, 2008), 73n1.

3 Amanda Firestone, "'I Was with Edward in My Happy Place': The Romance of the *Twilight* Saga as an Aca-Fan," *Monsters and the Monstrous* 2, 2 (2012): 71–72.

4 Ibid.

5 Kate Thomas, "Post Sex: On Being Too Slow, Too Stupid, Too Soon," in *After Sex: On Writing since Queer Theory*, ed. Janet Halley and Andrew Parker (Durham: Duke University Press, 2011), 66.

6 Sarah S. G. Frantz and Eric Murphy Selinger, eds., *New Approaches to Popular Romance Fiction* (Jefferson, nc: McFarland Press, 2012).

7 Thomas, "Post Sex," 67–68.

8 Ibid., 66.

9 Hans-Jürgen Döpp, *In Praise of the Backside* (New York: Parkstone Press, 2011), 88.

10 Hocquenghem, *Homosexual Desire*, 100. [前掲書『ホモセクシュアルな欲望』, 93]

11 Jayne Ann Krentz, "Introduction," in *Dangerous Men and Adventurous Women: Romance Writers on the Appeal of Romance*, ed. Jayne Ann Krentz (Philadelphia: University of Pennsylvania Press, 1992), 1.

12 Pamela Regis, "What Do Critics Owe the Romance?," *Journal of Popular Romance Studies* 2, 1 (2011): n. pag., http://jprstudies.org/2011/10/"what-do-critics-owe-the-romance-keynote-address-at-the-second-annual-conference-of-the-international-association-for-the-study-of-popular-romance"-by-pamela-regis/.

13 Northrop Frye, *Collected Works of Northrop Frye*, gen. ed. Alvin A. Lee, 30 vols. (Toronto: University of Toronto Press, 1996–2012), 27: 260.

14 ただし、フライのこの見解には異論もある。詳しくは以下の文献を参照。A. C. Hamilton, *Northrop Frye: Anatomy of His Criticism* (Toronto: University of Toronto Press, 1990), 21–25. また、近年の議論については以下の文献を参照。Jean O'Grady, "ReValuing Value," in *Northrop Frye: New Directions from Old*, ed. David Rampton (Ottawa: University of Ottawa Press, 2009), 226–246.

15 Elio Iannacci, "What Women Want: Gay Male Romance Novels," *Globe and Mail*, February 11, 2011, http://www.theglobeandmail.com/life/relationships/what-women-want-gay-male-romance-novels/article565992.

16 Mala Bhattarcharjee, "It's Raining Men: Tackling the Torrents of Male/Male Romantic Fiction Flooding the Market," RT *Book Reviews*, September 2012, 22–26.

17 Dan Brown, *Angels and Demons* (New York: Washington Square Press, 2000), 19. [ダン・ブラウン『天使と悪魔』越前敏弥訳, 角川書店(2003), 34]

18 Anne Tenino, *Frat Boy and Toppy* (Hillsborough: Riptide Publishing, 2012), 1: 68. 電子書籍のため引用元の章と行を示す(以下同)。

19 Ibid., 1: 70, 73.

20 Jeffrey R. Guss, "Men, Anal Sex, and Desire: Who Wants What?," *Psychoanalysis, Culture, and Society* 12 (2007): 39.

21 David M. Halperin, *Saint Foucault: Towards a Gay Hagiography* (New York: Oxford University Press, 1995), 88. [デイヴィッド・M・ハルプリン『聖フーコー——ゲイの聖人伝に向けて』村山敏勝訳, 太田出版(1997), 129]

22 Jason Edwards, *Eve Kosofsky Sedgwick* (London: Routledge, 2009), 75.

23 Heidi Cullinan, *Dirty Laundry* (Hillsborough, NJ: Riptide Publishing, 2013).

24 Sarah Wendell and Candy Tan, *Beyond Heaving Bosoms: The Smart Bitches' Guide to Romance Novels* (New York: Simon and Schuster, 2009), 161.

25 Toni Carrington, *Private Sessions* (Don Mills, on: Harlequin, 2010).

26 Morin, *Anal Pleasure and Health*, 30. [前掲書『アナル全書』]

27 Ibid., 29.

28 Ibid., 30.

29 Tenino, *Frat Boy and Toppy*, 27: 1940.

30 Ibid., 2: 187.

31 Ibid., 2: 189.

32 Ibid., 7: 497.

33 Ibid., 7: 559.

34 Ibid., 7: 562.

35 Ibid., 5: 299.

36 Robin Harders, "Borderlands of Desire: Captivity, Romance, and the Revolutionary Power of Love," in *New Approaches to Popular Romance Fiction*, ed. Sarah S. G. Frantz and Eric Murphy Selinger (Jefferson, NC: McFarland, 2012), 133.

37 ロマンス小説における人種問題、とくに「白人であること」についての詳しい研究は以下の文献を参照のこと。Jayashree Kamblé, "White Protestantism: Race and Religious Ethos in Romance Novels," in *Making Meaning in Popular Romance Fiction: An Epistemology* (New York: Palgrave Macmillan, 2014), 131–156.

38 Janice Radway, *Reading the Romance: Women, Patriarchy, and Popular Literature* (Chapel Hill: University of North Carolina Press, 1991), 128.

39 Foucault, *History of Sexuality*, 2: 194. [前掲書『性の歴史 II 』, 248]

40 Tenino, *Frat Boy and Toppy*, 16: 1099.

41 Leo Bersani, *Is the Rectum a Grave? And Other Essays* (Chicago: University of Chicago Press, 2010), 29.

42 Sarah Frantz, review of *Frat Boy and Toppy*, by Anne Tenino, *Dear Author: A Romance Review Blog for Readers by Readers*, March 28, 2012, http://dearauthor.com/book-reviews/overall-b-reviews/b-plus-reviews/review-frat-boy-and-toppy-by-anne-tenino.

43 Tenino, *Frat Boy and Toppy*, 4: 256.

44 Ibid., 4: 257.

45 Ibid., 4: 266.

46 Ibid., 4: 269.

47 Ibid., 4: 272.

48 Ibid., 4: 274.

49 Bersani, *Homos*, 101, 97. ［前掲書『ホモセクシュアルとは』, 107, 103］

50 Tenino, *Frat Boy and Toppy*, 4: 284.

51 Ibid., 27: 1940.

52 Ibid., 4: 292.

53 Ann Snitow, "Mass Market Romance: Pornography for Women Is Different," in *Women and Romance: A Reader*, ed. Susan Ostrov Weisser (New York: New York University Press, 2001), 309.

54 Jodi McAlisterは博士論文でロマンス小説におけるヴァージンのヒロインについて論じている。" The Origins, Historical Evolution, and Representations of the Virgin Heroine in English Literature" (Macquarie University, Australia).

55 Ritch C. Savin-Williams, *The New Gay Teenager* (Cambridge, MA: Harvard University Press, 2005), 137.

56 Tenino, *Frat Boy and Toppy*, 3: 208, 24: 1620.

57 Aaron James, *Assholes: A Theory* (New York: Doubleday, 2012), 11–12.

58 "asshole"(お尻の穴)が「嫌なやつ」という意味と体の一部の両方を指すことについては、さらに掘り下げたい問題である。アーロン・ジェームズは上記の『お尻の穴の理論』(*Assholes: A Theory*)で「お尻の穴には、実際の意味以上に人を不快にするなにかがある。ふだんは冷静な人が急に怒り出したり、鼻をつく悪臭のように人の記憶に残ったりする。肉体の一部を表す名前でありながら、公の場からは隠され、阻害され、なければいいのにと思われるものである」と述べている。この問題については今後さらに考察するつもりでいる。たとえば、研究対象として肉体としてのお尻の穴について追求し、受け入れたとしたら、嫌な人という意味での"asshole"はどう変わるだろうか。同じく"ass"が使われていて不快な人を指していう"lameass"や"dumbass"なども考え合わせると、この問題はいっそう複雑になる(ちなみに、どちらのことばも『男子寮生とタチの恋人』に登場する)。

59 Savin-Williams, *The New Gay Teenager*, 34.

60 David M. Halperin, *How to Be Gay* (Cambridge, MA: Harvard University Press, 2012).

61 Tenino, *Frat Boy and Toppy*, 11: 801.

62 Halperin, *How to Be Gay*, 6–7.

63 Ibid., 8.

64 Tenino, *Frat Boy and Toppy*, 12: 815–817.

65 Morin, *Anal Pleasure and Health*, 21.［前掲書『アナル全書』］

66 Ibid.

67 Tenino, *Frat Boy and Toppy*, 12: 908.

68 Ibid., 12: 909.

69 Foucault, *History of Sexuality*, 2: 199.［前掲書『性の歴史Ⅱ』, 253］

70 Tenino, *Frat Boy and Toppy*, 12: 918.

71 Ibid., 12: 946.

72 Ibid., 14: 1008–1009.

73 Ibid., 14: 1010.

74 Ibid., 22: 1463, 22: 1466.

75 Ibid., 22: 1484.

76 Ibid., 1: 70.

77 Döpp, *In Praise of the Backside*, 88.

78 Tenino, *Frat Boy and Toppy*, 15: 1086.

79 Ibid., 38: 2380.

80 Ibid., 27: 1949.

81 Ibid., 27: 1950.

82 Underwood, *Gay Men and Anal Eroticism*, 5.

83 Ibid., 27.

84 Tenino, *Frat Boy and Toppy*, 11: 801.

第4章

1 Michael Cobb, “God Hates Cowboys (Kind Of),” *GLQ: A Journal of Lesbian and Gay Studies* 13, 1 (2006): 103.

2 David M. Halperin, *How to Be Gay* (Cambridge, MA: Harvard University Press, 2012), 97.

3 Joshua Clover and Christopher Nealon, “Don’t Ask, Don’t Tell,” *Film Quarterly* 60, 3 (2007): 63.

4 Sheila J. Nayar, "A Good Man Is Impossible to Find: *Brokeback Mountain* as Heteronormative Tragedy," *Sexualities* 14, 2 (2011): 237.

5 Richard N. Pitt, "Downlow Mountain? De/Stigmatizing Bisexuality through Pitying and Pejorative Discourses in Media," *Journal of Men's Studies* 14, 2 (2006): 255.

6 D. A. Miller, "On the Universality of *Brokeback*," *Film Quarterly* 60, 3 (2007): 50.

7 Clifton Snider, "Queer Persona and the Gay Gaze in *Brokeback Mountain*: Story and Film," *Psychological Perspectives: A Quarterly Journal of Jungian ought* 51, 1 (2008): 57.

8 Elaine Showalter, *A Jury of Her Peers: Celebrating American Women Writers from Anne Bradstreet to Annie Proulx* (New York: Vintage, 2010), 509.

9 David Wilbern, "Like Two Skins, One inside the Other: Dual Unity in *Brokeback Mountain*," *PsyArt: An Online Journal for the Psychological Study of the Arts* (2008), http://www.psyartjournal.com/article/show/wilbern- like_two_skins_one_inside_the_other_dual; Ginger Jones, "Proulx's Pastoral: *Brokeback Mountain* as Sacred Space," in *Reading* Brokeback Mountain*: Essays on the Story and the Film*, ed. Jim Stacy (Jefferson: McFarland Press, 2007), 19–28.

10 Nayar, "A Good Man Is Impossible to Find," 238.

11 Erika Spohrer, "Not a Gay Cowboy Movie? *Brokeback Mountain* and the Importance of Genre," *Journal of Popular Film and Television* 37, 1 (2009): 26.

12 Harry Brod, "They're Bi Shepherds, Not Gay Cowboys: The Misframing of *Brokeback Mountain*," *Journal of Men's Studies* 14, 2 (2006): 252.

13 B. Ruby Rich, *New Queer Cinema: The Director's Cut* (Durham: Duke University Press, 2013), 186.

14 Lucy Lockwood Hazard, *The Frontier in American Literature* (New York: Thomas Y. Crowell Company, 1927), 19.

15 William Calin, *The Twentieth-Century Humanist Critics: From Spitzer to Frye* (Toronto: University of Toronto Press, 2007), 101.

16 Ibid., 118.

17 Eric Cheyfitz, "Matthiessen's *American Renaissance*: Circumscribing the Revolution," *American Quarterly* 41, 2 (1989): 341.

18 Ibid., 350.

19 ハーヴァード大学におけるホモセクシュアリティへの対応には複雑な歴史がある。詳細は以下の文献等を参照。William Wright, *Harvard's Secret Court: The Savage*

1920 Purge of Campus Homosexuals (New York: St. Martin's Press, 2005); and Douglass Shand-Tucci, *The Crimson Letter: Harvard, Homosexuality, and the Shaping of American Culture* (New York: St. Martin's Press, 2003).

20 Northrop Frye, *Collected Works of Northrop Frye,* gen. ed. Alvin A. Lee, 30 vols. (Toronto: University of Toronto Press, 1996–2012), 8: 308.

21 Cheyfitz, "Matthiessen's *American Renaissance,*" 350.

22 F. O. Matthiessen, *American Renaissance: Art and Expression in the Age of Emerson and Whitman* (London: Oxford University Press, 1941), 535. [F・O・マシーセン『アメリカン・ルネサンス　エマソンとホイットマンの時代の芸術と表現(上下)』飯野友幸ほか訳, ぎょうせい(2011), (下)275]

23 Jay Grossman, "The Canon in the Closet: Matthiessen's Whitman, Whitman's Matthiessen," *American Literature* 70, 4 (1998): 799.

24 Matthiessen, *American Renaissance*, 535. [前掲書『アメリカン・ルネサンス』,(下)275]

25 Arthur Redding, "Closet, Coup, and Cold War: F. O. Matthiessen's *From the Heart of Europe,*" *Boundary 2* 33, 1 (2006): 172.

26 Ibid., 171.

27 Robert K. Martin, "Newton Arvin: Literary Critic and Lewd Person," *American Literary History* 16, 2 (2004): 290.

28 Newton Arvin, *Whitman* (New York: Russell and Russell, 1969), 275.

29 Ibid.

30 2001年に出版されたBarry Werthによるアーヴィンの伝記、*The Scarlet Professor: Newton Arvin, a Literary Life Shattered by Scandal* (New York: Talese, 2001) は物議を醸すと同時に、アーヴィンを再評価する契機にもなった。以下の文献も参照。"Newton Arvin"; Eric Savoy, "Arvin's Melville, Martin's Arvin," *GLQ: A Journal of Lesbian and Gay Studies* 14, 4 (2008): 609–15; and Chris Castiglia, "'A Democratic and Fraternal Humanism': The Cant of Pessimism and Newton Arvin's Queer Socialism," *American Literary History* 21, 1 (2009): 159–182.

31 Arvin, *Whitman*, 276.

32 Kosofsky Sedgwick, *Epistemology of the Closet*, 22. [前掲書『クローゼットの認識論』, 35]

33 Arvin, *Whitman*, 277.

34 Travis M. Foster, "Matthiessen's Public Privates: Homosexual Expression and the Aesthetics of Sexual Inversion," *American Literature* 78, 2 (2006): 235.

35 Redding, "Closet, Coup, and Cold War," 176.

36 Judith Halberstam, *The Queer Art of Failure* (Durham: Duke University Press, 2011), 87.

37 Ibid.

38 Leslie A. Fiedler, *Love and Death in the American Novel* (New York: Stein and Day, 1966), 13. [レスリー・フィードラー『アメリカ小説における愛と死』佐伯彰一ほか訳, 新潮社(1989), 7]

39 匿名の書評*Love and Death in the American Novel,* by Leslie Fiedler, *Daedalus* 92, 1 (1963): 170.

40 Leslie Fiedler, "Come Back to the Raft Ag'in, Huck Honey!," in *Leslie Fiedler and American Culture*, ed. Steven G. Kellman and Irving Malin (Cranbury, NJ: Associated University Press, 1999), 29.

41 Nishant Shahani, *Queer Retrosexualities: The Politics of Reparative Return* (Bethlehem: Lehigh University Press, 2012), 110.

42 Fiedler, *Love and Death in the American Novel*, 338. [前掲書『アメリカ小説における愛と死』, 370]

43 Ibid.

44 Ibid.

45 Lee Edelman, *No Future: Queer Theory and the Death Drive* (Durham: Duke University Press, 2004), 29.

46 Grossman, " The Canon in the Closet," 809.

47 Fiedler, *Love and Death in the American Novel*, 338. [前掲書『アメリカ小説における愛と死』, 370-371]

48 Carol Mavor, *Reading Boyishly: Roland Barthes, J. M. Barrie, Jacques Henri Lartigue, Marcel Proust, and D. W. Winnicott* (Durham: Duke University Press, 2007), 72.

49 Fiedler, *Love and Death in the American Novel*, 339. [前掲書『アメリカ小説における愛と死』, 371]

50 Ibid., 341. [373]

51 Fiedler, "Come Back to the Raft,," 27.

52 Eve Kosofsky Sedgwick, *Between Men: English Literature and Male Homosocial Desire* (New

York: Columbia University Press, 1985). ［イヴ・コゾフスキー・セジウィック『男同士の絆　イギリス文学とホモソーシャルな欲望』上原早苗ほか訳, 名古屋大学出版会(2001)

53 Fiedler, *Love and Death in the American Novel*, 344. ［前掲書『アメリカ小説における愛と死』, 376–377］

54 Richard Chase, "Leslie Fiedler and American Culture," *Chicago Review* 14, 3 (1960): 15.

55 Herman Melville, *Moby-Dick, or The Whale* (New York: Penguin, 1992), 28. ［ハーマン・メルヴィル『白鯨(上)』富田彬訳, 角川文庫(2015改版), 76］

56 Fiedler, *Love and Death in the American Novel*, 349. ［前掲書『アメリカ小説における愛と死』, 381-382］

57 Ibid., 348. ［381］

58 Ibid., 349. ［382］

59 Jerome Loving, *Walt Whitman: e Song of Himself* (Berkeley: University of California Press, 1999), 184–185.

60 Walt Whitman, *Leaves of Grass: The First (1855) Edition*, ed. Malcolm Cowley (New York: Penguin, 1959), 109. ［ウォルト・ホイットマン『草の葉』富山英俊訳, みすず書房(2013), 80］

61 Fiedler, *Love and Death in the American Novel*, 349. ［前掲書『アメリカ小説における愛と死』, 383］

62 K. C. Glover, "Males, Melville, and *Moby-Dick*: A New Male Studies Approach to Teaching Literature to College Men," *New Male Studies: An International Journal* 2 (2013): 64.

63 Newton Arvin, *Herman Melville* (New York: Sloan, 1950).

64 Leslie A. Fiedler, "On Becoming a Pop Critic: A Memoir and a Meditation," *New England Review and Bread Loaf Quarterly* 5, 1–2 (1982): 196.

65 Fiedler, *Love and Death in the American Novel*, 349. ［前掲書『アメリカ小説における愛と死』新潮社(1989), 382］

66 Ibid., 350. ［382］

67 Ibid., 350–351. ［383］

68 Leslie A. Fiedler, "Reestablishing Innocence: A Conversation with Leslie A. Fiedler," with Geoffrey Green, *Interdisciplinary Humanities* 20, 1 (2003): 96.

69 Fiedler, *Love and Death in the American Novel*, 349–350. [前掲書『アメリカ小説における愛と死』, 388]

70 Christopher Looby, "'Innocent Homosexuality': The Fiedler Thesis in Retrospection," in *Adventures of Huckleberry Finn: A Case Study in Critical Controversy*, ed. Gerald Graff and James Phelan (Boston: Bedford-St. Martin's Press, 1995), 535–550.

71 Marjorie Garber, "Translating F. O. Matthiessen," *Raritan* 30, 3 (2011): 104.

72 Adam Phillips, *On Flirtation: Psychoanalytic Essays on the Uncommitted Life* (Cambridge, MA: Harvard University Press, 1994), 41.

73 John Alberti, "'I Love You, Man': Bromances, the Construction of Masculinity, and the Continuing Evolution of Romantic Comedy," *Quarterly Review of Film and Video* 30, 2 (2013): 159.

74 Ibid., 165.

75 Elizabeth J. Chen, "Caught in a Bad Romance," *Texas Journal of Women and Law* 21, 2 (2012): 246.

76 Ibid., 248.

77 Gore Vidal, *The City and the Pillar* (New York: Vintage, 1995), 24. [ゴア・ヴィダル『都市と柱』本合陽訳, 本の友社 (1998), 42]

78 Mark Twain, *Adventures of Huckleberry Finn*, ed. Emory Elliot (Oxford: Oxford University Press, 1999), 108–109. [マーク・トウェイン『ハックルベリー・フィンの冒険(上)』西田実訳, 岩波書店(2014), 215]

79 Mark Twain, *The Adventures of Tom Sawyer* (New York: Modern Library, 2001), 119–120. [マーク・トウェイン『トム・ソーヤーの冒険』柴田元幸訳, 新潮文庫(2012), 184–185]

80 マーク・トウェインの作中における裸と衣服についての考察は下記の文献を参照。Steven Petersheim, "'Naked as a Pair of Tongs': Twain's Philosophy of Clothes," *Papers on Language and Literature: A Journal for Scholars and Critics of Language and Literature* 48, 2 (2012): 172–196.

81 Vidal, *The City and the Pillar*, 24. [前掲書『都市と柱』, 42]

82 Ian Scott Todd, "Outside/In: Abjection, Space, and Landscape in Brokeback Mountain," *Scope* 13 (2009), http://www.scope.nottingham.ac.uk/article.php?issue=13&id=1098.

83 Leigh Boucher and Sarah Pinto, "'I Ain't Queer': Love, Masculinity, and History in

Brokeback Mountain," *Journal of Men's Studies* 15, 3 (2007): 311.

84 Chase, "Leslie Fiedler and American Culture," 12.

85 Mark John Isola, "Discipling Desire: The Fluid Textuality of Annie Proulx's *Brokeback Mountain*," *Nordic Journal of English Studies* 7, 1 (2008): 33.

86 Linda Hutcheon, *A Theory of Adaptation* (New York: Routledge, 2006), 6–7. [リンダ・ハッチオン『アダプテーションの理論』片渕悦久ほか訳, 晃洋書房(2012)]

87 Matthew Bolton, " The Ethics of Alterity: Adapting Queerness in *Brokeback Mountain*," *Adaptation* 5, 1 (2011): 44.

88 Ibid., 45.

89 Fiedler, *Love and Death in the American Novel*, 368. [前掲書『アメリカ小説における愛と死』, 401–402]

90 Sedgwick, *Epistemology of the Closet*, 77. [前掲書『クローゼットの認識論』]

91 Eve Kosofsky Sedgwick, *Tendencies* (Durham: Duke University Press, 1993), 31.

92 Ibid.

93 Phillips, *On Flirtation*, 41.

94 Wolfgang Iser, *The Implied Reader: Patterns of Communication in Prose Fiction from Bunyan to Beckett* (Baltimore: Johns Hopkins University Press, 1974), 282.

95 事前の回想とジャンル一般に関する広範かつ綿密な考察については下記の文献を 参 照。Tania Modleski, *Loving with a Vengeance: Mass-Produced Fantasies for Women* (New York: Routledge, 2008), 27–49, especially 32–33.

96 Melville, *Moby-Dick*, 56–57. [前掲書『白鯨(上)』, 121–122]

97 Fiedler, *Love and Death in the American Novel*, 366. [前掲書『アメリカ小説における愛と死』, 399-400]

98 Melville, *Moby-Dick*, 56–57. [前掲書『白鯨(上)』, 123]

99 Harold Bloom, *The Anxiety of Influence: A Theory of Poetry* (New York: Oxford University Press, 1997), 14. [ハロルド・ブルーム『影響の不安——詩の理論のために」小谷野敦ほか訳, 新曜社(2004)

100 Jeffrey R. Guss, "Men, Anal Sex, and Desire: Who Wants What?," *Psychoanalysis, Culture, and Society* 12 (2007): 39.

101 Annie Proulx, *Brokeback Mountain* (New York: Scribner, 1997), 14. [E・アニー・プルー『ブロークバック・マウンテン』米塚真治訳, 集英社(2006), 22–23]

102 Mark J. Blechner, "The Darkest Continent," *Studies in Gender and Sexuality* 11, 3

(2010): 146.

103 Proulx, *Brokeback Mountain*, 18.［前掲書『ブロークバック・マウンテン』, 28］

104 Ibid., 19.［30］

105 Jeffrey Q. McCune Jr., *Sexual Discretion: Black Masculinity and the Politics of Passing* (Chicago: University of Chicago Press, 2014), 4.

106 Ibid., 6.

107 José Esteban Muñoz, *Disidentifications: Queers of Color and the Performance of Politics* (New York: New York University Press, 1999), 5.

108 Eve Kosofsky Sedgwick, "Anality: News from the Front," in *The Weather in Proust*, ed. Jonathan Goldberg (Durham: Duke University Press, 2011), 172.

109 Muñoz, *Disidentification*, 5.

110 Sedgwick, *Tendencies*, 73.

111 Hocquenghem, *Homosexual Desire*, 103.［前掲書『ホモセクシュアルな欲望』, 94］

112 Fiedler, *Love and Death in the American Novel*, 351.［前掲書『アメリカ小説における愛と死』, 384］

113 Proulx, *Brokeback Mountain*, 15.［前掲書『ブロークバック・マウンテン』, 23–24］

114 Fiedler, *Love and Death in the American Novel*, 349.［前掲書『アメリカ小説における愛と死』, 382］

115 Ibid., 351.［384］

116 Ibid.［384］

117 Sedgwick, *Epistemology of the Closet*, 1.［前掲書『クローゼットの認識論』, 9］

118 Sedgwick, *Tendencies*, 8.

第5章

1 Richard Amory, *Song of the Loon* (1966; reprinted, Vancouver: Arsenal Pulp Press, 2005).

2 Ibid., 28.

3 「マンスプレイング」という概念について補足しておく。レベッカ・ソルニットは『男たちはわたしに説明する』(Rebecca Solnit, *Men Explain Things to Me*, Chicago: Haymarket Books, 2014, 4–5)で「男たちは、自身が話していることについてわかっていようといまいと、わたしや他の女に説明する。そういう男が一定数いる。

女ならわたしの言っていることがわかるだろう。そのことが、どんな立場のどんな女にとっても、ものごとを面倒にする。女が話そうとしても、どんなに聞いてもらいたくても、それがかなわないからだ。巷で横行するハラスメントと同じように、そのせいで若い女は口をつぐみ、自分とは関わりのない世界だという態度をとるようになる。男が根拠のない自信を身につけるのと同じく、女はそうして自己疑念と自己制限の術を学ぶ」と解説している。

4 Ian Mozdzen, "Reflections on *Song of the Loon* at Forty," *Gay and Lesbian Review* 13, 2 (2006): 40.

5 Ken Furtado, "Between the Covers," *Echo Magazine* 16, 21 (2005): 68.

6 Mozdzen, "Re ections on *Song of the Loon* at Forty," 40.

7 Sianne Ngai, *Ugly Feelings* (Cambridge, MA: Harvard University Press, 2005).

8 Daniel Heath Justice, Bethany Schneider, and Mark Rifkin, "Heaven and Earth: From the Guest Editors," *GLQ: A Journal of Lesbian and Gay Studies* 16, 1–2 (2010): 1.

9 Margot Francis, *Creative Subversions: Whiteness, Indigeneity, and the National Imaginary* (Vancouver: UBC Press, 2011), 151–152.

10 Justice, Schneider, and Rifkin, "Heaven and Earth," 1.

11 Northrop Frye, *Collected Works of Northrop Frye*, gen. ed. Alvin A. Lee, 30 vols. (Toronto: University of Toronto Press, 1996–2012), 12: 275.

12 Kent Monkman, "Kent Monkman: The Canadian Artist Who Is Exploding the Mythology of the West—One Brushstroke at a Time," interview with David Furnish, *Interview* 36, 2 (2006): 136–137.

13 Shirley J. Madill, "Intelligent Mischief: The Paintings of Kent Monkman," in *The Triumph of Mischief*, ed. David Liss and Shirley J. Madill (Hamilton: Art Gallery of Hamilton, 2008), 28.

14 Margaret Atwood, *Survival: A Thematic Guide to Canadian Literature*(Toronto: McClelland and Stewart, 2004), 145–146. [マーガレット・アトウッド『サバイバル——現代カナダ文学入門』加藤裕佳子訳, 茶の水書房(1995)]

15 Jennifer Reid, *Louis Riel and the Creation of Modern Canada: Mythic Discourse and the Postcolonial State* (Albuquerque: University of New Mexico Press, 2008), 61.

16 Frye, *Collected Works of Northrop Frye*, 12: 498.

17 Elizabeth Freeman, *Time Binds: Queer Temporalities, Queer Histories* (Durham: Duke University Press, 2010), xvi–xvii.

18 Ibid., xvii.

19 Rebecca F. Plante, "Sexual Spanking, the Self, and the Construction of Deviance," *Journal of Homosexuality* 50, 2–3 (2006): 60.

20 Sigmund Freud, *The Standard Edition of the Complete Psychological Works of Sigmund Freud*, ed. and trans. J. Strachey, 24 vols. (London: Hogarth Press, 1953–74), 17: 181. フロイト「子供がぶたれる」『フロイト全集16』本間直樹ほか訳, 岩波書店(2010), 121–122]

21 Francis, *Creative Subversions*, 152.

22 Jason Edwards, *Eve Kosofsky Sedgwick* (London: Routledge, 2009), 59.

23 Eve Kosofsky Sedgwick, *Tendencies* (Durham: Duke University Press, 1993), 177.

24 Edwards, *Eve Kosofsky Sedgwick*, 74–75.

25 Sedgwick, *Tendencies*, 182.

26 Ibid., 183.

27 Wayne Koestenbaum, *Humiliation* (New York: Picador, 2011), 8.

28 Sedgwick, *Tendencies*, 183.

29 Colleen Lamos, "James Joyce and the English Vice," *Novel: A Forum on Fiction* 29, 1 (1995): 23–24.

30 Silvan Tomkins, *Shame and Its Sisters: A Silvan Tomkins Reader*, ed. Eve Kosofsky Sedgwick and Adam Frank (Durham: Duke University Press, 1995), 133.

31 Ibid., 134.

32 Koestenbaum, *Humiliation*, 7.

33 Francis, *Creative Subversions*, 152.

34 Ibid.

35 Ibid.

36 Ibid.

37 Jane Gallop, *Anecdotal Theory* (Durham: Duke University Press, 2002), 15.

38 Kateri Akiwenzie-Damm, "Red Hot to the Touch: wri(gh)ting Indigenous Erotica," in *Me Sexy: An Exploration of Native Sex and Sexuality*, ed. Drew Hayden Taylor (Vancouver: Douglas and McIntyre, 2008), 121.

39 John Butler, *The Gay Utopia* (Herndon: Starbrooks, 2004), 47.

40 Dian Hanson, ed., *Tom of Finland: Bikers, Vol. 2* (Cologne: Taschen, 2012), 206.

41 Francis, *Creative Subversions*, 152.

42 Ibid.

43 Ibid., 153.

44 Sedgwick, *Tendencies*, 203.

45 Halperin, *Saint Foucault*, 88.［前掲書『聖フーコー』, 129］

46 Barry R. Komisaruk and Beverly Whipple, "Non-Genital Orgasms," *Sexual and Relationship Therapy* 26, 4 (2011): 359.

47 Jonathan Goldberg, *Sodometries: Renaissance Texts, Modern Sexualities* (Stanford: Stanford University Press, 1992), 193.

48 Michael J. Horswell, *Decolonizing the Sodomite: Queer Tropes of Sexuality in Colonial Andean Culture* (Austin: University of Texas Press, 2005), 73.

49 Goldberg, *Sodometries*, 19.

50 Ibid., 185–186.

第6章

1 J. Andrew Brown, "Feminine Anxiety of Influence Revisited: Alfonsina Storni and Delmira Agustini," *Revista canadiense de estudios hispánicos* 23, 2 (1999): 197.

2 Madeleine Simonet, "Delmira Agustini," *Hispania: A Journal Devoted to the Teaching of Spanish and Portuguese* 39, 4 (1956): 397.

3 Cristina Santos, *Bending the Rules in the Quest for an Authentic Female Identity: Clarice Lispector and Carmen Boullosa* (New York: Peter Lang, 2004).

4 Simonet, "Delmira Agustini," 401.

5 Sarah T. Moody, "Radical Metrics and Feminist Modernism: Agustini Rewrites Darío's Prosas Profanas," *Chasqui* 43, 1 (2014): 59.

6 Brown, "Feminine Anxiety of Influence Revisited," 197.

7 Ignacio Ruiz-Pérez, "Contra-escrituras: Delmira Agustini, Alfonsina Storni, y la subversión del modernism," *Revista hispánica moderna* 61, 2 (2008): 194.

8 Foucault, *History of Sexuality*, 1: 3.［ミシェル・フーコー『性の歴史I　知への意志』渡辺守章訳, 新潮社(1986), 10］

9 Lauren Berlant and Michael Warner, "Sex in Public," *Critical Inquiry* 24, 2 (1998): 564.

10 Ibid.

11 David M. Halperin, *How to Be Gay* (Cambridge, MA: Harvard University Press, 2012), 123.

12 《ゴールデン・ガールズ》(1985〜1992年に放映)には、クィアな問題をあからさまに話題にするシーンが多くみられる。たとえば第1話にはゲイの料理人が登場し、べつの回ではローズがHIVの検査を受ける。ほかにも、作中でドロシーの女友達がローズに恋をしたり、ブランシェの兄のクレイトンがゲイであることをカミングアウトして、最後にはパートナーと「結婚」したり、ソフィアの息子でドロシーの兄のフィルが女装したりする。

13 Halperin, *How to Be Gay*, 110.

14 Ibid.

15 François Cusset, *The Inverted Gaze: Queering the French Literary Classics in America*, trans. David Homel (Vancouver: Arsenal Pulp Press, 2011), 27.

16 Ibid., 20.

17 Delmira Agustini, "El Intruso," in *Poesías completas* (Barcelona: Editorial Labor, 1971), 143.

18 Foucault, *History of Sexuality*, 1: 3. [前掲書『性の歴史 I 』, 10]

19 James Miller, *The Passion of Michel Foucault* (New York: Simon and Schuster, 1993), 27. [ジェイムズ・ミラー『ミシェル・フーコー　情熱と受苦』田村俶ほか訳, 筑摩書房(1998)]

20 Halperin, *Saint Foucault*, 88. [前掲書『聖フーコー』, 129]

21 Agustini, "El Intruso," 143.

22 Ana Peluffo, "'De todas las cabezas quiero tu cabeza': Figuraciones de la 'Femme Fatale' en Delmira Agustini," *Chasqui* 34, 2 (2005): 141.

23 Roland Barthes, *The Pleasure of the Text*, trans. Richard Miller (New York: Hill and Wang, 1975), 39. [ロラン・バルト『テクストの快楽』沢崎浩平訳, みすず書房(1977), 74]

24 Jacques Lacan, *The Other Side of Psychoanalysis*, trans. Russell Grigg (New York: W. W. Norton and Company, 2007), 46.

25 Ibid., 51.

26 Jacques Lacan, *Encore: On Feminine Sexuality, the Limits of Love, and Knowledge, 1972–1973*, ed. Jacques-Alain Miller, trans. Bruce Fink (New York: W. W. Norton and Company, 1988), 7.

27 Anne Koedt, "The Myth of the Vaginal Orgasm," in *Feminism and Sexuality: A Reader*, ed. Stevi Jackson and Sue Scott (New York: Columbia University Press, 1996).

28 Ibid., 111.

29 Ibid.

30 Ibid., 113.

31 Roland Barthes, "The Death of the Author," in *Image-Music-Text*, trans. Stephen Heath (New York: Hill and Wang, 1977), 148. [ロラン・バルト「作者の死」『物語の構造分析』花輪光訳, みすず書房(1979), 89]

32 Hocquenghem, *Homosexual Desire*, 95. [前掲書『ホモセクシュアルな欲望』, 83]

33 Ibid., 120. [119]

34 Halperin, *Saint Foucault*, 88. [前掲書『聖フーコー』, 129]

35 Jeffrey R. Guss, " The Danger of Desire: Anal Sex and the Homo/Masculine Subject," *Studies in Gender and Sexuality* 11, 3 (2010): 126.

36 Michael Moon, "New Introduction," in *Homosexual Desire*, by Guy Hocquenghem (Durham: Duke University Press, 1993), 18.

37 Eve Kosofsky Sedgwick, *Tendencies* (Durham: Duke University Press, 1993), 99.

38 Agustini, "El Intruso," 143.

39 Ibid.

40 Sedgwick, *Tendencies*, 99.

41 Ibid., 101.

42 Barry R. Komisaruk and Beverly Whipple, "Non-Genital Orgasms," *Sexual and Relationship Therapy* 26, 4 (2011): 359.

43 Ibid.

44 Guss, " The Danger of Desire," 124.

45 Eve Kosofsky Sedgwick, *The Weather in Proust*, ed. Jonathan Goldberg (Durham: Duke University Press, 2011), 172.

46 Sedgwick, *Tendencies*, 98–99.

47 Ibid., 98.

48 Catherine Waldby, "Destruction: Boundary Erotics and the Refiguration of the Heterosexual Male Body," in *Sexy Bodies: The Strange Carnalities of Feminism*, ed. Elizabeth Grosz and Elspeth Probyn (New York: Routledge, 1995), 272.

49 Leo Bersani, *Is the Rectum a Grave? And Other Essays* (Chicago: University of Chicago

Press, 2010), 19.

50 Cristina Santos and Adriana Spahr, eds., *Defant Deviance: The Irreality of Reality in the Cultural Imaginary* (New York: Peter Lang, 2006).

51 Roland Barthes, *The Preparation of the Novel*, trans. Kate Briggs (New York: Columbia University Press, 2011), 13. [ロラン・バルト『小説の準備——コレージュ・ド・フランス講義1978-1979年度と1979-1980年度』石井洋二郎訳, 筑摩書房(2006)]

52 Ibid.

53 Jane Gallop, "Precocious Jouissance: Roland Barthes, Amatory Maladjustment, and Emotion," *New Literary History* 43, 2 (2012): 565.

54 Carol Mavor, *Reading Boyishly: Roland Barthes, J. M. Barrie, Jacques Henri Lartigue, Marcel Proust, and D. W. Winnicott* (Durham: Duke University Press, 2007), 33.

55 Ibid., 30.

56 Carol Mavor, *Black and Blue: The Bruising Passion of* Camera Lucida, La Jetée, Sans soleil, *and* Hiroshima mon amour (Durham: Duke University Press, 2012), 48.

57 バルトと母親の関係については、*Camera Lucida: Reflections on Photography*, trans. Richard Howard (New York: Hill and Wang, 1981)[『明るい部屋——写真についての覚書』花輪光訳, みすず書房(1997)]、*Mourning Diary*, trans. Richard Howard (New York: Hill and Wang, 2010)[『ロラン・バルト 喪の日記』石川美子訳, みすず書房(2015)], Mavor, *Reading Boyishly*を参照。バルトと「作者の死」については、Jane Gallop, *The Deaths of the Author: Reading and Writing in Time* (Durham: Duke University Press, 2011), 27–84を参照。

58 Gallop, "Precocious Jouissance," 566.

59 Ibid.

60 Barthes, *The Pleasure of the Text*, 52. [前掲書『テクストの快楽』, 99]

61 Gallop, "Precocious Jouissance," 568.

62 Pierre Saint-Amand, " The Secretive Body: Roland Barthes, Gay Erotics," trans. Charles A. Porter and Noah Guynn, *Yale French Studies* 90 (1996): 157–58.

63 Ibid., 158.

64 Ibid., 159.

65 Ibid.

66 Roland Barthes, *The Neutral*, trans. Rosalind E. Krass and Denis Hollier (New York: Columbia University Press, 2005), 72–73. [ロラン・バルト『〈中性〉について——

コレージュ・ド・フランス講義1977-1978年度』塚本昌則訳, 筑摩書房(2006)]

67 Lawrence R. Schehr, *The Shock of Men: Homosexual Hermeneutics in French Writing* (Stanford: Stanford University Press, 1995), 88.

68 Ibid.

69 Barthes, *The Neutral*, 51. [前掲書『〈中性〉について』]

70 Ibid., 73.

第7章

1 Roland Barthes, *A Lover's Discourse: Fragments*, trans. Richard Howard (New York: Hill and Wang, 1978), 104–105. [ロラン・バルト『恋愛のディスクール・断章』三好郁朗訳, みすず書房(1980)]

2 Vito Russo, *The Celluloid Closet: Homosexuality in the Movies* (New York: Quality Paperback Book Club, 1987), 314.

3 Daniel Balderston, "Excluded Middle? Bisexuality in *Doña Herlinda y su hijo*," in *Sex and Sexuality in Latin America*, ed. Daniel Balderston and Donna J. Guy (New York: New York University Press, 1997), 190–199.

4 David William Foster, "Queering the Patriarchy in Hermosillo's *Doña Herlinda y su hijo*," in *Sexual Textualities: Essays on Queerling Latin American Writing* (Austin: University of Texas Press, 1997), 64–72. 以下の文献も同様の議論をしている。David William Foster, *Queer Issues in Contemporary Latin American Cinema* (Austin: University of Texas Press, 1997).

5 メキシコ映画における男性の同性愛の歴史については以下の文献を参照。Michael Schuessler, "'Vestidas, Locas, Mayates,' and 'Machos': History and Homosexuality in Mexican Cinema," *Cinematic and Literary Representations of Spanish and Latin American Themes*, special issue of *Chasqui* 34, 2 (2005): 132–144.

6 Foster, "Queering the Patriarchy," 66.

7 Ibid., 67, 68.

8 Aaraón Díaz Mediburo, *Los hijos homoeróticos de Jaime Humberto Hermosillo* (Mexico: Plaza y Valdés, 2004), 102.

9 David M. Halperin, *How to Be Gay* (Cambridge, MA: Harvard University Press, 2012), 38.

10 Sedgwick, *Epistemology of the Closet*, 22. [前掲書『クローゼットの認識論』, 35]

11 Carol Mavor, *Reading Boyishly: Roland Barthes, J. M. Barrie, Jacques Henri Lartigue, Marcel Proust, and D. W. Winnicott* (Durham: Duke University Press, 2007), 30.

12 Ibid., 31–32.

13 D. W. Winnicott, *The Child, the Family, and the Outside World* (Cambridge, MA: Perseus Publishing, 1987), 149. [D・W・ウィニコット『子どもと家族とまわりの世界——ウィニコット博士の育児講義(上) 赤ちゃんはなぜなくの/(下) 子どもはなぜあそぶの』猪股丈二訳, 星和書店(上1985、下1986)]

14 Balderston, "Excluded Middle?," 194.

15 Ibid.

16 Barthes, *The Pleasure of the Text*, 37. [前掲書『テクストの快楽』, 70]

17 Carol Mavor, "Black and Blue: The Shadows of *Camera Lucida*," in *Photography Degree Zero: Reflections on Roland Barthes's* Camera Lucida, ed. Geoffrey Batchen (Cambridge, MA: MIT Press, 2008), 230.

18 Barthes, *Camera Lucida*, 27. [前掲書『明るい部屋』, 39]

19 Ibid., 49. [62]

20 アクーニャの詩を英訳してくれたジーニー・ピタスに心から感謝する。

21 Barthes, *A Lover's Discourse*, 99. [前掲書『恋愛のディスクール・断章』]

22 Adam Phillips, *On Balance* (New York: Farrar, Straus and Giroux, 2010), 9.

23 Julia Kristeva, "Stabat Mother," in *Tales of Love*, trans. Leon S. Roudiez (New York: Columbia University Press, 1987), 247.

24 Barthes, *Mourning Diary*, 5. [前掲書『ロラン・バルト 喪の日記』, 7]

25 Barthes, *A Lover's Discourse*, 104–105. [前掲書『恋愛のディスクール・断章』]

26 Wayne Koestenbaum, "Foreword: In Defence of Nuance," in *A Lover's Discourse: Fragments*, by Roland Barthes, trans. Richard Howard (1978; reprinted, with a foreword, New York: Hill and Wang, 2010), xvi.

27 Adam Phillips, *On Flirtation: Psychoanalytic Essays on the Uncommitted Life* (Cambridge, MA: Harvard University Press, 1994), xvii.

28 Halperin, *How to Be Gay*, 38.

29 Michael D. Snediker, *Queer Optimism: Lyric Personhood and Other Felicitous Persuasions* (Minneapolis: University of Minnesota Press, 2009).

30 Douglas Crimp, "Mario Montez, for Shame," in *Gay Shame*, ed. David M. Halperin and

Valerie Traub (Chicago: University of Chicago Press, 2009), 71.

31 Eve Kosofsky Sedgwick, "Shame, eatricality, and Queer Performativity: Henry James's *The Art of the Novel*," in *Gay Shame*, ed. David M. Halperin and Valerie Traub (Chicago: University of Chicago Press, 2009), 52.

32 Lawrence La Fountain-Stokes, "Gay Shame, Latina- and Latino-Style: A Critique of White Queer Performativity," in *Gay Latino Studies: A Critical Reader*, ed. Michael Hames-García and Ernesto Javier Martínez (Durham: Duke University Press, 2011), 63.

33 『ゲイの恥』とくにゲイの恥会議への批判については以下の文献を参照。Judith Halberstam, "Shame and White Gay Masculinity," *Social Text* 23, 3–4, 84–85 (2005): 219–233; Hiriam Pérez, "You Can Have My Brown Body and Eat It, Too!" *Social Text* 23, 3–4, 84–85 (2005): 171–191; and La Fountain-Stokes, "Gay Shame." ゲイの恥会議からの反論については以下の文献を参照。David M. Halperin and Valerie Traub, "Beyond Gay Pride," in *Gay Shame*, ed. David M. Halperin and Valerie Traub (Chicago: University of Chicago Press, 2009), 3–40.

34 Mavor, *Reading Boyishly*, 71.

35 Ibid., 72.

36 Carol Mavor, *Black and Blue: The Bruising Passion of* Camera Lucida, La Jetée, Sans soleil, *and* Hiroshima mon amour (Durham: Duke University Press, 2012), 48.

37 Balderston, "Excluded Middle?," 195.

38 José Quiroga, *Tropics of Desire: Interventions from Queer Latino America* (New York: New York University Press, 2000), 162. ゲイの男性の主体性について論じたのは、もちろんキロガが最初でもなければ最後でもない。ウェイン・コステンバウムはキロガより前に男性の同性愛とオペラについて次の著作で論じている。Wayne Koestenbaum, *The Queen's Throat: Opera, Homosexuality, and the Mystery of Desire* (New York: Farrar, Straus and Giroux, 1993)。また、D・A・ミラーはブロードウェイのミュージカルと男性の同性愛について以下の著作で論じている。D. A. Miller, *Place for Us: Essay on the Broadway Musical* (Cambridge, MA: Harvard University Press, 1998)。さらに最近では、ハルプリンが *How to Be Gay* のなかで、メロドラマこそ男性の同性愛者にとって理想の場所だと述べている。こうした状況から、本書の目的とはずれるが、そもそもゲイ・ジャンルではないジャンルとは何か、"レズビアン"や"ストレート"のジャンルはあるのか、という新たな疑問が生じる。

39 Balderston, "Excluded Middle?," 194.

40 Margaret Wilkinson, "His Mother-Tongue: From Stuttering to Separation, a Case History," *Journal of Analytical Psychology* 46 (2001): 266.

41 Ernest Jones, *The Life and Works of Sigmund Freud*, 3 vols. (New York: Basic Books, 1953–57), 2: 183. [アーネスト・ジョーンズ『フロイトの生涯』竹友安彦ほか訳, 紀伊国屋書店(1964)]

42 Balderston, "Excluded Middle?," 195.

43 Mavor, *Reading Boyishly*, 30.

44 Balderston, "Excluded Middle?," 195.

45 Christina Wieland, "Human Longings and Masculine Terrors: Masculinity and Separatism from the Mother," *British Journal of Psychotherapy* 22, 1 (2005): 72.

46 Mavor, *Reading Boyishly*, 72.

47 Ibid., 62.

48 Eve Kosofsky Sedgwick, *Tendencies* (Durham: Duke University Press, 1993), 157.

49 Foster, "Queering the Patriarchy," 65.

50 Annie Potts, "' The Essence of the Hard On': Hegemonic Masculinity and the Cultural Construction of 'Erectile Dysfunction,'" *Men and Masculinities* 3 (2000): 85.

51 Peter Lehman, "Crying over the Melodramatic Penis: Melodrama and Male Nudity in the Films of the 90s," in *Masculinity: Bodies, Movies, Culture*, ed. Peter Lehman (New York: Routledge, 2001), 27.

52 Balderston, "Excluded Middle?," 195.

53 Jeffrey R. Guss, "Men, Anal Sex, and Desire: Who Wants What?," *Psychoanalysis, Culture, and Society* 12 (2007): 39.

54 Jeffrey R. Guss, " The Danger of Desire: Anal Sex and the Homo/Masculine Subject," *Studies in Gender and Sexuality* 11, 3 (2010): 125.

55 Octavio Paz, *El laberinto de la soledad*, ed. Enrico Maro Santí (Madrid: Cátedra, 2003), 214. Translation from Octavio Paz, *The Labyrinth of Solitude and Other Writings*, trans. Lysander Kemp, Yara Milos, and Rachel Phillips Belash (New York: Grove Press, 1985), 77. [オクタビオ・パス『孤独の迷宮――メキシコの文化と歴史』高山智博訳, 法政大学出版局(1982)]

56 Ibid.

57 Tomás Almaguer, "Chicano Men: A Cartography of Homosexual Identity and

Behavior," in *The Lesbian and Gay Studies Reader*, ed. Henry Abelove, Michèle Aina Barale, and David M. Halperin (New York: Routledge, 1993), 259.

58 Alex Carballo-Diéguez et al., "Looking for a Tall, Dark, Macho man ... Sexual-Role Behavior Variations in Latino Gay and Bisexual Men," *Culture, Health, and Sexuality* 6, 2 (2004): 160.

59 Paz, *El laberinto de la soledad*, 214. [前掲書『孤独の迷宮』]

60 Ibid.

61 Barthes, *Camera Lucida*, 53. [前掲書『明るい部屋』, 65]

62 Russo, *The Celluloid Closet*, 314.

63 James Miller, The Passion of Michel Foucault (New York: Simon and Schuster, (1993), 267. [ジェイムズ・ミラー『ミシェル・フーコー　情熱と受苦』田村俶ほか訳, 筑摩書房(1998)]

64 Freud, *The Standard Edition,* 7: 152–153. [前掲書「性理論のための3篇」『フロイト全集6』, 195]

65 Sedgwick, *Tendencies*, 98.

66 Halperin, *How to Be Gay*, 307.

67 Leo Bersani, *Is the Rectum a Grave? And Other Essays* (Chicago: University of Chicago Press, 2010), 19.

68 Bersani, *Homos*, 121–122. [前掲書『ホモセクシュアルとは』, 130]

69 Guss, "Men, Anal Sex, and Desire," 42.

70 Bersani, *Is the Rectum a Grave?*, 29.

71 Sedgwick, *Tendencies*, 157.

72 Halperin, *How to Be Gay*, 306–307.

第8章

1 John Carlevale, " The Dionysian Revival in American Fiction in the Sixties," *International Journal of the Classical Tradition* 12, 3 (2006): 384.

2 Gore Vidal, *Myra Breckinridge and Myron* (London: Abacus, 1968), 3. [ゴア・ヴィダル『マイラ』早川書房(1969), 5]

3 Ibid., 6. [8]

4 Michael Mewshaw, "Vidal and Mailer," *South Central Review* 19, 1 (2002): 4–5.

5 Purvis E. Boyette, "*Myra Breckinridge* and Imitative Form," *Modern Fiction Studies* 17, 2 (1971): 229.

6 Ibid.

7 Northrop Frye, *Collected Works of Northrop Frye*, gen. ed. Alvin A. Lee, 30 vols. (Toronto: University of Toronto Press, 1996–2012), 21: 27.

8 Ibid., 31–32.

9 Carlevale, " The Dionysian Revival in American Fiction in the Sixties," 384.

10 Ibid., 364.

11 Boyette, "*Myra Breckinridge* and Imitative Form," 269.

12 *Time*, February 16, 1968, 111, http://content.time.com/time/subscriber/article/0,33009,837914,00.html.

13 Harold Bloom, " The Central Man," *New York Review of Books*, July 19, 1984, http://www.nybooks.com/articles/archives/1984/jul/19/the-central-man.

14 Harold Bloom, *The Western Canon: The Books and School of the Ages* (New York: Riverhead Books, 1994), 20.

15 John F. Wilhelm and Mary Ann Wilhelm, "*Myra Breckinridge*: A Study in Identity," *Journal of Popular Culture* 3, 3 (1969): 599.

16 Ibid.

17 Charles Berryman, "Satire in Gore Vidal's Kalki," *Critique* 22, 2 (1980): 89.

18 Neville Hoad, "Queer Theory Addiction," in *After Sex: On Writing since Queer Theory*, ed. Janet Halley and Andrew Parker (Durham: Duke University Press, 2011), 135.

19 Dennis Altman, "Gore Vidal, Gay Hero in Spite of Himself," *Gay and Lesbian Review* 19, 6 (2012): 10.

20 Joanne Meyerowitz, *How Sex Changed: A History of Transsexuality in the United States* (Cambridge, MA: Harvard University Press, 2002), 203.

21 Ibid., 204.

22 Ibid., 203.

23 Ibid., 204.

24 Sedgwick, *Epistemology of the Closet*, 220. ［前掲書『クローゼットの認識論』］

25 Boyette, "*Myra Breckinridge* and Imitative Form," 236.

26 Oswald Spengler, *The Decline of the West* (1918; reprinted, Oxford: Oxford University Press, 1991); Allan Bloom, *The Closing of the American Mind: Education and the Crisis of*

Reason (New York: Simon and Schuster, 1987).［オズヴァルド・シュペングラー『西洋の没落I・II』村松正俊訳，中央公論新社(2017)およびアラン・ブルーム『アメリカン・マインドの終焉』菅野盾樹訳，みすず書房(2016)

27 Boyette, "*Myra Breckinridge* and Imitative Form." 230. 小説および映画のなかの皮肉についてはすべて以下の考察を参照。Wilhelm and Wilhelm, "*Myra Breckinridge*"; Catharine R. Stimpson, "My O My O Myra," *New England Review* 14, 1 (1990): 102–15; and David Scott Diffrient, "'Hard to Handle': Camp Criticism, Trash-Film Reception, and the Transgressive Pleasures of *Myra Breckinridge*," *Cinema Journal* 52, 2 (2013): 46–70.

28 Vidal, *Myra Breckinridge and Myron*, 81.［前掲書『マイラ』, 94］

29 Boyette, "*Myra Breckinridge* and Imitative Form," 236.

30 Wilhelm and Wilhelm, "*Myra Breckinridge*," 595.

31 Stimpson, "My O My O Myra," 110.

32 Douglas Eisner, "*Myra Breckinridge* and the Pathology of Heterosexuality," in *The Queer Sixties*, ed. Patricia Juliana Smith (New York: Routledge, 1999), 262.

33 アルモドバル監督はほかの映画でもレイプを描いている。たとえば、《アタメ！》(*¡Átame!* 1990、日本未公開)、《キカ》(Kika 1993)、《トーク・トゥ・ハー》(*Hable con ella* 2002)、《私が、生きる肌》(*La piel que habito* 2011)、《アイム・ソー・エキサイテッド!》(*Los amantes pasajeros* 2013)など。

34 Diffrient, "'Hard to Handle,'" 48.

35 Brent Ledger, "Fucking Straight Guys Is the Best Revenge," *Xtra* 544 (2005): 15.

36 Vidal, *Myra Breckinridge and Myron*, 141.［前掲書『マイラ』, 168］

37 CalvinThomas, "Must Desire Be Taken Literally?," *Parallax* 8, 4 (2002): 47.

38 Brian Pronger, "Outta My Endzone: Sport and the Territorial Anus," *Journal of Sport and Social Issues* 23, 4 (1999): 380–381.

39 Leo Bersani, *Is the Rectum a Grave? And Other Essays* (Chicago: University of Chicago Press, 2010), 29.

40 Catherine Waldby, "Destruction: Boundary Erotics and the Refiguration of the Heterosexual Male Body," in *Sexy Bodies: The Strange Carnalities of Feminism*, ed. Elizabeth Grosz and Elspeth Probyn (New York: Routledge, 1995), 275.

41 Brian Pronger, "On Your Knees: Carnal Knowledge, Masculine Dissolution, Doing Feminism," in *Men Doing Feminism*, ed. Tom Digby (New York: Routledge, 1998),

69–80.

42 Wayne Koestenbaum, " The Rape of Rusty," in *My 1980s and Other Essays* (New York: Farrar, Straus and Giroux, 2013), 153.

43 Vidal, *Myra Breckinridge and Myron*, 58. [前掲書『マイラ』, 67–68]

44 Ibid., 59. [68]

45 Ibid., 61. [70]

46 Ibid.

47 Ibid., 62. [72]

48 Ibid.

49 Ibid., 63. [73]

50 Ibid., 64. [74]

51 Giorgio Agamben, "Nudity," in *Nudities*, trans. David Kishick and Stefan Pedatella (Stanford: Stanford University Press, 2011), 65.

52 Vidal, *Myra Breckinridge and Myron*, 64. [前掲書『マイラ』, 75]

53 Ibid., 65. [75]

54 Agamben, "Nudity," 65.

55 Vidal, *Myra Breckinridge and Myron*, 75. [前掲書『マイラ』, 87]

56 Bersani, *Homos*, 101. [前掲書『ホモセクシュアルとは』, 107]

57 W. B. Yeats, "The Second Coming," in *The Major Works*, ed. Edward Larissy (Oxford: Oxford University Press, 1997), 91 (ll. 3–8). [W・B・イェイツ「再臨」『対訳　イェイツ詩集』高松雄一編, 岩波書店(2009), 149]

58 Bersani, *Homos*, 97. [前掲書『ホモセクシュアルとは』, 103]

59 Wilhelm and Wilhelm, "*Myra Breckinridge*," 594.

60 Leo Bersani, "Genital Chastity," in *Homosexuality and Psychoanalysis*, ed. Tim Dean and Christopher Lane (Chicago: University of Chicago Press, 2001), 357.

61 Bersani, *Homos*, 102. [前掲書『ホモセクシュアルとは』, 108]

62 Halperin, *Saint Foucault*, 88. [前掲書『聖フーコー』, 129]

63 Vidal, *Myra Breckinridge and Myron*, 78. [前掲書『マイラ』, 90]

64 Ibid., 136. [162]

65 Ibid., 140. [166]

66 Ibid., 139. [165]

67 Ibid., 140. [167]

68 Ibid. [166]

69 Ibid., 140–141. [167]

70 Ibid., 141. [167]

71 Ibid., 142. [168–169]

72 Hocquenghem, *Homosexual Desire*, 101. [前掲書『ホモセクシュアルな欲望』, 91]

73 Ibid., 99. [88]

74 Camille Paglia, *Sexual Personae: Art and Decadence from Nefertiti to Emily Dickinson* (New York: Vintage Books, 1991), 13. [カミール・パーリア『性のペルソナ——古代エジプトから19世紀末までの芸術とデカダンス』鈴木晶ほか訳, 河出書房新社(1998)]

75 Ibid.

76 Ibid., 14.

77 Vidal, *Myra Breckinridge and Myron*, 143. [前掲書『マイラ』, 170]

78 Ibid., 149. [176–177]

79 Ibid., 151. [180]

80 Ibid., 151–152. [180]

81 Ibid., 155. [184]

82 Ibid. [185]

83 Ibid., 156. [186]

84 Bersani, *Is the Rectum a Grave?*, 18.

85 Vidal, *Myra Breckinridge and Myron*, 156-57. [前掲書『マイラ』, 186]

86 Ibid., 157. [187]

87 Ibid. [186]

88 Ibid. [187]

89 Ibid., 156. [185–186]

90 Ibid., 158. [188]

91 Ibid., 224. [267]

92 Wayne Koestenbaum, *The Anatomy of Harpo Marx* (Berkeley: University of California Press, 2012), 47.

補章

1 Robyn Wiegman, "The Times We're In: Queer Feminist Criticism and the Reparative 'Turn,'" *Feminist Theory* 15, 1 (2014): 8.

2 Sedgwick, *Tendencies*, 23.

3 Wiegman, "The Times We're In," 7.

4 Sedgwick, *Touching Feeling*, 146.

5 Ibid., 144.

6 Ibid., 146.

7 Ibid.

8 Ibid., 125.

9 Wiegman, "The Times We're In," 7.

10 Ibid., 9.

11 Jonathan Goldberg, "Introduction," in *The Weather in Proust,* by Eve Kosofsky Sedgwick (Durham: Duke University Press, 2011), xiv.

12 Wiegman, "The Times We're In," 9.

13 この論文は初版が〈レズビアン・ゲイ研究〉(*GLQ: A Journal of Lesbian and Gay Studies* 1, 1 (1993): 1–16)に掲載され、2009年になってからデイヴィッド・M・ハルプリン、ヴァレリー・トラウブ編『ゲイの恥』(*Gay Shame*, ed. David M. Halperin and Valerie Traub (Chicago: University of Chicago Press, 2009), 49–62.)に掲載された。本書では「偏執的読解と補完的読解」同様、最終版を引用した。

14 Jackie Stacey, "Wishing Away Ambivalence," *Feminist Theory* 15, 1 (2014): 40.

15 Sedgwick, *Touching Feeling*, 145.

16 何度も改訂されているセジウィックの論文の扱いについては、ウィエグマンの「我々のいる時代」(The Times We're In)にならい、大きな変更があった場合は過去の版を引用する。たとえば、「小説より奇なり」("Queerer than Fiction," *Studies in the Novel* 28, 3 (1996): 277–280)で、セジウィックは「騙されやすく、聞こえのいいことしか言わなくなっている」と書いている。

17 Sedgwick, *Touching Feeling*, 126.

18 Ibid.

19 Ibid., 136.

20 Silvan Tomkins, *Shame and Its Sisters: A Silvan Tomkins Reader*, ed. Eve Kosofsky Sedgwick and Adam Frank (Durham: Duke University Press, 1995), 74.

21 Michael D. Snediker, *Queer Optimism: Lyric Personhood and Other Felicitous Persuasions* (Minneapolis: University of Minnesota Press, 2009).

22 David M. Halperin and Valerie Traub, "Beyond Gay Pride," in *Gay Shame*, ed. David M. Halperin and Valerie Traub (Chicago: University of Chicago Press, 2009), 3–40.

23 Wayne Koestenbaum, *Humiliation* (New York: Picador, 2011).

24 Sianne Ngai, *Ugly Feelings* (Cambridge, MA: Harvard University Press, 2005).

25 Ann Cvetkovich, *Depression: A Public Feeling* (Durham: Duke University Press, 2012).

26 Carol Mavor, *Black and Blue: The Bruising Passion of* Camera Lucida, La Jetée, Sans soleil, *and* Hiroshima mon amour (Durham: Duke University Press, 2012).

27 José Esteban Muñoz, "Feeling Brown, Feeling Down: Latina A ect, the Performativity of Race, and the Depressive Position," *Signs* 31, 3 (2006): 675–688.

28 Lauren Berlant, *Cruel Optimism* (Durham: Duke University Press, 2011).

29 Judith Halberstam, *The Queer Art of Failure* (Durham: Duke University Press, 2012).

30 Lauren Berlant and Lee Edelman, *Sex, or the Unbearable* (Durham: Duke University Press, 2014).

31 José Esteban Muñoz, "Thinking beyond Antirelationality and Antiutopianism in Queer Critique," PMLA 121, 3 (2006): 826.

32 Sedgwick, *Touching Feeling*, 64–65.

33 Christian Lassen, *Camp Comforts: Reparative Gay Literature in Times of* AIDS (Bielefeld: Transcript Verlag, 2011), 13n1.

34 Sedgwick, *Touching Feeling*, 134.

35 Ann Cvetkovich, "Public Feelings," *South Atlantic Quarterly* 106, 3 (2007): 462–463.

36 Sedgwick, *Touching Feeling*, 146.

37 Northrop Frye, *Collected Works of Northrop Frye*, gen. ed. Alvin A. Lee, 30 vols. (Toronto: University of Toronto Press, 1996–2012), 22: 65–66.

38 Lassen, *Camp Comforts*, 13n1.

39 Mavor, *Reading Boyishly: Roland Barthes, J. M. Barrie, Jacques Henri Lartigue, Marcel Proust, and D. W. Winnicott* (Durham: Duke University Press, 2007), 73.

40 José Esteban Muñoz, *Cruising Utopia: The Then and There of Queer Futurity* (New York: New York University Press, 2009), 12.

41 Wiegman, "The Times We're In," 7.

42 Sedgwick, *Touching Feeling*, 137.

43 Barthes, *The Pleasure of the Text*, 3. ［前掲書『テクストの快楽』, 5］

44 Erin Murphy and J. Keith Vincent, "Introduction," *Criticism* 52, 2 (2010): 168.

45 Cvetkovich, "Public Feelings," 463.

46 Nishant Shahani, *Queer Retrosexualities: The Politics of Reparative Return* (Bethlehem: Lehigh University Press, 2012), 10.

47 Barthes, *A Lover's Discourse*, 73. ［前掲書『恋愛のディスクール・断章』］

48 Sedgwick, *Touching Feeling*, 123; Shahani, *Queer Retrosexualities*, 10.

ジョナサン・A・アラン Jonathan A Allan

ブランドン大学ジェンダー・女性研究および英語・創作の准教授。クィア理論研究者としてカナダ・リサーチ・チェア(カナダ政府が優れた研究者に助成金を交付して研究を支援する制度)に任命されている。『ヴァージンの羨望――文化からみた処女膜の(非)重要性』(*Virgin Envy: The Cultural (In) Significance of the Hymen*、2016年刊)の共編者・著者。現在は社会学、宗教、生物医学、文化、文学、クィア理論など多角的な観点から包皮の文化についての研究をまとめた『切られてない――包皮の文化的分析』(*Uncut: A Cultural Analysis of the Foreskin*)、ハーレクインのロマンス小説から『フィフティ・シェイズ・オブ・グレイ』まで幅広い小説を題材に男性の肉体や男らしさとは何かを考察する『男と男らしさとロマンス小説』(*Men, Masculinity, Popular Romance*)を執筆中。また、象徴としての男根ではなく、肉体としてのペニスを人々がどう考えているかに迫る共著『フルパッケージ――美学と男らしさと市場』(*The Full Package: Aesthetics, Masculinity, and Marketplace*)の執筆も進めている。

レジャイナ大学出版「優美な屍骸」シリーズの編者であり、米国男性研究学会副会長のほか、「凶暴なフェミニズム」(*Feral Feminisms*)、「ロマンス小説研究」(*Journal of Popular Romance Studies*)、「男性研究」(*Journal of Men's Studies*)、「チャスキ――ラテンアメリカ文学」(*Chasqui: Revista de literatura latinoamericana*)(訳注、チャスキはインカ帝国時代の飛脚のこと)、「男性性――アイデンティティと文化」(*Masculinities: A Journal of Identity and Culture*)の各誌で編集委員を務めている。

北 綾子 きたあやこ　翻訳家。日本女子大学大学院修了。大学助手、教員を経て翻訳者となる。訳書に『ローマ貴族 9つの習慣』(太田出版)、『英国王立園芸協会とたのしむ 植物のふしぎ』(河出書房新社)など。

アナル・アナリシス
——お尻の穴から読む
2018年4月11日初版発行

著者　ジョナサン・A・アラン
翻訳　北 綾子
ブックデザイン　鈴木成一デザイン室
発行人　落合美砂
発行所　株式会社太田出版
〒160-8571 東京都新宿区愛住町22 第3山田ビル4F
Tel: 03-3359-6262 Fax: 03-3359-0040
振替 00120-6-162166
WEBページ http://www.ohtabooks.com
印刷・製本　株式会社シナノ

ISBN978-4-7783-1620-4 C3098